争光果

쟁선계 10

2013년 2월 26일 초판 1쇄 인쇄
2013년 3월 4일 초판 1쇄 발행

지은이 이재일
발행인 이종주

기획 팀 김명국
책임 편집 박미주

발행처 (주)로크미디어
출판등록 2003년 3월 24일
주소 서울시 용산구 원효로97길 46 5층
Tel (02)3273-5135 Fax (02)3273-5134
홈페이지 rokmedia.com E-mail rokmedia@empal.com

ⓒ 이재일, 2013

값 11,000원

ISBN 978-89-257-3095-0 (10권)
ISBN 978-89-257-3094-3 04810 (세트)

이 책은 (주)로크미디어가 저작권자와의 계약에 따라
발행한 것이므로 본서의 내용을 무단 복제하는 것은
저작권법에 의해 금지되어 있습니다.

작가와의 협의에 의해 인지는 생략합니다.
잘못된 책은 바꾸어 드립니다.

쟁선계 ⑩

| 이재일 장편소설 |

차례

지옥地獄 7
방문자訪問者 35
연극演劇 (一) 75
연극演劇 (二) 91
재앙災殃 123
왕림枉臨 151
명일불취탄明日不醉歎 183
형제兄弟 239

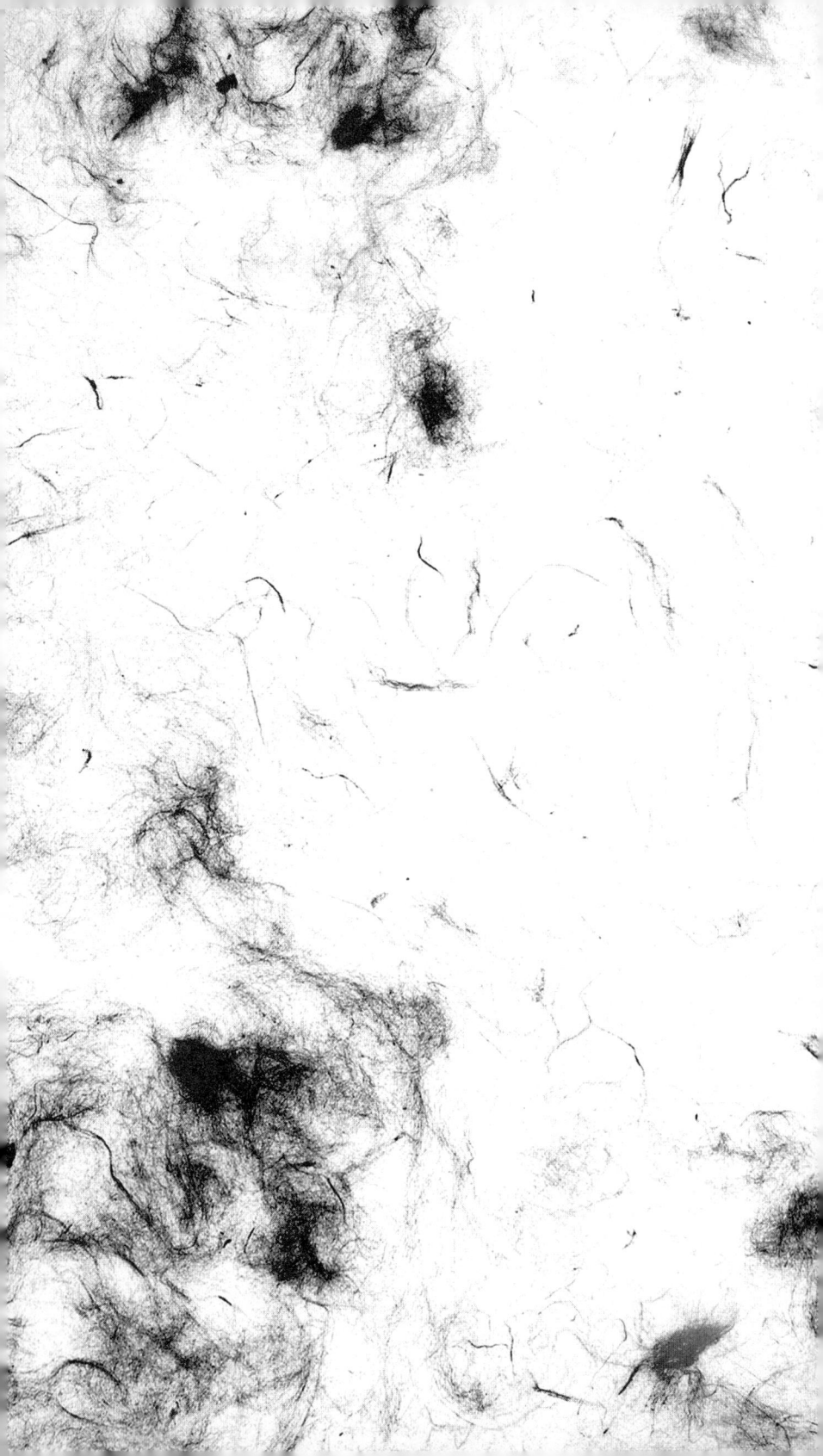

지옥 地獄

(1)

"선배님, 도박사에게 가장 견디기 힘든 고통이 뭔지 아세요?"

그 목소리는 창 너머 우중충히 깔린 하늘만큼이나 꿉꿉하게 들렸다. 관방關旁은 붓대를 놀리던 손길을 멈추고 고개를 들었다. 그의 눈길이 향한 탁자 건너편에는 호리호리한 체구의 사십 대 장년인이 자리하고 있었다.

위아래로 걸친 연자주색 경장만큼이나 맵시 나는 콧수염에 그 콧수염만큼이나 반듯반듯한 이목구비, 하지만 그 위에 어린 것은 방금 전 울린 목소리만큼이나 꿉꿉한 표정이기에 관방은 쥐고 있던 서수필鼠鬚筆을 내려놓을 수밖에 없었다.

"아우님이 오셨군. 한데 표정이 왜 그런가? 무슨 안 좋은 일이라도 있는 겐가?"

"도박사에게 가장 견디기 힘든 고통이 뭔지 아세요?"

장년인은 대답 대신 아까의 질문을 다시 던져 왔다. 관방의 꺼칠한 미간에 몇 가닥 실주름이 잡혔다. 지나가는 말로 던진 질문은 아닌 게 분명했다. 고통이란 단어를 연거푸 입에 담는 장년인은 지금 이 순간 진실로 고통스러워하는 것처럼 보였다.

"글쎄, 일진이 사나워 끗발이 도통 안 오르는 게 아닐까?"

나름대로 신중한 궁리 끝에 내놓은 관방의 답변에 장년인이 피식 웃으며 고개를 저었다.

"아니지요. 모름지기 진정한 도박사란 일진이니 끗발이니 따위의 불확실한 요소에 자신을 걸어선 안 돼요. 칼날 같은 계산과 능소능대한 운영으로 도박판 위에서 발생할 수 있는 모든 불확실성을 통제하고 극복할 수 있는 자만이 진정한 도박사라 할 수 있는 거예요."

도박, 혹은 도박사에 관해서라면 관방도 무척이나 할 말이 많은 사람이었다. 떠꺼머리 시절 첫발을 들인 도박장에서 하나뿐인 누이 시집 밑천을 홀랑 날리면서 시작된 그의 도박 이력은, 이후 주사위의 점수와 골패들의 조합 속에서 부침과 성쇠를 무시로 반복하다가 나이 지천명知天命(오십 세)에 이르러서야 비로소 '늙은 도박꾼이 행복할 확률은 개 주둥이에 상아 돋을 확률보다 높지 않다'는 도박계의 해묵은 금언을 마음으로 깨우치고는 수십 년 손때 묻은 온갖 도구睹具들을 남김없이 태워 버린 뒤 깨끗이 은퇴, 평범한 창고지기로서 제이의 인생을 살기에 이른 것이다. 한데 그런 그 앞에서 계산이 어쩌고 운영이 어쩐다니, 만일 저 말이 다른 사람의 입에서 나왔다면 그는 가소로움을 참지 못하고 눈앞에 놓인 두꺼운 출납 장부로 그 작자의 머리통을 내리쳤을지도 모른다.

하지만 장부는 탁자 위에 얌전히 놓여 있었고 관방은 묵묵히 고개를 끄덕이기만 했다. 그는 장년인의 도박론에 감히 토를 달 수 없었다. 탐승도귀貪勝睹鬼란 이름으로 뭇 쟁쟁한 꾼들을 빈털터리로 만들던 전성기에도 그랬거니와 과거를 훌훌 털고 은퇴한 지금은 더더욱 그랬다. 왜냐하면 저 장년인이 바로 봉장평, 도박계에선 이미 신과 동격이 된 지 오래인 중원 최강의 도박사이기 때문이다. 개 주둥이에 상아 돋을 확률보다 그다지 높지 않은 행복한 늙은 도박꾼의 구현도 저 봉장평이라면 충분히 가능했다.

관방은 그렇게 확신하고 있었다.

"하면 아우님께선 도박사에게 가장 견디기 힘든 고통이 뭐라고 생각하시는가?"

관방이 조심스럽게 묻자 봉장평의 표정이 다시 어두워졌다.

"뱃가죽이 등짝에 붙은 사람 앞에 떡 벌어진 진수성찬이 놓여 있어요. 그런데 그 진수성찬을 보기만 할 뿐 먹을 수가 없어요. 괴롭겠어요, 안 괴롭겠어요?"

"괴롭겠지."

"수탉 한 마리가 눈앞에서 알짱거리고 있어요. 털을 홀랑 뽑아 놔도 시원찮은 시건방진 수탉이에요. 그런데 그 수탉을 보기만 할 뿐 손댈 수가 없어요. 괴롭겠어요, 안 괴롭겠어요?"

얼치기 도박꾼을 가리키는 '수탉'과 상대를 빈털터리로 만든다는 뜻의 '털을 뽑다' 같은 은어들은 비록 잠깐에 불과하지만 관방으로 하여금 현역 시절의 호기를 품게 해 주었다. 하여 관방은 자신도 모르게 수염이 출렁거릴 만큼 고개를 끄덕이고 말았다. 아무렴, 털을 홀랑 뽑아 주고 싶은 수탉은 흔히 만날 수 있는 게 아니다. 그런 수탉을 앞두고 손가락만 빨아야 한다면 도박사로선 자다가도 벌떡 일어날 일, 아니 자려고 눕지도 못할 일이 아닐 수 없다.
 "아우님 얼굴이 안된 게 다 까닭이 있었구먼. 근데 그 수탉이 누군가?"
 "누구긴 누구겠어요, 십군의 무쇠소지."
 관방은 진심으로 동감했다. 십군장 마석산이라면 은퇴한 지 오래인 그마저도 털을 뽑아 주고 싶은 충동으로 손가락이 근질거리는 수탉 중의 수탉, 이른바 대왕 수탉이었다.
 봉장평이 마석산의 털을 호되게 뽑아 준 사건은 이제 무양 문도라면 모르는 이가 없을 만큼 유명한 일화가 되었다. 마누라가 유산으로 물려받은 얼마 되지도 않는 땅뙈기마저 깡그리 빨아먹었다나. 수치심을 이기지 못한—사람들은 그 철면피에게 수치심이란 게 있다는 점을 더 놀라워했지만— 마석산은 비밀 작전인지 뭔지를 핑계 삼아 한 달 가까이 문파를 비웠다고 하는데, 제 버릇 개 못 준다고 또다시 범—실력 있는 도박사를 가리키는 은어— 아가리 앞에서 깐죽거리는 모양이었다.
 하면 봉장평은 이 시건방진 대왕 수탉에게 왜 손대지 못하는 걸까? 이 질문에 대해 관방은 나름대로 보편적이고도 상식적인 해답을 내려놓고 있었다.
 "하긴 두 번 털 뽑기에 조금 찜찜한 수탉이긴 하지."
 따고 배짱이냐며 설욕전을 부르짖는 수많은 수탉들에게 한때 범 반열에 올랐던 사람으로서 해 주고 싶은 말은 딱 두 글자, "꿈 깨."였다. 설욕 좋아하시네. 수탉이 사납다고 범 쪼아 죽이는 걸 본 적 있는가? 수탉이 범 먹이가 되는 것은 자연의 섭리요, 우주의 법칙이다. 그럼에도 불구하고 가끔, 정말로 가끔 범 쪽에서 수탉을 피하는 경우가 있었다. 그 수탉이 도박과는 다른 방면에서 범 이빨에 버금가는 사나운 부리를 가진 경우였다. 바

로 마석산처럼 말이다.

그러나 봉장평은 정색을 하고서 관방이 내놓은 보편적이고도 상식적인 해답을 부정했다.

"선배님! 제가, 이 봉장평이, 그치를 무서워하는 것 같아요?"

관방이 다시 생각해 보니 그렇지는 않을 것 같았다. 봉장평은 그냥 범이 아니었다. 참으로 드물고도 드문 문무 겸전한 범이었다. 그의 희고도 길쭉한 손가락은 상대의 전낭만 잘 터는 게 아니었다. 슬쩍 퉁겨 패를 쏘아 내면 한 치 두께의 석판이 뻥뻥 뚫리는데, 그런 걸 하나둘도 아니고 수십 개씩 단번에 날려 일기통관一氣通貫이니 구련보등九蓮寶燈 같은 마작 족보를 줄줄이 때려 박는 게 바로 그 손가락이었다. 덕분에 무양문 내에서 지위도 상당했다. 부군장은 부군장이되 각 군의 이인자인 여타 부군장들과는 달리 거의 군장급이라 볼 수 있는 팔군의 부군장. 물론 그렇게 된 데에는 다리 한쪽을 관계官界에 걸치고 있는 팔군장 양진삼의 잦은 외도가 크게 작용한 면도 있긴 하지만, 그래도 그게 어딘가. 하여 지휘 계통 무시하고 모든 부군장들을 제 졸개로 여기는 무쇠소도 감히 그 앞에서는 대놓고 막나가지 못하는 실정이었다.

"하면 무엇 때문에 손대지 못하는 건가?"

관방이 묻자 봉장평은 반질반질한 탁자 위에 입김이 서리도록 한숨을 쉬었다.

"제가 삼십 년이 넘게 도박을 해 왔지만 도박 한판 하려는데 이번처럼 여러 군데서 딴죽이 들어온 경우는 처음이에요."

"허! 어떤 간 큰 위인들이 감히 아우님이 하는 행사에 딴죽을 지른단 말인가?"

"많아요. 하도 많아 일일이 꼽기도 힘들 만큼."

진짜로 힘든지 봉장평은 손가락까지 동원하기 시작했다.
"가장 먼저 그치 밑에 있는 떨거지들이 개떼처럼 몰려오더라고요."
"떠, 떨거지?"
"왜 있잖아요. 그치 밑에서 설설 기는 가련한 인생들 말이에요. 부군장 추임을 선두로 쉰내 나는 당 선생, 애송이 강평, 아! 호연육이란 놈은 배때기에 붕대까지 친친 감고 왔더라고요. 그렇게 떼거리로 몰려오더니만 늙은이는 설교하고, 애송이는 사정하고, 중간치는 을러대고…… 정말 귀 따가워서 돌아 버리겠더라고요."
"뭐라고들 하는데? 저희들 대장 좀 내버려 두라고?"
"뭐, 거죽은 다 다르지만 속은 대충 그런 뜻인 것 같아요."
"아니, 그것들은 뱃도 없나? 그치 밑에서 그 구박을 받고 살면서도 봐 달라는 소리가 나와?"
"누가 아니래요."
뱃도 없는 가련한 인생들에게 감정이입이 된 나머지 뜻하지 않게 흥분해 버린 관방이 씩씩거리던 숨을 가라앉히고 물었다.
"그리고 또 누가 오던가?"
"다음엔 온 게 아니라 부르더라고요."
"불러? 자네를?"
"예."
"누가 감히 아우님을 오라 가라 해?"
"이군장님요."
관방은 말문이 막혔다. 호교십군의 이군장인 좌응이라면 무양문 내에서 봉장평에게 오라 가라 할 만한 자격이 있는 몇 안 되는 인사 중 하나였다. 하지만 좌응은 소문난 인격자. 남 좋은

일에 공연히 어깃장 놓을 심술보는 아니었다.

"불러서 뭐라시는데?"

"처음엔 그저 차나 한잔 마시자고 하시더군요. 근자에 좋은 차를 구했다나요."

"그 어른이 워낙에 차를 좋아하긴 하지."

창고 쪽 일을 하는 관계로 관방은 문파 내에 오가는 물품들에 대해 귀동냥할 거리가 많았다. 주요 인사들의 기호에 밝은 것도 같은 맥락이었다.

"자리는 괜찮았어요. 내주신 차도 좀처럼 맛보기 힘든 상품이었고 나눈 이야기도 그런대로 부드러웠죠. 한데 자리 말미에 지나가는 투로 슬쩍 덧붙이는 말이 왠지 심상치 않더라고요. 석산이가 요번에 참 고생 많았다나."

잠시 생각하던 관방이 촌평했다.

"협박이군."

"그렇죠?"

봉장평이 확인하듯 물었고 관방은 고개를 끄덕였다. 건달에겐 건달에 어울리는 협박이 있듯 인격자에겐 인격자에 어울리는 협박이 있다. 머리통을 들이밀며 눈알을 부라리는 것만이 협박의 전부는 아닌 것이다.

"하지만 그뿐이면 말도 안 해요. 오늘 아침엔, 아아! 오늘 아침엔 정말 결정타가 날아왔다니까요."

탄식까지 섞인 봉장평의 말에 관방은 침을 꿀꺽 삼켰다. 하면 좌응을 능가하는 거물이 등장했다는 말인가?

"누군데?"

"그치 마누라요."

이번엔 촌평할 말조차 없었다.

"커다란 찬합에다가 이것저것 음식을 잔뜩 담아 제 집무실로 찾아왔더라고요. 그러더니, '바깥양반과 주야장천으로 어울려 주시느라 수고가 많으신 줄 뻔히 알면서도 이렇게 늦게 인사를 올리게 되어 죄송합니다.' 이러면서 수하들 다 있는 데서 제 얼굴을 뻔히 쳐다보는데 그 눈빛이 꼭, 꼭…….''

봉장평은 말을 하다 말고 부르르 진저리를 쳤다. 관방은 생각할 것도 없이 짧게 말했다.

"하지 말게."

봉장평도 고개를 끄덕였다.

"저도 머리란 게 있는 사람입니다. 수탉 한 마리 털 뽑고 세상 그만 살 일 있습니까? 안 해요. 안 할 겁니다. 근데 정말로 미치고 팔짝 뛸 일은…….''

봉장평은 오줌 참는 애처럼 잠시 어쩔 줄 몰라 하며 쩔쩔매더니 품에서 구겨진 종이들을 한 뭉치 꺼내 탁자 위에 올려놓는 것이었다. 관방은 그중 한 장을 집어 펼쳐 보았다.

―오늘부터 봉가가 대왕 수탉이다[自今日 鳳哥大王雄鷄也].

"아는 글자가 열 개도 안 돼서 마작 짝도 못 맞추는 인간이에요. 보나 마나 떨거지 중 한 놈에게 시켰겠지요."

"이, 이걸 어디서 가져왔는가?"

"어디고 뭐고 할 것도 없어요. 주방이든 측간이든 사람 눈에 띄는 곳이라면 어디든지 붙여 놨으니까요. 보이는 대로 뜯어 온 거예요."

차마 격장지계라는 말을 붙이기도 뭣할 만큼 유치한 도발이었다. 그러나 유치한 줄 알면서도 성나고 흔들리는 것이 인간의

마음이요. 한계가 아니겠는가. 관방은 봉장평의 눈치를 살피다가 조심스럽게 물었다.

"그래도…… 안 할 거지?"

안 하겠노라 방금 전에 다짐했으면서도 대답 대신 뿌드득 이를 가는 것을 보면 미치고 팔짝 뛴다는 말이 그저 과장만은 아님을 알 수 있었다.

"개가 사람을 문다고 사람까지 개를 물어서야 쓰겠는가."

"사람이…… 참아야겠죠?"

봉장평의 얼굴엔 제발 날 좀 말려 달라는 간절한 바람이 깃들어 있었고, 그것을 놓치지 않은 관방은 얼른 대답했다.

"사람이 참아야지."

"그렇죠. 사람이니까 참아야죠. 그런데, 그런데……!"

이제는 말도 제대로 잇지 못했다. 탁자 위에 올려놓은 봉장평의 두 주먹이 부르르 떨렸다. 드득! 탁자를 지탱하고 있던 짧고 두터운 다리에서 울려 나오는 위태로운 비명을 들으며 관방은 머리를 굴렸다. 이대로는 위험했다. 봉장평의 심화를 풀어 줄 뭔가가 필요했다.

"연무장에라도 한번 찾아가 보는 건 어떤가?"

봉장평이 숙였던 고개를 번쩍 쳐들었다.

"연무장요?"

"그래, 연무장. 가서 아무나 붙잡고 닥치는 대로 치고받으라고. 그런 거 아우님도 싫어하진 않잖아. 그렇게 땀 한번 쭉 빼고 나면 마음이 한결 후련해질 걸세."

이 처방이 효과가 있었던지 봉장평의 얼굴에 어린 혈기가 서서히 가시기 시작했다. 이윽고 봉장평은 움켜쥔 주먹을 풀고 자리에서 부스스 일어섰다.

"그래야겠네요. 이대로 있다간 정말 무슨 사고라도 칠 것 같아요."

관방은 반색을 했다.

"잘 생각했네. 아무렴, 잘 생각했고말고. 분이란 게 자칫 쌓아 두면 병이 될 수도 있어."

"여기서 가장 가까운 연무장이 어디죠?"

'팔군 연무장을 쓰면 되잖나?'라고 되묻지 않았다. 급하면 남의 집 측간도 빌릴 수 있는 법이니까.

"아마 일군 연무장이 제일 가깝지? 여기서 나가서 광명전 쪽으로 조금 가다 보면 왼쪽 언덕배기에 있을 걸세."

"광명전 방향 왼쪽 언덕, 광명전 방향 왼쪽 언덕……."

중얼거리며 창고 문 쪽으로 비척비척 걸어가던 봉장평이 발길을 멈추고 관방을 돌아보았다.

"바쁘실 텐데 이런 쓸데없는 넋두리까지 들어 주시고…… 고마워요, 선배님."

"이깟 일로 무슨."

"아니에요. 정말 고마워요."

물론 타인의 고민에 대해 진심으로써 상담해 주는 일이 결코 하찮지 않음은 관방 또한 잘 알고 있었다.

"정 그러면 저녁에 술이나 한상 내라고."

하여 오늘 저녁에 있을 술자리에 대해 일말의 기대감마저도 품을 수 있었다.

(2)

'저치는 또 왜 저 꼴이래?'

봉장평은 발길을 멈추고 눈을 가늘게 접었다.

관방이 관리하는 창고로부터 그리 멀리 떨어지지 않은 일군 연무장, 그 입구와도 같은 이끼 낀 돌계단 위에는 지금 한 사내가 삐딱하니 주저앉아 있었다.

사내의 표정은 웬만큼 친한 사이라도 말 섞고 싶은 마음이 일지 않을 만큼 심각해 보였다. 아니, 표정만 심각한 게 아니라 상태 또한 그래 보였다. 머리통이 깨졌는지 정수리 옆에 대고 누르는 흰 종이엔 붉은 핏물이 흥건하고, 한쪽 눈두덩에는 시퍼런 멍까지 처바르고 있었다. 그러니 평소 사내를 소 닭 보듯 해온 봉장평으로선 더더욱 말 붙일 마음이 일지 않는 게 당연한데, 그렇다고 호기심까지 일지 않는 건 아니었다.

사내의 직급은 봉장평과 마찬가지로 부군장이었다. 일군 부군장 용형마도龍形魔刀 종리관음鍾里觀音. 경력 좋고 배경 좋고 실력도 출중해 반년 넘게 공석인 삼군장 후보로 가장 유력하다 알려진 잘나가는 위인이 바로 저 사내였다. 그러니 제집 안방 같은 이곳에서 저렇게 쥐어터진 꼴로 앉아 있어선 안 되는 것이다. 봉장평은 날씬하게 모인 콧수염 끝을 매만지며 고개를 갸웃거렸다.

'무위관에라도 들어갔다 나오기라도…… 아니, 아니지.'

교주의 전용 연무장인 무위관은 광명전 지하에 있었다. 거기서 맞고 나온 놈이 한 마장도 넘는 이곳까지 와서 '나 쥐어터지고 왔소.' 광고할 이유는 없었다. 그렇다면 결론은 하나. 종리관음은 저 돌계단 위에 있는 일군 연무장에서 쥐어터진 것이다.

'누굴까, 저치를 제집 안방에서 저 꼴로 만든 사람은?'

결국 호기심을 이기지 못한 봉장평은 평소의 소원함을 무릅쓰고 종리관음에게 말을 붙이기로 마음먹었다. 뭐, 특별히 켕길

이유는 없었다. 끗발 좋기로 말하자면 일군 부군장이나 팔군 부군장이나 거기서 거기였다.

"안녕하세요, 종리 형."

종리관음의 눈길이 슥 봉장평에게 돌아왔다. 푸르뎅뎅한 멍 때문에 짝짝이가 된 두 눈에선 불편한 심사가 그대로 배어 나왔다.

"봉 형 눈엔 내가 지금 안녕한 걸로 보이오?"

안 그래도 그것 때문에 말 섞어 주는 거다, 이 친구야. 봉장평은 이런 내심을 감추며 친근한 웃음을 지어 보였다.

"일군이 십군 중 으뜸인 거야 오래전부터 알려진 바이나, 지금 종리 형의 모습을 보니 그 명성이 거저 얻은 게 아님을 알겠군요. 부군장이 이 지경이 될 만큼 치열한 연무라니, 비슷한 자리에 있는 나로선 참으로 부끄러울 따름이에요."

말속에 교묘하게 끼워 놓은 풍자를 읽지 못할 만큼 바보는 아닌지 종리관음이 노한 표정으로 몸을 일으키려 했다. 하지만 그는 곧 옆구리를 감싸 쥐며 오만상을 찡그렸다. 거기도 상하셨나? 철골을 자랑하는 일군의 용형마도 꼴이 영 말이 아니었다.

"그나저나 봉 형이 여긴 웬일이오?"

엉거주춤한 상태로 잠시 숨을 고르던 종리관음이 시비 걸듯 물어 왔다.

"근처에 아는 선배가 있어서 다녀오던 참이었어요."

도박사라면 모름지기 제 패를 감출 줄 알아야 한다. 봉장평에겐 오래전에 체화된 기본기였다.

"그렇소? 아까 씩씩대며 걸어오는 품이 한바탕 몸이라도 풀고 싶은 눈치던데……. 그럴 생각이라면 연무장 빌려 드리는 거야 일도 아니니 어서 올라가 보시구려."

도박사라면 모름지기 상대 패를 읽을 줄 알아야 한다. 이 또한 봉장평에겐 기본이었다. 지금 종리관음은 강패를 쥐고 있었다. 정확히 무슨 패인지는 알 수 없지만 그 패가 저 연무장 안에 있다는 정도는 충분히 짐작할 수 있었다. 상대가 강패를 쥔 게 훤히 보이는데 거기다 머리 받고 털 뽑힌다면 결코 훌륭한 도박사라 할 수 없을 터. 무쇠소로 말미암아 생긴 심화를 반드시 강패에다 풀 필요는 없는 것이다.

"쯧쯧, 헛것까지 본 걸 보니 눈을 심하게 맞은 모양이네요. 씩씩대긴 누가 씩씩댔다고."

봉장평은 안됐다는 듯 고개를 천천히 흔들며 대꾸했다. 짝짝이 눈으로 그런 봉장평을 노려보던 종리관음이 끙, 신음을 흘린 뒤 물었다.

"하면, 진정 그냥 지나는 길이셨다?"

봉장평은 노회한 미소로 대답을 대신했다. 하지만 이어진 종리관음의 말에 그 미소는 얼어붙고 말았다.

"수탉이 맞군."

봉장평은 얼어붙은 미소를 얼굴에 매단 채 한참을 멍해 있다가 가까스로 물었다.

"방금 뭐라 하셨……."

"그렇지 않소? 볏 세우고 기세 좋게 왔다가 화들짝 꽁지 빼는 품이."

"종리 형, 지, 지금 나를……."

"아아! 화내지 마시오. 내가 꺼낸 얘기가 아니니까."

종리관음은 정수리 옆에 대고 누르던 종이를 떼어 봉장평의 눈앞에다가 펼쳐 보였다.

"연무장 입구에 붙어 있던 걸 피 닦으라고 누가 떼어다 주더

구려."

봉장평의 잘빠진 눈초리가 파드득 떨렸다. 그가 오늘 하루 온갖 너저분한 장소에서 뜯어낸 문제의 방문이었다. 그 방문이 핏물에 젖은 채 더욱 비장하게 부르짖고 있었다. 오늘부터 봉가가 대왕 수탉이라고!

와자작!

봉장평은 자신의 머릿속에서 울린 어떤 소리를 들을 수 있었다. 그것은 저 종리관음을 상대로 장난삼아 벌린 판이 보기 좋게 엎어지는 소리였다. 판이 치워진 자리를 눈부신 속도로 메워나가는 것은, 이곳에 올 때보다 더욱 심해져 당장 풀지 못하면 제풀에 뻥 터져 버릴 것만 같은 지독한 심화였다.

"여, 여, 여……."

너무 화가 나다 보니 말도 제대로 이을 수 없었다. 뭔 소리냐는 듯 고개를 삐죽하니 기울여 오는 종리관음에게 봉장평은 크게 한 번 심호흡을 한 후에야 겨우 제대로 된 말을 해 줄 수 있었다.

"연무장 좀 써도 될까요?"

"여부가 있겠소."

종리관음은 오늘 봉장평을 대한 이후 처음으로 웃었다.

(3)

"객원······순찰통령?"

봉장평은 고개를 끄덕였다.

"나도 무양문 밥을 먹은 지가 십 년이 다 돼 가는데 그런 해괴한 직책이 있다는 얘기는 처음 듣는군. 그래, 그 객원순찰통

령이란 게 대체 뭐 하는 자리인가?"

봉장평이 이번에는 고개를 저었다. 자신도 모른다는 뜻일 텐데, 특별히 과묵한 성정이 아닌 그가 이렇게까지 말을 아끼는 데에는 그럴 만한 사정이 있었다. 인상까지 바꿔 놓을 만큼 부풀고 터진 입술. 그 상태가 보는 관방의 입술까지 덩달아 아파질 정도로 심각해서 충분히 이해하고도 남았다.

"좋아. 아무튼 그런 자리가 있다고 치고, 그러니까 그 객원순찰통령이 자네를 이렇게 만들었다 이 말이지?"

관방의 물음에 봉장평이 힘없이 고개를 끄덕였다.

"쯧, 자네가 무쇠소 일로 너무 흥분했나 보군."

그러자 봉장평의 부어터진 입술이 오랜만에 달싹거렸다. 너무 작아 들리지도 않는 웅얼거림에 관방은 귀를 쫑긋 세우며 물었다.

"방금 뭐라고 했는가?"

"흥분한 건, 제가 아니라, 그치였다고요."

이 몇 마디 토막말을 하기도 힘들었는지 눈가를 파드득거리던 봉장평은 이내 결심한 듯 앞에 놓인 술병을 들어 병나발을 불었다. 그러더니 울컥울컥 입씻이를 하고 바닥에 힘껏 뱉는데, 무이산 특산의 녹황색 명대초주名戴草酒가 보기에도 섬뜩한 불그죽죽한 빛으로 바닥에 깔리는 것이었다. 관방은 자신도 모르게 인상을 찡그렸지만 봉장평은 오히려 개운한 표정이었다. 입술 가장자리를 한두 차례 와락와락 일그러뜨리던 봉장평이 마침내 봉인된 말문을 터뜨렸다.

"반전무인盤前無人이라고, 판을 앞두고 오욕칠정을 감출 줄 모르면 진정한 도박사라 할 수 없는 거예요. 연무장에 오르기 전에는 정말 화가 나서 돌아 버릴 지경이었지만, 일단 오른 다음에는 아니었지요. 제 마음은 호수처럼 잔잔했고 신경도 팽팽히 당겨져 있었어요."

"한데 그랬는데도 당했다?"

"예."

"도무지 모르겠군. 그 객원순찰통령이란 자가 교주님이나 일군장님 같은 천하 고수라도 된다는 말인가?"

"그런 모양이에요."

"진짜?"

"교주님도 그치한테 번번이 애먹었다나, 무위관에서 말이에요."

관방의 눈이 휘둥그레졌다. 무공 방면으로는 아는 게 짧은 그지만 무양문의 주인 서문숭이 어떤 존재인 줄은 안다. 과거의 천하오대고수, 그리고 지금에 와서는 어쩌면 천하제일인. 한데 그런 교주를 애먹여? 뭐 하는 자리인지도 알쏭달쏭한 그 객원순찰통령이?

관방의 딱 벌어진 입을 힐끔 쳐다본 봉장평이 어깨를 으쓱거리며 덧붙였다.

"뭐, 소문 끌어다 댈 것도 없겠죠. 그 뻣뻣한 일군의 용형마도가 그 꼴로 깨졌으니까. 아, 그치한테 깨진 게 용형마도 하나만이 아니었어요. 철호鐵虎, 불휘진화不輝眞火, 소면광자素面狂者, 고루편骷髏鞭…… 하나같이 끙끙거리며 연무장 주변에 널브러져 있는데 젠장, 병동이 따로 없더라니까요."

관방은 침을 꼴깍 삼켰다. 방금 봉장평이 줄줄 주워섬긴 것들은 십군 중 으뜸이라는 일군, 그곳에서도 목에 힘깨나 주고 다닌다는 알짜배기들의 명호였다.

"그 사람들을 그치 호, 혼자서 상대했단 말인가?"

"일군장님의 특별 지시가 있었다나요. 그치가 몸 풀 일이 있

으니 일군에서 상대 좀 해 주라고. 그래서 부군장 이하 다섯 명이 준비하고 나섰다는데, 밑에서부터 차례차례 다 깬 모양이에요. 마지막으로 나선 게 용형마돈데 머리 깨지고 눈두덩 터지고 갈빗대 나가고……. 휴, 나머지야 말해 뭐하겠어요."

봉장평이 입술 끝에서 너덜거리는 살 껍질을 손가락으로 떼어 내며 투덜거렸다. 관방은 명대초주 한 모금으로 마른 입술을 축인 뒤 다시 물었다.

"그런데 아까 얘기는 뭔가?"
"무슨 얘기요?"
"자네가 그랬잖아. 그치 쪽이 더 흥분한 것 같았다고."

봉장평은 갑자기 뭔가를 떠올렸는지 주먹으로 식탁을 쿵 내리찍은 뒤 오만상을 찡그렸다. 간신히 맞춰 놓은 손가락 뼈마디가 그 바람에 어긋난 모양이었다.

"선배님도 아시죠, 제가 거기 왜 갔는지? 저도 풀 거 많은 하루였어요. 그런데, 그런데……!"

손가락의 아픔보다는 마음의 분함이 더 큰 듯 봉장평은 뒷말을 잇지 못하고 헐떡거렸다. 저러다 목덜미 잡고 넘어가는 건 아닌가 싶어 관방은 대꾸도 못 하고 눈치만 살폈다. 다행히 그런 일은 벌어지지 않았다.

"망할! 다섯이나 박살 내고도 부족했는지 저를 딱 보자마자 인사고 뭐고 깡그리 생략하고 물어뜯을 것처럼 달려들더라고요."
"아니, 그런 막돼먹은 위인을 봤나!"

관방의 추임새에 봉장평의 얼굴이 말술이라도 들이켠 듯 벌겋게 달아올랐다.

"막돼먹다마다요! 선배님도 제 장기가 뭔지 아시죠? 암기예요, 암기. 그렇다면 최소한 이쪽에서 제대로 자세 잡고 뭘 좀 던져 볼 기회는 줘야 하지 않겠어요? 근데 그치는 아니더라고요. 어어 하는 사이에 코앞까지 들이닥치더니만 대들보만 한 팔다리를 붕붕 휘두르는데…… 그거 피하느라고 정말 죽을 똥을 싸야만 했죠."

"에그그, 아우님이 욕봤군."

"하지만, 하지만 단지 그뿐이라면 제가 이렇게까지 화가 나진 않을 거예요. 막판엔 미친놈처럼 고래고래 악까지 쓰는데……."

"악을 써? 뭐라고?"

"제발 나를 가만 놔두란 말이다!"

꽝!

한 소리 부르짖음과 동시에 봉장평의 주먹이 또 한 번 식탁을 내리찍었다. 그러고는 본인은 아파서, 관방은 놀라서 한동안 아무 말도 할 수 없었다.

시간이 제법 흐른 뒤, 관방은 반쯤 남아 있던 술잔을 홀짝 비운 뒤 말했다.

"아우님, 혹시 그치를…… 한 적 있는가?"

"예?"

"그치 털 뽑은 적 있느냐고."

어리둥절한 얼굴로 관방을 바라보던 봉장평이 픽 웃었다.

"털은 무슨……. 그치랑 말 섞은 것도 오늘이 처음이에요."

"한데 그치가 왜 아우님한테 그런 소리를 해?"

"아, 저도 처음엔 저한테 한 소린 줄 알았어요. 해서 어찌나 화가 나던지 깨어나자마자 또 붙으려고 했지요."

기절까지 했나 보군. 관방은 자꾸만 측은해지려는 눈빛을 애써 다잡은 뒤 다시 물었다.

"하면 아우님한테 한 말이 아니다?"

"정신이 든 다음에 용형마도가 그러더라고요. 너무 억울해하지 말라고. 자기도 그 소리 듣고 나가떨어졌다고."
"흠, 그럼 비무 상대에게 한 말은 아닌 게로군."
"아마도 그치 혼자서 하는 소리 같았어요. 그런데, 그런데 말이죠."
봉장평은 술병을 잡아 입가로 가져가더니 몇 번 꿀꺽거렸다. 그러고는 간을 잃어버린 사람처럼 축 퍼지며 중얼거렸다.
"저도 오늘 하루 종일 그 소리 하고 싶었어요. 제발 나 좀 가만 놔두라고. 저 정말로 누구 패면서 그 소리 꼭 한번 해 보고 싶었다고요."
이 말이 얼마나 구슬프게 들리던지 관방은 자신의 부실한 몸뚱이라도 대 주고 싶은 마음까지 들었다.
"미안하네."
물론 몸뚱이 못 대 줘 미안한 것은 아니었다.
"내가 애당초 연무장 얘기만 안 꺼냈어도……."
봉장평은 그런 관방을 물끄러미 바라보다가 뜻밖에도 씩 웃는 것이었다.
"아니에요, 선배님. 연무장 얘기 잘하셨어요."
"……?"
"참 이상하죠? 패는 대신 흠씬 두들겨 맞고 왔는데도 뭐라도 얹힌 것처럼 답답하던 가슴이 그런대로 시원해지더라고요. 물론 아프기도 하고 성질도 나지만 말이에요."
봉장평은 잠시 말을 멈추고 관방의 빈 잔에 술을 따라 주었다. 고롱고롱, 듣기 좋은 소리와 함께 녹황색 명대초주가 잔가로 소복이 차올랐다.
"생각해 보면 그래요. 애먼 사람 때린다고 화가 풀리는 것도 아니잖아요. 때리건 맞건 어차피 한바탕 성풀이 짓이라면 차라리 맞는 게 낫지 싶은 생각도 들더라고요."

 전혀 무림인답지 않은 이 이타적인 말에 관방은 감동했다.

 "아우님 말씀이 옳으이. 옛말에도 맞은 놈은 바로 자도 때린 놈은 모로 잔다고 하지 않던가. 아우님 기분이 좀 나아졌다면 그걸로 된 걸세."

 그러자 봉장평이 뭔가를 떠올리는 시늉을 하더니 고개를 숙이고 키득거리는 것이었다.

 "왜 그러는가?"

 "선배님 말씀이 맞을 것 같아서요."

 "……?"

 "저도 체면이 있지, 손 놓고 맞기만 했겠어요? 기절하기 직전에 고두회풍심顧頭廻風心으로 날린 패가 엉덩짝에 제대로 틀어박히는 걸 봤으니 그치, 아마 며칠은 제대로 누워 자지 못할걸요. 어때요, 이쯤 되면 저만 털 뽑힌 건 아닌 셈이죠? 하하하!"

 마침내 통쾌한 웃음을 터뜨리는 봉장평을 보며 관방은 흐뭇한 미소를 지었다.

 도박사에게 있어 진정으로 필요한 덕목은 날카로운 눈도 아니요, 빠른 손도 아니요, 바로 저러한 마음가짐이었다. 새벽녘 빈털터리로 도박장을 나서면서도 멋지게 먹은 초저녁 한판을 떠올리며 너털웃음 한 번으로 스스로를 치유할 줄 아는 호활함. 그런 호활함은 안다 하여, 머리로 생각한다 하여 얻을 수 있는 것이 아니었다. 알면서도, 머리로는 생각하면서도 실천하기에는 지극히 어려운 것이 바로 그런 호활함이니, 그래서 아내를 울리고 가산을 탕진하고 급기야는 스스로의 삶마저 망치고 마는 것이다. 가련하구나, 천하의 수탉들이여!

관방의 눈에 비친 봉장평은, 그러므로 도박사 중의 도박사, 범 중의 범이었다.

(4)

때린 놈은 모로 잔다는 관방의 말은 틀렸다.

석대원은 자신의 침대에 똑바로 누워 있었다. 그러나 잠은 이루지 못했다. 봉장평의 고두회풍심은 비록 절묘하기 짝이 없었지만, 외물의 변화에 따라 자연스럽게 생멸하는 그의 호신강기까지 뚫을 수는 없었다. 그러므로 그를 바로 눕지 못하게 할 수도, 또 잠 못 이루게 할 수도 없었다.

석대원의 불면은 육신에서 기인한 문제가 아니었다. 아무리 몸뚱이를 혹사시켜도 조금도 수그러들지 않는 번뇌. 아무리 견결한 의지로도 멈출 수 없는, 마치 호흡처럼 저절로 일어나고 또 일어나는 그런 번뇌가 오늘도 그를 불면의 밤으로 맹혹하게 몰아붙이고 있었다.

저만치 위 어둠 한 곳에 텅 빈 시선을 하릴없이 붙박아 두던 석대원이 무엇엔가 홀린 사람처럼 부스스 몸을 일으켰다. 창으로 스며든 달빛이 얼굴을 비스듬히 비추자 피곤으로 물든 눈가와 움푹 꺼진 양 볼이 어스름 드러났다. 옅은 음영으로 더욱 꺼칠해 보이는 그의 입술이 달싹거렸다.

"지옥이군."

지옥이었다. 마음의 지옥.

석대원의 지난 삶은 무쇠 덩어리처럼 견고했다. 유년의 나이로 겪은 차마 견디기 힘든 비극적인 사건은 그의 삶을 오직 하나의 길로 몰아세웠다. 그 길에 뭔가 끼어들 여지는 처음부터 존재하지 않았다. 길의 막다른 곳에 기다리고 있는, 아비를 죽이고 어미를 죽음으로 몰고 간 원수 연벽제와 비각에 대한 복수만이 그의 삶을 증명해 줄 유일무이한 절대명제였다.

열네 살에 절대명제를 짊어지게 된 삶이라니!

거부할 권리조차 없는 그 비참한 삶에 석대원은 처음에는 절망했고, 다음에는 힘겨워했고, 마지막으론 순응했다. 순응이란 일종의 습관. 자의로, 혹은 타의로 강제하고 또 강제된 복수의 맹세가 더 이상 무겁게 느껴지지 않을 만큼 익숙해졌을 때, 그는 자신의 삶을 완전히 차지해 버린, 너무도 견고하여 세상 그 누구도 움직이지 못할 것 같은 거대한 무쇠 덩어리를 볼 수 있었다. 그에게 허용된 일이라곤 그 무쇠 덩어리가 가리키는 방향으로 맹목적으로 나아가는 것뿐이었다. 삶에 드리운 유일무이한 절대명제, 복수를 이루는 그 순간만을 간구하며.

그런데…….

―복수를 이루면 당신은 행복해지나요?

석대원의 칙칙하게 가라앉은 눈빛이 꿈결처럼 몽롱해졌다. 중원으로 돌아오던 천표선의 갑판 밑, 더럽고 초라한 그 선실을 떠올렸기 때문이다.

금부도로 갈 때와 마찬가지로 중원으로 돌아오는 뱃길에서도 석대원에게 배정된 곳은 그 선실이었다. 갈 때는 선주 마태상에 의해 강요되었지만 올 때는 그 스스로가 원했다. 쾌적한 상층 선실을 내주겠다는 좌응의 배려에도 불구하고 그 선실을 고집한 이유는 오직 하나, 그녀 때문이었다.

진금영.

적과 연인의 경계에 서서 그 누구도 움직이지 못하리라 믿어 온 무쇠 덩어리를 붕괴시킨 여자.

좌응으로부터 신병을 인계받을 때만 해도 진금영은 말 그대로 행시주육行尸走肉, 움직이는 송장에 지나지 않았다. 공허하게 비어 버린 잿빛 눈동자는 금방이라도 부스러질 것 같았고, 음울하게 닫힌 입술로는 어떤 미소도 지을 수 없을 것 같았다.

무엇이 진금영을 그렇게 만들었을까?

실패한 작전에 대한 책임감?

아니면 자신을 대신해 목숨을 버린 허봉담에 대한 죄의식?

이유가 정확히 무엇인지는 그녀가 말하지 않는 이상 알 도리가 없었다. 다만 석대원이 알 수 있는 것은 낙엽처럼 퇴색해 버린 진금영의 모습이 너무도 생생한 동통疼痛으로 다가왔다는 점이었다.

아마도 그래서였을 것이다. 그 더럽고 초라한 선실에 들어선 순간 그녀의 두 눈에 어린 실안개 같은 생기에, 그녀의 입술에 맺힌 겨자씨만 한 미소에 그토록 마음이 벅차 오른 까닭은.

자신과 함께한 그 폭풍우 치던 밤의 기억이 그녀의 말라붙은 삶에 작은 의욕이나마 불러일으켰다는 사실은 석대원에게 있어 경이로움 그 자체였다. 마치 부모에게 칭찬받은 착한 어린아이처럼 그는 순수한 기쁨에 들떠 어쩔 줄 몰라 했다.

아아! 금부도에서 중원까지, 천표선의 밑바닥 더럽고 초라한 선실에서 보낸 그 사흘은 석대원에게 있어서 이제껏 단 한 번도 경험해 보지 못한 신비한 시간이었다.

두 사람은 적이었다. 그들은 현실을 굳이 부정하려 애쓰지 않았다. 하지만 그들을 적으로 몰아세운 그 현실은 선실 벽 너머에 있었고, 그들은 그 현실이 선실 안으로 들어오는 것을 결코 허락하지 않았다. 그곳은 오직 그들만의 세계. 그 세계 속에서 그들은 적이 아닌 연인일 수 있었다. 그들은 그 세계 속에서 사랑하고 또 사랑받았다. 소화기관이 없어 오직 사랑하다 죽을 수밖에 없는 하루살이들처럼.

그러나 시간이란 매력적인 악녀와 닮은 것. 흘러가길 바라면 머물고 머물길 바라면 흘러가는 것. 가장 행복했을 그들의 사흘을 그 시간 속에서 한 덩이씩 지워지고, 지워지고, 또 지워졌다.

두 사람이 다시금 현실과 맞닥뜨린 곳은 아침안개 자욱한 어느 이름 모를 어촌의 백사장이었다. 본래 그들이 탄 천표선의 최종 목적지는 복건성 동부의 대표적인 항구인 연강항連江港. 석대원은 무양문의 세력권인 그곳까지 진금영을 데려갈 수 없었다. 그는 적당한 곳에 그녀를 내려 달라 청을 넣었고, 좌응은 별다른 조건 없이 그의 청을 받아들여 주었다.

낡은 선실 문이 울음소리를 내며 열렸다. 더럽고 초라한 선실을 나서는 순간 사랑만을 좇던 가여운 하루살이들은 짧은 생을 다하고 나락으로 떨어졌다. 더 이상 연인은 없었다. 두 사람 모두 우울한 침묵으로 그 사실을 인정했다.

작은 배로 해변에 내려선 두 사람.

떠나는 여자. 보내는 남자.

안개는 슬픔처럼 두 사람을 감싸고 있었다.

그때 진금영이 물었다.

―복수를 이루면 당신은 행복해지나요?

석대원의 눈빛이 다시 칙칙하게 가라앉았다. 진금영으로 향한 회상은 이렇듯 몽롱한 꿈으로 시작하여 칙칙한 현실로 끝맺

게 된다. 그날 아침, 연인이 적으로 되었듯이.

 석대원은 걸터앉아 있던 침상에서 일어서서 창 쪽으로 비척비척 걸음을 옮겼다. 내장을 통째로 들어낸 것 같은 지독한 상실감에도 불구하고 모든 것이 무겁게만 느껴졌다. 그는 사창을 통해 스며드는 달빛에 한동안 몸을 내맡기고 있다가 실소했다.
 "흐…… 행복이라고?"
 석대원은 두 손을 들어 신경질적으로 마른세수를 했다. 각질인지 때인지 모를 불쾌한 부스러기들이 그의 마음처럼 떨어져 달빛 속으로 날렸다.
 돌이켜 보면 행복할 수 있었을지도 모른다. 새장 바깥을 알지 못하는 새가 새장 안으로 들어온 모이 한 줌에 행복을 느끼듯, 석대원도 자신의 삶을 장악한 무쇠 덩어리에 순종하며 어찌어찌 행복하다 생각하며 살아갈 수 있었을지도 모른다.
 그러나 그것은 무지에서 비롯된 행복, 앎과 동시에 깨질 수밖에 없는 시한부 행복이었다. 외백부 연벽제를 단순한 복수의 대상으로 한정할 수 없음을 깨달은 순간 무쇠 덩어리 위로 보이지 않는 균열이 달려 나갔다. 의형 제갈휘를 구하기 위해 과추운을 비롯한 정파의 군웅들을 도륙하고 나니 그 균열은 금방이라도 어그러질 듯 벌어져 있었다. 그리고 진금영! 그녀로 인해 용출되기 시작한 경이롭고도 고통스러운 감정은 마침내 무쇠 덩어리 전체를 붕괴시켜 버렸다…….
 그런가?
 그런가?
 "아니다! 아니야!"
 석대원은 고개를 격렬하게 흔들었다. 인정해선 안 되었다. 무쇠 덩어리의 붕괴를 인정하는 순간, 그가 신봉하던 절대명제는 부정당하게 된다. 절대명제는 부정당해선 안 된다. 부정당해선 안 되므로, 부정당할 수 없으므로 절대명제인 것이다.

자랑스러운 아버지, 따듯한 어머니, 사랑하는 형제들 그리고 사무치도록 그리운 나의 유년!

그 모든 것을 처참히 망쳐 버린 무엇, 그 무엇에 대한 복수를 부정한다면 나는 대체 무엇을 위해 적막한 심산유곡에서 외롭고 고통스러운 십일 년을 보냈단 말인가!

……역시 대답을 못하는군요.

"그만."

……당신은 나만큼이나 행복해지기 힘든 사람이에요.

"그만하라고."

지금 석대원의 장대한 몸이 휘청거렸다. 바로 그날처럼.

그러나 그날 그녀는 말을 멈추려 하지 않았다. 바로 지금처럼.

……나는 행복해지고 싶어요.

"그러지 마."

……나를 행복하게 해 줄 수 있는 사람은 오직 당신뿐이에요.

"제발…… 나를 가만 내버려 둬."

……행복을 위해 각자의 짐을 내려놓을 수는 없는 건가요? 여기서, 여기서 모든 것을 던져 버리고 아무도 찾지 못하는 곳으로 함께 떠날 수는 없는 건가요?

그날, 석대원은 진금영의 눈에 맺힌 눈물 같은 소망을 볼 수 있었다. 작지만 간절한 소망. 그러나 그는 그 소망을 외면할 수밖에 없었다.

두려웠다.

절대명제를 부정한 이후의 스스로가 너무도 두려웠다.

진금영의 눈에 맺힌 눈물 한 방울이 창백한 볼을 타고 떨어졌

다. 소망도 함께 떨어졌다. 그녀는 희미한 미소를 지은 뒤 안개 속으로 떠나갔다. 남겨진 그는 감히 잘 가라는 인사조차 건넬 수 없었다.

그 이별을 후회하는가?

아니, 후회하지 않을 수 있는가?

"끄흐으으."

석대원은 더 이상 버티지 못하고 그 자리에 털썩 무릎을 꿇었다. 폐허처럼 황폐해진 영혼의 바닥에선 용암 같은 고통이 끓어오르고 있었다.

이것은 지옥이었다.

방문자 訪問者

(1)

 누른색은 존귀함을 상징한다.
 고래로 많은 제왕들이 누른색으로 복식을 지어 입었으며, 존귀함이란 희소할수록 더해짐을 아는 까닭에 율령의 위세를 빌려 황색 복식을 제한하려 하였다. 그러나 하지 말라고 할수록 기를 쓰고 하고 싶어지는 게 인지상정이라 조금 살 만하다 싶은 졸부들은 깁이나 안감, 하다못해 고린내 나는 버선붙이에 이르기까지 다만 손바닥만 한 누른색이라도 끼워 넣지 못해 안달이었으니, 그래서 나온 말이 바로 비황색非黃色. 청색에 비청색 없고 홍색에 비홍색 없는데, 하고많은 색 중에서 오직 누른색에 대해서만은 '누르지 않은 색'이라는 요상한 용어가 존재하게 된 것이다.
 하면 누른색이 아니라는 의미의 비황색은 대체 무슨 색일까?

우습게도 누른색이었다.
하면 어떤 누른색은 황색이 되고 어떤 누른색은 비황색이 될까? 슬프게도 판단하는 관리 마음이었다. 황색으로 몰아서 붙잡아 놓고 돈푼이나 뜯어낸 뒤 '이제 보니 비황색이군.' 하면서 풀어 주는 광경은 이제는 성시 어디에서나 어렵잖게 찾아볼 수 있는 일상의 풍속도가 되었다. 오죽하면 그렇게 오가는 돈에 비황전非黃錢이란 이름까지 붙었을까.

"순검이다! 호패!"
대로 한가운데를 가로막고 외치는 신참의 기세는 등등했다. 깐깐한 성조며 묵직한 표정이 임관 반년짜리치곤 자못 노숙하여 두어 발짝 떨어진 곳에서 그 모습을 지켜보던 고참 포쾌는 만족한 표정으로 고개를 끄덕였다. 손발이 민활하면 머리가 편해지는 건 고래의 진리. 빠릿빠릿한 신참을 조수로 들이는 것도 고참 입장에선 쉽게 누리기 힘든 복이었다.
신참의 호령에 앞서 가던 사람이 걸음을 멈추었다. 그자의 뒷모습을 보며 고참은 실소를 금할 수 없었다. 뇌가 작은 걸까, 아니면 간이 큰 걸까. 비황색으로 둘러대기도 힘든 싯누런 빛깔로 짧은 옷도 아닌 장포를 지어 입는 놈이라니. 그것도 오리 알도 익는다는 복건의 오뉴월 날씨에 말이다.
"귓구멍이 막혔나? 호패 제시하란 말이 안 들려!"
신참의 채근에 황포인이 천천히 몸을 돌렸다. 그 순간 고참은 저도 모르게 마른침을 꿀꺽 삼켰다. 빳빳한 허리에 어깨도 떡 벌어져 기껏해야 장년쯤이라 생각했는데, 얼굴은 그게 아니었다. 이마와 볼따구니에 죽죽 난 굵은 고랑들이 그것을 말해 주고 있었다. 한데도 머리카락과 수염은 먹물을 바른 듯 새카맣

고 부리부리한 두 눈에선 형형한 광채가 뿜어 나오니, 그 기묘한 부조화는 보는 이를 긴장시키기에 충분했다.
"내게 한 말인가?"
전혀 노인 같지 않은 황포 노인이 신참을 향해 입을 열었다. 배 속에 깊은 동굴이라도 감춰 놓은 듯 우렁우렁 울려 나오는 목소리였다.
"어어…… 호, 호패를…….."
아무리 빠릿빠릿해도 경험 부족이란 숨기기 힘든 법. 눈에 띄게 기세가 꺾인 신참의 모습에 고참은 바야흐로 자신이 나설 때임을 직감했다.
"호패를 제시하라."
대나무처럼 마디 맺혀 나오는 고참의 호령에 황포 노인이 시선을 돌렸다. 등잔불을 매단 듯한 황포 노인의 눈빛 앞에서도 고참은 움츠러들지 않았다. 한 성의 성도에서 칠 년간 근속한 경력이 헛것은 아니기 때문이다.
"이유는?"
"그 옷이 국법에 어긋남을 정녕 모르는가?"
"옷?"
황포 노인은 양팔을 쭉 내리며 자신의 소맷자락을 슬쩍 둘러 보더니 비아냥거리듯 중얼거렸다.
"비황전인가?"
"뭐라?"
고참의 이맛살이 세차게 꿈틀거리는데, 황포 노인의 말이 이어졌다.
"이곳에서까지 비황전이라, 백성을 등쳐먹는 오리배의 폐습은 남북을 가리지 않는 모양이군."

"늙은것이 감히!"

정곡을 찔린 고참은 허리춤에 찬 곤봉의 손잡이를 움켜쥐며 노호성을 터뜨렸다. 끄트머리에 쇠 징이 박혀 잘못 맞으면 병신 되기 십상인 묵직한 동모곤銅帽棍이었다. 하지만 황포 노인은 눈썹 한 올 까딱하지 않았다.

"그 물건을 뽑으면 후회할 것이다."

으르렁거리는 듯한 경고와 함께 황포 노인의 기세가 부풀어 올랐다. 손가락 하나 움직이지 않았음에도 마치 큰 칼을 휘두르는 듯 주위의 공기가 살벌해진 것이다.

"감히 국법을 집행하는 관원에게 반항할 셈인가!"

입으로는 여전히 기세 좋게 외치고 있지만 속으로 재수 옴 붙었다는 생각이 드는 것만큼은 어쩔 수 없었다. 상대는 강호인, 그것도 기세만으로 사람을 핍박할 수 있는 고수였다. 강호인이란 국법 어긴 일을 그날 저녁 술자리의 자랑거리쯤으로 여기는 막돼먹은 종자들이 아니던가. 비황전 뜯는 재미가 아무리 쏠쏠하다 해도 먹을 밥 못 먹을 밥은 가릴 줄 알아야 하는 것이다. 가던 길 멈추고 구경하는 시선들이 늘어나는 것도 고참에게는 작지 않은 부담으로 다가왔다.

'이걸 뽑아, 말아.'

동모곤을 움켜쥔 채 뽑을 수도, 그렇다고 안 뽑을 수도 없는 진퇴양난의 상황을 모면케 해 준 것은 어디선가 울려온 낭랑한 목소리였다.

"이런, 이런, 자네들이 큰 실수를 저질렀군."

누른색을 놓고 승강이를 벌이던 세 사람의 시선이 목소리가 울린 곳으로 향했다. 이 층으로 올린 다관 건물 아래쪽, 웅성거리는 구경꾼들 사이로 모습을 드러낸 사람은 참으로 출중한 용

모의 장년 사내였다. 깊은 바다 빛처럼 짙푸른 남삼藍衫에 허리에는 폭이 한 뼘이나 되는 새하얀 옥장玉粧 요대를 둘렀는데, 이목구비가 그린 듯이 엄정하여 흡사 이야기 속에 등장하는 천관天官을 보는 듯했다.

"귀하는 뉘시오?"

귀태 나는 외모는 상대의 공경을 절로 부르는 법. 한결 조심스러워진 고참의 물음에 남삼 장년인이 듣기 좋은 목소리로 대답했다.

"나흘 전에 이곳 지부대인을 찾아뵙고 인사를 올렸는데, 자네는 그 자리에 없었던 모양이구먼."

'나흘 전?'

고참이 미간을 모으는데 문득 옷자락을 잡아당기는 손길이 있었다. 돌아보니 신참이었다.

"제가 봤어요. 지부대인이 정문까지 따라 나와 배웅을 하던데, 눈치로 봐서 보통 신분이 아닌 것 같더라고요."

신참의 빠른 속삭임에 정신이 번쩍 들었다. 지부대인을 제집 강아지처럼 따라 나오게 만드는 사람이라면 관부인이건 관부인이 아니건 자신 같은 말단 포쾌로서는 감히 상대할 수 없는 귀인인 것이다.

"용서를! 몰라 뵙고 실례를 저질렀습니다."

고참은 움켜쥐고 있던 동모곤에서 황급히 손을 떼며 남삼 장년인을 향해 읍례를 올렸다. 남삼 장년인은 기품 있는 미소와 함께 손을 내둘렀다.

"귀인은 무슨, 시간 많고 오지랖 넓어 그냥저냥 아는 분들이 많은 한량일 뿐이라네. 그나저나…… 별일도 아닌 것을 가지고 보는 눈들이 너무 많구먼."

이 말에 주위를 둘러본 고참이 신참에게 눈짓을 보냈다.

"여기 무슨 구경난 줄 아나? 구경이 그렇게 좋으면 관아 구경도 한번 시켜 줄까?"

신참이 허리춤의 동모곤을 손바닥으로 탁탁 두드리며 을러대자 모여든 사람들은 저마다 고개를 외로 꼬며 썰물처럼 빠져나갔다. 그 모습을 지켜보던 남삼 장년인이 만족한 듯 고개를 끄덕이며 고참의 앞으로 다가왔다.

"참 더운 날일세. 이런 날씨에도 수고들이 많구먼."

그러면서 고참 손에 뭔가를 쥐어 주는데, 동글납작하고 묵직한 느낌이 굳이 안 봐도 사람 입가를 절로 벌어지게 만들 물건임을 알 수 있었다. 고참이 휘둥그레진 눈으로 쳐다보자 남삼 장년인이 한쪽 눈을 찡긋해 보였다.

"다른 뜻은 아니고, 젊은 친구들이 더위에 애쓰는 게 안쓰러워 그러네. 일 끝나고 목들이나 축이시게."

"이런 황송할 때가……."

"하하, 이까짓 걸로 무슨 황송까지."

잠시 말을 멈춘 남삼 장년인은 자신이 등장한 이후 꿔다 놓은 보릿자루처럼 우두커니 서 있는 황포 노인을 눈짓으로 가리켰다.

"날 만나기 위해 멀리서 찾아오신 분일세. 한데 공교롭게도 오늘따라 비황색 복식을 차려입으시는 바람에 자네들의 오해를 산 모양이군. 자세히 보게나. 비황색이 맞지?"

고참은 황포 노인을 힐끔 쳐다보았다. 못마땅해 죽겠다는 속내를 얼굴에 고스란히 드러내고 있는 황포 노인이지만 그 또한 이제는 별문제가 될 수 없었다.

"이제 보니 그렇군요. 비황색이 분명합니다."

고참은 짐짓 놀라는 체하며 고개를 크게 끄덕였다. 새삼스러운 일도 아니지만 황색이 비황색이 되는 것은 이처럼 순식간이었다. 남삼 장년인이 은근한 목소리로 고참에게 물어 왔다.

"하면 내가 모셔 가도 되겠지?"

궁지에서 벗어난 데다 비황전까지 두둑이 얻어 냈는데 모셔 가지 못하게 할 이유가 없었다.

"당연히 그러셔야지요."

고참의 대답에 남삼 장년인은 잘생긴 얼굴 가득 환한 웃음을 머금었다.

"역시 명철하구먼. 이곳 복주가 풍속이 순하고 치안이 바른 게 다 이유가 있었어. 나중에 지부대인을 뵙게 되면 자네들의 노고를 잊지 않고 일러 드리겠네. 그럼 우리는 바쁜 일이 있어서…… 수고들 하시게."

남삼 장년인이 여전히 못마땅한 듯 입술을 꾹 다물고 있는 황포 노인을 이끌고 자리를 뜨자, 고참은 움켜쥐고 있던 오른손을 슬그머니 펼쳐 보았다. 과연 손바닥 위에 놓인 누른 금엽金葉은 그의 입가를 절로 벌어지게 만들었다. 비황전으로 이것저것 많이 뜯어 본 그지만, 이런 진짜 금붙이가 들어오기는 이번이 처음인 것이다.

하기야 누런 황포가 비황색이 되는 세상, 누런 금붙이가 비황전이 된다 한들 무에 이상하겠는가.

"자네의 일 처리 방식이 본래 이러한가?"

원만한 성품과 준미한 용모로 이십여 년 전부터 강호 여인들의 방심을 사로잡았던 상산 팔극문의 문주 남립南立은 걸음을 멈추고 뒤를 돌아보았다. 그곳에는 굵은 주름 골 하나하나마다

노기를 잔뜩 머금고 있는 황포 노인, 진주언가의 가주 언당평彦
鐺平의 굳은 얼굴이 있었다. 남립은 절로 흘러나오려는 한숨을
지그시 누르며 언당평을 향해 공수해 보였다.

"인사가 늦었습니다. 올봄 무당산에서 뵙고 처음이니 근 사
개월 만이군요. 그간 무탈하셨는지?"

이 공근한 인사에도 언당평의 노기 어린 주름은 펴질 줄 몰
랐다.

"무탈이고 뭐고 간에 자네 일 처리가 본래 이러하냐고 물었네.
가렴주구를 일삼는 도적들을 징치하지는 못할망정 뇌물을 갖다
바치다니! 그러고야 어찌 당당한 호걸이라고 할 수 있는가!"

남립이 쉬 대답하지 않고 손가락으로 이마를 문지르자 흥이
라도 사는지 언당평의 목소리가 더욱 커졌다.

"하물며 이 몸에게 어사철패御賜鐵牌가 있다는 사실은 자네도
잘 알지 않는가! 그런데도 어찌 끼어들어 저 도적들의 기세를
양양하게 만들어 준다는 말인가!"

남립은 어쩔 수 없다는 듯 한숨을 푹 내쉰 뒤 말했다.

"그래서 끼어든 것입니다."

"무어라?"

"가주께서 선황 대에 벌어진 어전 무술 시합에서 우승하신
뒤 상으로 걸린 쉰 냥짜리 금 두꺼비 대신 황포를 입을 수 있도
록 허락해 달라는 청을 올리셨고, 선황께서 이를 받아들이시어
한 장의 철패로써 그것을 증명케 하셨다는 것은 이미 천하에 널
리 알려진 호협한 일화가 되었습니다."

남립이 조곤조곤한 어조로 자신의 옛 영웅담을 늘어놓자 언
당평의 뾰족한 눈매가 조금 풀어지는 듯했다.

"물론 가주께서 어사철패를 내보이시면 저따위 포쾌들이야

기함을 하여 고개를 처박겠지요. 설마 소생이 그것을 짐작 못 하여 가주의 행사에 끼어들었다고 여기시는 것은 아니겠지요?"

언당평은 대답 대신 남립의 얼굴을 뚫어져라 쳐다보았다. 남립은 목소리를 더욱 부드럽게 하여 말을 이어 갔다.

"아까 모여든 구경꾼들을 보셨겠지요. 이 복주가 비록 큰 도회라지만 소문이 퍼지는 것은 순식간입니다. 그랬다면 아마도 오늘 저녁쯤엔 복주의 주루마다 어사철패로 욕심 많은 포쾌들을 굴복시킨 호쾌한 노영웅의 이야기로 떠들썩할 겁니다. 강호에 밝은 몇몇은 필시 석년의 어전 무술 시합 이야기를 꺼내며 으스대겠지요. 가주께서는 그렇게 되길 바라십니까?"

잠시 생각하던 언당평이 고개를 털레털레 흔들며 말했다.

"자네 말이 옳은 것 같구먼. 내 생각이 조금 짧았나 보네."

남립은 손사래를 치며 미소를 머금었다.

"진작 마중 나갔어야 할 소생의 불찰이지요. 황송한 말씀일랑 거둬 주시기 바랍니다."

이야기가 일단락되자 두 사람은 멈췄던 걸음을 다시 떼어 놓았다.

복주의 시정은 후텁지근한 날씨에도 불구하고 각양각색의 사람들로 북적거리고 있었다. 그 속을 뚫고 나아가려니 발길이 순탄하지 않을 법도 하건만, 유독 두 사람의 주위는 기이하리만치 한산했다. 마치 그들에게서 지독한 악취라도 나는 양 사람들은 두 사람을 중심으로 벌어지고 오므라들기를 반복하고 있었다.

물론 악취 같은 것은 없었다. 단지 좀처럼 보기 힘든 싯누런 황포가 있었을 뿐이다. 그래서인지 황포의 주인 언당평은 걷는 내내 자득한 기색이 역력했고, 그 모습을 바라보는 남립은 걷는 내내 언짢은 기색을 억눌러야만 했다. 그에게는, 그리고 그들에게는 남의 이목을 피해야만 하는 절실한 이유가 있기 때문이었다. 생각 같아선 지금 당장이라도 그놈의 황포 좀 벗어 버려라 외치고 싶건만…….

'누른 옷 입는 것을 일생일대의 자랑거리로 여기는 늙은이가 그 말을 따를 리 없지.'

그러나 그 일생일대의 자랑거리라는 게 거리를 오가는 사람들에게는 그저 멀리하고 싶은 기휘의 대상일 따름이었다. 내가 바라보는 나를 남들 또한 똑같이 바라봐 주리라는 그릇된 확신은 왕왕 과대망상이란 고약한 증상을 만들어 내곤 한다. 그런 의미로 볼 때 저 언당평은 과대망상증 환자라고 봐도 무리가 없었다.

'가만, 과대망상증이라……?'

그러고 보니 과대망상증에 빠진 늙은이는 언당평 하나만이 아니었다. 지금쯤 강동 땅으로 향하고 있을 노독물. 사실 과대망상증의 증세로 보자면 노독물 쪽이 훨씬 심했다. 언당평에겐 황제가 내린 어사철패라도 있지만 그 노독물에겐 오로지 사람을 죽이는 독공만 있을 뿐이었다. 그런 주제에 신선이라니!

'그 노독물을 안내하는 게 강북총탐이라고 했겠다.'

오십보백보라는 말이 있다. 오십 보나 백 보나 그게 그거란 뜻에서 나온 말인데, 그래도 오십 보 달아난 놈이 백 보 달아난 놈보다는 나았다. 오십 보 달아난 놈은 최소한 백 보 달아난 놈이 처음 오십 보 달려갈 동안만큼은 적을 상대로 열심히 싸웠을 테니까. 같은 맥락으로 언당평의 과대망상증이 노독물의 그것보다는 훨씬, 정말로 훨씬 나았다. 언당평은 최소한 자신의 병증을 입증하기 위해 무고한 의원들을 학살하는 정신 나간 짓 따위는 저지르지 않았으니까.

생각이 여기에 이르자 언짢던 마음이 한결 풀렸다. 본시 악이란 최악과 비교함으로써 위로받는 법. 최악을 피한 대가로 부득이하게 마주치게 된 악이라면, 누구나 그렇겠지만 남립 또한 기꺼이 감수할 용의가 있었다.

그리하여 상산 팔극문의 문주에 오른 직후 문강에게 포섭되어, 관과 강호를 무시로 넘나들며 비각의 많은 은밀한 사업들을 진행해 온 비이목의 강남총탐 남립은 특유의 기품 있는 미소를 되찾게 되었다.

(2)

외팔이는 드물다.
나귀 탄 외팔이는 더욱 드물다.
거지에게 고삐 들린 나귀 탄 외팔이는 더더욱 드물다.
소 닮은 낯짝을 한 거지에게 고삐 들린 나귀 탄 외팔이는…….
드묾의 궁극을 향해 나아가던 진복두秦福斗의 생각은 거기에서 멈췄다. 소 닮은 낯짝을 한 거지가 외팔이를 태운 나귀의 고삐를 놓고는 느릿느릿한 걸음걸이로 자신에게 다가왔기 때문이다.

"참 더운 날이네요."

생김새나 몸짓과 참으로 잘 어울리는 느긋한 목소리로 인사를 건넨 그 거지는 진복두의 머리 위 까마득한 곳에 걸린 현판을 힐끔 올려다보더니 히죽 순박하게 웃었다.

"가향문家鄕門이라…… 진공가향 무생노모眞空家鄕 無生老母의 여덟 자 진언에 나오는 그 가향인가 보네요."

백련교가 말하는 무생노모란 우주 만물의 조화를 주관하는 절대자인 동시에 과보果報의 고통에 시달리는 중생을 구원하는 구원자다. 그녀에게 구원 받은 중생들은 낙원으로 들어갈 수 있는데 그곳이 미혹함이 없는 진여眞如의 고향, 바로 진공가향이다.

여덟 자 진언이 나오자 진복두는 얼른 양손 바닥을 모아 불꽃 모양의 수결을 만들고는 이 세상 어딘가에서 굽어보고 계실 무생노모를 향해 머리를 조아렸다. '미륵하생 명왕출세'가 현세의 간난신고를 이겨 내는 투쟁의 다짐이라면, '진공가향 무생노모'는 내세의 부귀영화를 보장해 주는 축복의 약속인 것이다.

"어디에서 오신 형제분이신가?"

예를 마친 진복두가 거지에게 물었다. 이곳은 진공, 가향, 무생, 노모의 여덟 자 진언에 따라 명명된 무양문의 네 대문 중 서쪽 문에 해당하는 가향문. 진복두는 그 가향문을 지키는 열두 수문위사 중 한 사람이었다. 그러니 찾아온 외부인의 신분을 묻는 것은 당연한 임무인데, 거지는 소처럼 눈을 끔뻑이다가 고개를 천천히 젓는 것이었다.

"물때를 알기 위해 굳이 물고기가 될 필요는 없네요."

"잉?"

"교리를 안다 하여 모두 교도는 아니라는 말이네요."

잠깐 사이에 불쾌해진 것은 아가미 달린 족속에 비유당한 탓이리라. 진복두는 안색을 굳히며 거지에게 다시 물었다.

"하면 본 교의 교도가 아니란 말인가?"

대답을 대신한 것은 거지의 히죽한 웃음. 그 웃음이 아까처럼 순박하게 보이지는 않았다.

'이놈 봐라?'

진복두는 두 다리를 어깨 넓이로 벌리는 한편 뒷전에 선 세 명의 동료들에게 눈짓을 보냈다. 비록 강호의 뭇 방회들로부터 마귀의 도당이라 경원당하는 게 백련교요 무양문이라지만, 명

존에 맹세컨대 이제껏 단 한 번도 제세구민濟世救民의 교리를 어겨 본 적이 없다 자부하는 그였다. 그러나 성지의 대문 앞에서 야죽거리는 시건방진 거지 놈은 명존께서 긍휼이 여기라는 만민에 포함되지 않았다. 그는 그렇게 믿고 살았다.

"이놈! 감히 여기가 어디라고! 혼쭐이 나 봐야 정신을……!"
쫘작!

혼쭐을 낸 사람은 따로 있었다. 저만치 떨어져 있던 나귀 탄 외팔이가 바로 그 사람이었다. 외팔이가 냅다 집어 던진 게 정확히 무엇인지는 모르지만 쫙 피어난 물 막과 주위로 흩어지는 파편으로 미루어 아마도 대나무 속을 파서 만든 물통 따위가 아닐까 싶었다. 시건방진 거지 놈은 뒤통수를 부여잡고 죽는 시늉 중이었다.

"어린놈이 주둥이만 까져서 틈만 나면 말장난질이구나."

한 소리 꾸짖은 외팔이는 나귀 등에서 훌쩍 내려 진복두에게로 다가왔다. 그 기세가 자못 등등하여 진복두는 자신도 모르게 어깨를 움찔거렸다.

"귀 문에 머무는 손님들 중 한 사람에게 용건이 있어 불원천리로 찾아왔소. 안으로 통지해 줄 수 있겠소?"

뜻밖에도 외팔이는 예도를 알았다. 정신을 가다듬고 유심히 살피니 꼬장꼬장해 보이는 생김새가 고릿해 보이긴 하지만 나름 오륙십 줄 연배에 부끄럽지 않은 늠연한 위엄도 갖춘 듯했다. 진복두는 자세를 바로 하며 외팔이에게 물었다.

"통지하는 것은 어렵지 않습니다만 어디서 오신 누구신지는 밝혀 주셔야 합니다."

외팔이는 못마땅한 듯 눈썹을 찡그리다가 갑자기 뒷전에 대고 소리를 꽥 질렀다.

"엄살 그만 떨고 이리 못 와!"

여태껏 뒤통수를 부여잡고 쩔쩔매던 거지가 고개를 들고 눈을 뒤룩거렸다.

"저는 왜 또 부르시는지 모르겠네요."

"어른이 부르는데 말대꾸는! 한 대 더 처맞기 전에 빨리 못 와!"

"물론 어른이 부르시면 가야 하네요. 빨리 오라시면 빨리 가야 하네요."

그러나 거지의 동작은 말과 거리가 멀었다. 도살장 끌려가는 소처럼 뭉그적대면서도 쉴 새 없이 구시렁거리는데, 어찌 그리 아는 게 많은지 뱉는 족족 문자 아닌 게 없었다.

"공자께서는 형벌이 지나치면 백성들이 손발 둘 곳이 없어진다고 하셨네요."

또.

"맹자께서는 아무리 좋은 형률刑律이라도 한마디 좋은 교화만 못하다고 하셨네요."

다시.

"순자께서는…… 큽!"

기어이 뒤통수를 한 대 더 맞고서야 조용해진 거지에게 외팔이가 눈을 흘기며 말했다.

"배첩을 써라."

"제 이름으로요?"

"내 이름으로 쓸 거면 뭐 하러 널 불렀을까?"

"하지만 성현께서도 장유長幼는 천륜지서天倫之序라 하셨는데, 존장을 제쳐 두고 어찌 감히 후배가…… 써야겠네요."

슬그머니 치켜 올라간 외팔이의 주먹이 성현의 가르침을 꺾었다. 거지는 얼른 고개를 돌려 진복두에게 붓과 첩지를 내 달

라 하였다. 이 또한 문지기 일에 포함되어 있는지라 진복두는 군말 않고 그것들을 내주었고, 거지는 거지 솜씨라고는 믿기지 않을 만큼 단아한 필체로 한 장의 멋들어진 배첩을 즉석에서 만들어 내밀었다.

배첩에 적힌 내용을 죽 읽던 진복두의 눈이 휘둥그레졌다.

"개, 개방 방주의 장제자? 자네가?"

거지는 이번에도 대답 대신 히죽 웃었지만, 앞선 웃음들과는 그 의미가 사뭇 달랐다. 거지도 거지 나름이지, 차기 개방 방주라면 가벼이 대할 수 있는 거지가 결코 아닌 것이다.

"이 배첩을 어느 분께 전하면 되는가?"

거지가 대답 대신 외팔이의 눈치를 살피자 외팔이가 대신 입을 열었다.

"석……."

그러나 그 한마디를 내뱉은 뒤 외팔이는 두 눈을 감고 입술을 꾹 다물었다. 북받쳐 오르는 뭔가를 참는 듯 외팔이의 맞물린 입술 위로 잔경련이 일었다. 한참을 기다려도 뒷말이 이어지지 않아 진복두가 재차 말을 꺼내려는 찰나, 감겼던 외팔이의 눈이 번쩍 떠졌다.

"석대원, 석대원이란 사람에게 전해 주시오."

차마 깰 수 없는 맹세라도 깬 듯 참괴함으로 가늘게 떨리는 목소리. 그러고는 잠시 뒤 이렇게 덧붙였다.

"당신의 옛집이 위험에 처했다고 하면 금세 달려올 거요."

"소주께서는 아무도 만나지 않으신다 하셨소."

한로가 지키고 선 방문 앞에는 두 여자가 서 있었다. 큰 여자와 작은 여자였다. 방으로 들어가겠노라 조르는 쪽은 작은 여

자. 하지만 한로는 큰 여자 쪽을 향해 불가함을 말했다. 그래서 큰 여자, 목연이 어쩔 수 없이 나서야 했다.

"석 공자께서 피객패避客牌를 내거신 것은 알고 있습니다. 하지만 관아가 저렇듯 졸라 대서……."

"안다니 긴 얘기 할 필요 없구려. 돌아가시오."

이곳을 찾아온 것이 과연 관아가 조른 때문만일까. 하나 한로의 냉정함은 목연으로 하여금 더 이상 말 붙일 여지조차 주지 않았다. 민망함에 돌린 시선 속으로 문설주 앞에 수북이 놓인 쟁반들이 들어왔다. 그 위로 싸늘하게 식은 죽 그릇들은 아마도 저 충직한 노인네가 날라다 준 그의 식사들일 터.

목연은 문득 슬퍼졌다. 연무장까지 내주며 응어리진 마음을 풀어 보라던 일군장 제갈휘의 배려도 그에겐 별다른 위로가 되지 못했나 보다. 원망이 먹물처럼 슬픔 위로 풀어지고 있었다. 그렇게나 아픈 사건이었을까, 그 여자와의 이별이?

"나빠! 여긴 내 집인데 할아버지가 뭔데 자꾸 가라는 거예요?"

목연을 대신해 한로의 냉정함에 항의를 한 쪽은 작은 여자, 서문관아였다. 한로의 강퍅한 시선이 아이에게로 향했다.

"소주께서 드신 곳은 그곳이 어디든 소주의 집이다."

"그, 그런 게 어디 있어!"

"네 할아버지가 와도 어림없으니 헛짓거리하지 말고 어서 돌아가라."

목발 없이는 걷지도 못하는 가련한 아이에겐 차마 못할 야박한 소리를 한로는 눈 하나 깜짝하지 않고 내뱉었다. 관아는 커다란 두 눈 가득 눈물을 그렁그렁 담다가 이내 주르륵 내흘리며 빽 소리를 질렀다.

"상숙이……! 상숙이 약속했단 말이야! 이번에 돌아오면 관

아랑 또 시내 구경 가기로 상숙이 약속했단 말이야!"
하지만 한로는 더 이상 할 말 없다는 듯 문설주 옆 접의자에 앉아 눈까지 감아 버렸다. 그 모습을 보며 분한 듯 어깨를 들썩이던 관아가 몸을 돌려 목연의 치마에 얼굴을 묻었다.
"으아앙! 할아버지 나빠! 상숙 미워! 으아아앙!"
목연이 무슨 말을 하겠는가. 그저 아이의 등을 토닥이는 일이 그녀가 할 수 있는 전부였다.
그때 멀리서 종종거리는 발소리가 들렸다. 목연이 고개를 돌리니 회랑 모퉁이를 돌아 다가오는 붉은 옷을 입은 청년 하나가 보였다.
"부당주님을 뵙습니다. 아! 아기씨께서도 같이 계셨네요. 한데 무슨 속상하신 일이라도 생겼나 보죠? 아기씨께서 우시네요."
목연과 관아를 번갈아 가며 붙임성 있게 알은체를 하는 홍의 청년은 무양문 삼당 중 순찰당에 소속된 전령이었다. 호공당 부당주라는 직책 덕분에 순찰당 전령들과 교통이 잦을 수밖에 없는 목연으로서는 꽤나 안면 있는 사이라 할 수 있었다. 목연은 치마에 매달려 울먹이는 관아를 살며시 떼어 놓으며 홍의 청년에게 목례를 해 보였다.
"오랜만이에요. 한데 순찰당에서 제게 무슨 용무라도?"
"아! 아닙니다. 제가 천리안도 아니고, 부당주님께서 여기 계신 줄 어떻게 알았겠습니까."
홍의 청년이 웃으며 답하자 목연은 고개를 갸웃거렸다.
"하면……?"
"순찰통령님을 뵈러 왔습니다."
그 순찰통령이 석대원을 가리킨다는 사실을 떠올리는 데엔 시간이 조금 필요했다. 맞다. 그는 비록 별정別定이긴 하지만 순찰통령 자리를 수락했다고 했다. 그 여자를 무양문으로부터 빼내는 대가로. 그 여자를 온전히 그만의 포로로 만드는 대가로. 자신이 입교를 권유하였을 때엔 열없고 어색한 웃음으로 거절하던 그가 말이다. 다시금 원망이 일었다.

 목연의 심중을 헤아릴 길 없는 홍의 청년은 접의자에 책상다리로 올라앉아 그 무엇에도 관심 없다는 듯 두 눈을 꾹 감고 있는 한로에게로 다가가 예를 올렸다.

 "처음 뵙겠습니다. 순찰당 청풍향靑風香 소속 전령, 종청宗晴이라고 합니다."

 한로는 눈도 뜨지 않고 냉랭하게 대꾸했다.

 "청풍이고 홍풍이고 간에 소주께선 누구도 만나지 않겠다고 하셨다."

 종청은 관아처럼 울지도, 목연처럼 무안해하지도 않았다.

 "순찰통령님을 뵙겠다며 본 문을 찾아온 외인들이 있어 그 배첩을 전해 드리고자 이렇게 찾아왔습니다."

 그러면서 한 통의 배첩을 내미니 감겨 있던 한로의 눈이 마침내 뜨였다.

 "외인?"

 "네, 현 개방 방주의 장제자와 이름을 밝히기를 꺼리는 어떤 외팔이 노인이라고 하더군요."

 외팔이 노인이라는 말에 한로의 눈썹이 잠깐 꿈틀거리는 듯했다.

 "그들이 왜 우리 소주를 찾는다던가?"

 "거기까지는 알지 못합니다. 다만 배첩을 들이며 따로 순찰통령님께 전해 달라는 말이 있었다고 합니다."

 "무슨 말?"

"순찰통령님의 옛집이 위기에 처했다는……."

한로는 튕기듯이 자리에서 일어나 종청의 손에 들린 배첩을 낚아챘다. 그러더니 씹어 삼킬 듯한 표정으로 그것을 들여다보고는 방문을 열고 안으로 달려 들어갔다.

그 모습을 지켜보던 목연은 입술을 잘근잘근 씹었다. 대체 무슨 일일까? 본가에 무슨 문제가 생긴 모양인데, 가뜩이나 힘들어하는 그를 더 힘들게 만들지는 않을까? 그는 지금도 충분히 힘든데, 그런 일이 생기면 안 되는데……. 그러다 화들짝 놀라 고개를 저었다.

'그의 마음엔 내가 들어갈 한 뼘 공간도 없는데, 나는 그의 옛집까지 걱정해 주고 있구나.'

목연은 한로가 들어간 방문을 쳐다보았다. 한로가 보인 반응으로 미루어 조금만 더 기다리면 그를 볼 수 있을 것 같기도 했다. 하지만…… 구차했다. 비록 그를 좋아하지만, 은애하는 것 같기도 하지만, 그래도 그의 마음을 구걸하고 싶진 않았다. 햇살로부터 돌아서지 못하는 해바라기로 살고 싶진 않았다. 그녀는 아직도 울먹이는 관아의 머리에 손을 얹었다.

"그만…… 가자꾸나."

관아에게, 또 자신에게 힘없이 말할 때, 습기로 얼룩진 세상이 목연의 눈 속에서 부옇게 흩어지고 있었다.

꽝!

성근 베로 짠 통풍 좋은 잠옷을 입고 달콤한 오수를 즐기던 육건은 문 쪽에서 들려온 벼락같은 소리에 화들짝 놀라 일어났다.

처음엔 황제가 갑자기 미쳐서 토벌군이라도 낸 줄 알았다. 그만한 일이 아니라면 무양문의 군사이자 백련교의 대장로이기도 한 자신의 침소 문에서 저런 소리가 날 까닭이 없다 여겼기 때문이다. 하지만 졸음기가 채 가시지 않은 눈으로 침입자를 확인한 육건은 곧바로 자신의 판단이 잘못되었음을 인정하지 않을 수 없었다. 황군 아니라도 자신의 침소 문짝에다 발길질할 놈은 얼마든지 있었다. 아니, '놈들'이라고 해야 하나?
 "군사 영감! 지금 낮잠 주무신 거 맞죠?"
 "우리는 며칠째 날밤을 새고 있는데 낮잠? 낮잠이라고요?"
 무슨 역모라도 발견한 포쾌인 양 선두에서 기세 좋게 외친 놈은 고高 수재秀才였고, 그에 질세라 뒤이은 놈은 이李 수재秀才였다. 이들은 무양문이 양성한 괴짜 수재 집단, 별수재 중에서도 유달리 목소리가 큰 위인들이었다.
 사실 별수재를 무양문이 양성했다는 표현엔 문제가 조금 있었다. 무양문이 책임지는 것은 미륵봉 한 귀퉁이에다 지어 준 코딱지만 한 숙소와 다달이 지급해 주는 쥐꼬리만 한 녹봉이 전부인데, 육건 개인이 책임지는 것은 하 많아 일일이 열거할 수 없을 정도니 말이다. 하다못해 제집 문짝이 망가져도 육건더러 고쳐 내라 달려오는 것들이 바로 저놈들인데, 망할 것들이 그 은혜도 모르고 되려 육건네 집 문짝을 걷어차고 앉았으니.
 육건은 쓴웃음을 삼키며 침상에서 내려와 서탁 앞에 앉았다.
 "왜들 이 난린가? 연구가 잘 안 되는가?"
 육건이 한마디 하면 다섯 마디, 열 마디로 달려드는 놈들이 또한 별수재다.
 "연구는 아무 문제 없습니다. 막힐 일도 없고요."
 "천장포인지 만장포인지 이젠 눈을 감고도 조립할 수 있을 만큼 낱낱이 까발린 지 오래입죠."
 "하지만 그놈의 뇌관!"

"귀신이 파먹은 자리처럼 뻥 뚫린 그놈의 뇌관!"

"그놈의 뇌관 자리만큼은 아무리 들여다보고 또 들여다봐도 모르겠단 말입니다!"

"자고로 사람을 건지려거든 보따리까지 찾아 놔야 하고."

"용을 그리려면 눈알까지 그려야 옳은 거 아닙니까?"

"달랑 껍데기만 던져 주고 나 몰라라 하면."

"대체 우리더러 어쩌란 말입니까?"

내가 미쳤지.

육건은 손으로 입을 슬쩍 가리며 조그맣게 중얼거렸다.

애당초 금부도에서 가져온 천장포의 본체를 저 녀석들에게 공개하는 것이 아니었다. 핵심이라 할 수 있는 뇌관, 축융까지 온전히 수중에 넣기 전에는 말이다. 한데 그날따라 뭘 잘못 먹었는지, 이거라도 먼저 가져다주면 새로운 문물에 목말라 하는 저 녀석들이 좋아하지 않을까 하는, 마치 벌레를 물고 둥지로 돌아오는 어미 제비 같은 심정이 들어 버린 것이다. 그 보답이 지금의 이 사단. 하니 놈들이 발길질한 것은 단지 문짝만이 아니었다. 육건은 놈들의 발길질에 상처 입은 모성을 자조 섞인 한숨으로 달랬다.

"그래서 내가 어떻게 해 주면 되겠…… 아야! 뇌관을 내놓으란 말만 빼놓고 얘기해 보게나."

육건은 득달같이 뻥긋대려는 두 놈의 입을 손사래로 틀어막으며 재빨리 말을 마쳤다. 예상대로 두 놈의 얼굴이 와락 구겨졌다. 그러고는 터져 나오는 말들이란 게, 군사 영감께선 우리 얘기를 밑구멍으로 들으신 겁니까라는 무엄한 항변부터, 귀 높이가 낮다고 말까지 못 알아들으셔야 쓰겠습니까라는 인신공격성 야유, 거기에 서시西施 없는 고소대姑蘇臺를 어따 쓰란 말입니까라는 되지도 않는 비유까지, 정말 장마철 악머구리들이 따로 없었다.

"이 사람들아, 그러게 내 미리 얘기했잖은가. 본체야 어찌어찌 공개할 수 있어도 뇌관만큼은 내 뜻대로 다룰 수 있는 물건이 아니라고. 그걸 공개하려면 객원순찰통령의 허락이 있어야 하는데, 그게 또 오롯이 그 사람 마음대로가 아니란 말일세. 그 여진인 둘에서 그 물건을 어떻게 지키는지는 자네들도 두 눈으로 직접 보았을 게 아닌가."

그러자 두 놈은 기다렸다는 듯 축융만은 공개하지 않겠다는 객원순찰통령과 축융이 든 궤짝을 한 몸뚱이로 묶고 다니는 두 여진인에 대한 성토로 목청을 높였다.

"……는 작자란 말입니까!"

"……한 미개한 놈들!"

무고한 사람 셋이 천하에 다시없을 죽일 놈이 되는 데엔 그리 긴 시간이 필요치 않았다. 그 성토의 홍수에 떠다니던 육건은 머리가 지끈거려 옴을 느꼈다. 달콤한 오수의 여운 따위는 이미 사라진 지 오래. 그러면서도 곰곰이 생각해 보니 정작 죽일 놈은 따로 있었다. 이 건물의 관리를 맡고 있는 양 관사! 한때 강호에서 사람깨나 죽여 봤다는 놈이 이깟 먹물 둘을 막지 못해 이 사단을 조장해? 이건 직무유기를 빙자한 고의가 틀림없었다.

바로 그때, 호랑이도 제 말 하면 온다더니 열린 방문 너머로 양 관사의 투실투실한 머리통이 삐죽 나타났다.

"양 관사, 너……!"

"광명전에서 전령을 보내왔습니다. 급히 들라는 교주님의 말씀이 있으셨다고 합니다."

막 터지려던 호통이 쏙 들어갔다. 육건으로 말하자면 누구

못지않은 실용주의자. 상벌을 처리함에 있어 시기 정도는 구분할 줄 알았다. 최소한, 지금 이 순간만큼은, 양 관사는 죽일 놈이 아니었다. 육건은 목소리를 재빨리 바꾸어 점잖게 물었다.

"광명전에서? 그래, 무슨 일이라던가?"

"객원순찰통령 건이라고 하던데 정확히 무슨 일인지는 모르겠습니다."

"객원순찰통령! 그 사람 일이라면 당연히 내가 가 봐야지."

육건은 반색을 하며 자리에서 일어섰다.

"그 작자한테 꼭 뇌관을 내놓으라고 말씀해 주십시오!"

"안 내놓으면 가만있지 않을 겁니다!"

연구열에 눈이 뒤집혀 패악질에 여념이 없는 두 놈을 자신의 방에 남겨 둔 채 육건은 잠옷 바람으로 총총히 걸음을 옮겼다. 뇌관 좋아하시네. 저놈들 속 터지는 꼴을 보기 위해서라도 그 얘기는 일절 꺼내지 않을 작정이었다.

(3)

"여기가 그 유명한 마귀굴이란 말이지?"

황우는 뒤통수를 문지르며 혼잣말을 중얼거렸다. 그의 뒤통수에는 새로운 혹 하나가 튀어나와 있는데, 혼자서는 안 들어가겠다고 버틴 결과물이었다.

이름도 고상한 가향문 앞에서 황우의 뒤통수에 또 하나의 혹을 만든 모용풍은, "그 이름을 입에 담은 것만으로도 죽어 그 형님 볼 면목이 없게 되었거늘 나더러 또 무슨 일을 하란 말이냐!"며 성질을 버럭 내더니 나귀 고삐를 틀어잡고 어디론가 떠나가 버렸다. 졸지에 홀로 남겨진 황우는 어찌할 바를 모르고 어물거리다가, 배첩 넣어 놓고 아무도 안 들어가면 어떡하느냐는 문지기의 재촉에 울며 겨자 먹기로 마귀굴의 문턱을 넘고 말았다.

그렇게 안내된 곳이 바로 이 빈청인데, 마귀들의 본거지라는 뭇 정파인들의 비난과는 딴판으로 황우의 눈에는 중원 여느 문파의 빈청과 별다를 바 없어 보였다. 기다리는 동안 먹으라고 내다 준 다과도 훌륭하다 못해 황홀할 지경이고.

상 위에 그득하던 다과가 거의 사라졌을 즈음, 문이 열리고 짙붉은 색 의관을 단정히 차려입은 남자 하나가 빈청으로 들어섰다. 사십 대 중반 정도쯤 되어 보이는 나이, 양순한 이목구비와 끝이 아래로 말린 눈썹으로 인해 큰 식당 계산대에 앉혀 놓으면 어울릴 것 같은 남자였다.

"개방의 황 소협이십니까?"

황우가 입가로 가져간 마지막 월병을 내려놓으며 엉거주춤 몸을 일으키자 남자가 두 손을 앞으로 모았다.

"처음 뵙는군요. 저는 교무당敎務堂의 교례향주敎禮香主를 맡고 있는 화두홍華斗洪이라고 합니다. 귀빈을 기다리게 한 죄가 작지 않습니다."

아들뻘밖에 안 되는 후배를 대하는 것치고는 과하다 싶을 만큼 정중한 예도였다. 황우는 화두홍을 향해 얼른 마주 포권하며 말했다.

"어릴 적부터 빌어먹느라 기다리는 데엔 이력이 난 몸이니 염려 않으셔도 되네요. 황우라고 하네요."

화두홍은 상 위를 훑어본 뒤 황우에게 물었다.

"의당 제가 직접 챙겼어야 하는데, 상부에 보고하느라 접대를 아랫사람들에게 미루는 결례를 범했습니다. 어떻게, 차려 온

다과는 입에 맞으셨는지?"

"아주 잘 맞네요. 특히 요게 그러네요."

그러면서 황우는 노리던 마지막 월병을 재빨리 입안에 던져 넣었다. 화두홍은 친절하게도 상대가 입안의 음식물을 모두 삼킬 때까지 기다려 주었다가 입을 열었다.

"황 소협께서 방문하셨다는 얘기를 상부에 올렸더니 교주님께서 한번 만나고 싶다 하시는군요."

"큽!"

분명히 삼킨 월병 쪼가리가 목구멍에 되걸린 느낌이었다. 황우는 가슴을 탕탕 두드리고는 휘둥그레진 눈으로 화두홍을 쳐다보았다.

"서문숭 문주께서 저를 보자 하셨다고요?"

화두홍은 대답 대신 빙긋 웃음을 지었고, 황우는 심각한 얼굴로 고민에 빠졌다.

'마귀굴에 혼자 들어온 것도 켕기는 일인데 이젠 마귀 대왕 앞까지 끌려가게 생겼구나!'

하나 곰곰이 생각해 보니 그리 나쁜 일이라고 볼 수만은 없었다. 자신을 직접 보자는 얘기는 곧 이 마귀굴에서도 개방의 위상을 꽤나 높이 쳐준다는 증거였기 때문이다.

황우는 꺼칠한 손바닥으로 얼굴을 슥 문지른 뒤 아랫배에 힘을 주며 말했다.

"후학 된 도리로 존장이 만나고 싶으시다면 의당 만나 드려야 하네요."

"하하, 다행입니다. 황 소협께서 거절하셨다면 교주님 성정에 아마 제게 치도곤을 내리셨을지도 모릅니다."

"예? 치도곤?"

"예, 치도곤."

 마귀 대왕의 성정에 대한 새로운 정보를 얻게 된 황우는 슬그머니 후회가 일었다. 해서 떠올린 게 한 가지 핑계인데…….

 "근데 배첩을 넣은 석대원이란 분은 어떻게 되었는지 모르겠네요. 그쪽부터 만나는 게 일의 순서라고 생각하네요."

 "석대원? 아! 본 문의 객원순찰통령 말씀이군요."

 "헤에?"

 들은 것 많고 배운 것 많은 황우지만 객원순찰통령이란 희한한 직책은 금시초문이었다. 객원이면 곧 손님인데, 이 집에서는 손님에게 순찰도 시키는 모양이었다.

 "교주님께선 객원순찰통령도 부르셨습니다. 저를 따라오시면 함께 만나실 수 있을 겁니다."

 말이 저러하니 그나마 내민 핑계도 사라진 셈이었다.

 "……알겠네요."

 "그러면 이리로."

 화두홍이 우아한 몸짓으로 문 쪽을 가리켰다. 황우는 내키지 않는 걸음을 떼어 마귀 대왕의 본거지로 향할 수밖에 없었다.

 빈청에서 마귀 대왕의 본거지까지 가는 데에는 이각 가까운 시간이 소요되었다. 워낙 멀기도 하거니와, 가는 내내 끊이지 않은 화두홍의 친절한 설명이 시간을 잡아먹는 일등 공신 노릇을 했다. 하기야 황우의 입장에서는 그리 나쁘지만은 않은 시간이었다. 온갖 방면에 박사인 그는 이제 백련교와 무양문에 대해서도 박사 행세를 할 수 있을 것 같았다.

 왕부 건물을 방불케 하는 광명전에 든 다음에도 몇 개의 깐깐한 관문을 더 거친 뒤, 마침내 황우는 아담하지만 호화로운 접

견실 상석에 검붉은 비단 경장 차림으로 앉아 있는 마귀 대왕을 볼 수 있었다. 바로 서문숭, 남패 무양문의 문주이자 곤륜지회 오대고수 중 일인인 희대의 패웅이었다.

"거지 왕초의 장제자가 바로 자네인가?"

대뜸 날아든 이 무례한 질문이 신기하게도 전혀 무례하게 들리지 않았다. 위엄이나 패도 때문이 아니었다. 오히려 동네 아저씨의 것을 닮은 친근함과 소탈함이 그러한 무례함을 지워 내고 있었다. 맞다, 동네 아저씨. 서문숭을 처음 본 황우의 느낌은 그러했다.

"개방의 황우가 무양문의 서문 문주께 인사 올리네요."

그래서인지 광명전에 들기 전까지만 해도 심히 고민되던 첫 인사가 술술 흘러나왔다. 서문숭은 손을 한 번 까딱이는 것으로 황우의 인사를 받아 내고는 웃음 띤 얼굴로 말했다.

"자네와 자네의 사부가 무당산에서 곤궁에 빠졌다는 얘기를 듣고 무척 놀란 적이 있었지. 한데 지금 자네를 보니 말짱 헛소문이었던 게로군."

황우는 뒤통수를 벅벅 긁다가 느릿하게 대꾸했다.

"사실 그때 곤궁에 빠진 건 맞네요. 다만 부처를 팔아먹는 고약한 노인네 한 분을 운 좋게…… 아니, 그렇게 꼭 운 좋은 일인지는 모르겠지만, 어쨌든 그 노인네를 만나는 바람에 간신히 횡액은 면하게 되었네요."

"부처를 팔아먹어? 그게 누군데?"

"성질 더럽고 손버릇 나쁘다는 정도밖에는 저도 잘 모르겠네요."

대답을 마친 뒤 황우는 자신도 모르게 한숨을 내쉬었다. 운수가 안 좋은지 올해에는 이상하게도 성질 더럽고 손버릇 나쁜 노인네들을 자주 만난다는 생각이 든 탓이다. 매불도 그렇고 모용풍도 그렇고.

"흠, 부처까지 팔아먹었는지는 모르지만 마침 나도 그와 비슷한 노인네를 한 분 알고 지내지. 안 그렇소이까, 대장로?"

서문승이 시선을 돌리며 물었다. 그의 시선이 향한 곳에는 호화로운 접견실과 환한 바깥 시각에는 전혀 어울리지 않는 수수한 잠옷 차림의 노인 하나가 앉아 있었다. 노인은 풍모만큼이나 볼품없는 눈썹을 몇 차례 실룩거리더니 황우에게 물었다.

"황 소협이 방금 말한 인사가 혹 공문삼기空門三奇 중 한 분인 매불대사가 아니신가?"

"어? 누구신데 그 노인네를 아신대요?"

그러자 서문승이 혀를 찼다.

"쯧쯧, 자네의 견문이 강호의 어떤 노강호 못지않다고 들었는데, 그것도 헛소문이었나?"

그제야 황우는 조금 전 서문승의 입에서 나온 대장로라는 호칭을 떠올릴 수 있었다. 강호를 떠도는 말에 따르면 백련교 마귀 대왕의 허리춤에는 한 개의 꾀주머니와 열 개의 칼날이 달려 있다고 했다. 열 개의 칼날은 물론 호교십군. 그리고 한 개의 꾀주머니는……

"무양문의 군사님께 말학이 인사가 늦었네요."

잠옷 차림의 노인, 강호에서 신무전의 삼절수사 운소유와 더불어 남북쌍뇌라 불리는 육건은 인사 따위 번거롭다는 듯 가볍게 손을 내둘렀다.

"그래, 매불대사께선 무탈하시던가?"

"너무 무탈하셔서서 걱정이네요."

"너무?"

표현이 얄궂다 여겼는지 고개를 갸웃거리는 육건에게 황우가

다시금 물었다.

"근데 진짜 그 노인네와 아는 사이신지 궁금하네요."

"행적이 바람 같다는 그 양반을 촌 동네에만 처박혀 사는 내가 어찌 사귀어 보았겠는가. 인복이 없는지 공문삼기의 다른 두 분인 광비대사, 한운자와도 교분을 나눌 기회를 얻지 못했네. 그저 비슷한 시대를 보낸 늙은이로서 이름자나 어찌어찌 기억하고 있달까. 다 낫살 덕분이지. 이젠 여기저기서 구박만 받는 쓸모없는 낫살 말일세."

이 대목에서 말을 멈추고 슬쩍 서문승에게 눈총을 준 육건이 말을 이어 나갔다.

"자네 사부가 무당산의 난관을 어떻게 벗어났는지 못내 궁금했는데, 이제 보니 매불대사가 그 일에 개입한 게로군. 그분이라면 능히 조화를 불러올 수 있지."

황우는 묵묵히 고개를 끄덕였다. 물론 황우의 사부 우근이 목숨을 건진 데에는 매불뿐 아니라 소림의 광비대사와 신무전의 구양자 소홍도 큰 몫을 거들었다. 하지만 이들을 연결시켜 준 고리는 누가 뭐라 해도 매불이었다. 매불이 아니라면 우근은 이름 모를 관도 어딘가에서 노중원혼路中冤魂으로 스러졌을 터. 그때의 일을 되새기며 잠시 상념에 잠겨 있는데 육건의 목소리가 다시 들렸다.

"당시 무당산에서 벌어진 일에 대해 몇 가지 궁금한 점이 있네."

황우는 고개를 들어 육건을 바라보았다.

"당시 무당산에는 정파의 유명 인사들뿐만 아니라 관부와 녹림의 인물들도 모였다고 들었네. 그 점에 대해 자세히 알고 싶은데 혹시 알려 줄 수 있는가?"

'마귀들이 슬슬 본색을 드러내는 건가?' 하는 생각에 황우는 서문숭의 눈치를 슬쩍 살핀 뒤 입을 열었다.
"제가 입을 열지 않으면 혹시…… 그 치도곤을 쓰실 작정이신지 궁금하네요."
"치도곤? 치도곤을 왜 써?"
뭔 소린지 모르겠다는 투의 반문에 황우는 내심 안도했지만 이어지는 서문숭의 말에 침을 꼴깍 삼키고 말았다.
"내가 손이 없나 발이 없나, 아직 팔다리 멀쩡하구먼 어린 거지 하나 말랑말랑하게 만드는 데 몽둥이 따윌 쓸 필요 있나."
육건이 추임새를 넣었다.
"하면 부위관을 외인에게 여시게요?"
"석가 꼬마는 외인이 아니었나요?"
"그 친구야 이제는 문적門籍에 오른 만큼 외인이 아니게 되었지만, 그 전부터 무위관 단골손님이었으니 출입에 내외를 구별하는 일이 무의미해지긴 했군요."
"안 그래도 요즘 석가 꼬마가 통 상대를 안 해 줘서 몸이 근질근질하던 참이었지요."
두 사람의 수작을 듣는 동안 황우는 무위관이라는 정체불명의 장소에 대한 두려움이 무럭무럭 커져 가는 것을 느꼈다. 정말로 궁금했다. 그동안 석씨 성을 가진 불쌍한 꼬마아이는 무위관이란 장소에서 저 서문숭을 상대로 대체 무슨 짓을 당해 온 것일까? 갑자기 내 엉덩이 사이는 왜 욱신거리는 것일까?
황우는 두 눈을 한 번 질끈 감았다 뜬 다음 서문숭을 향해 비장하게 말했다.
"모름지기 개방의 문도라면 강호 정파인들 사이에 오간 은밀한 얘기들을 마귀…… 흠흠, 정파와는 조금 다른 길을 걷는 문파에 털어놓을 정도로 줏대 없지는 않을 거네요!"

그러나 말끝에 덧붙인 꼬리는 아쉽게도 그리 비장하지 못했다.

"다만…… 무위관보다는 치도곤 쪽으로 해 주셨으면 좋겠네요."

서문숭과 육건은 대화를 중단하고 황우를 돌아보았다. 두 사람의 시선을 온 얼굴로 느끼는 동안 오만 가지 생각이 황우의 머릿속을 어지럽혔다. 그 결론이 '젠장, 역시 무위관인가?' 쪽으로 내려질 즈음 서문숭이 말했다.

"거지 왕초라면 모를까 자네 같은 사람에게도 열어 줄 만큼 무위관 문이 가볍지는 않지."

"그러면 치도곤 쪽으로……?"

반색하며 나서는 황우에게 서문숭은 픽 웃었다.

"내 손님도 아닌 사람에게 치도곤은 무슨 치도곤? 바깥에서 무슨 소리를 듣고 그러는지는 모르지만 이 무양문이 애먼 사람 잡는 데는 아니니 말하기 싫으면 하지 말라고."

사실 치도곤 소리를 들은 데는 바깥이 아니라 안이지만, 그 얘기까지 꺼냈다간 정말로 애먼 사람 치도곤 맞는 일을 보게 될 것 같아 황우는 얼른 화제를 돌렸다.

"그나저나 문주님의 소감이 어떠신지 궁금하네요."

"소감? 무슨 소감?"

"아까 안내해 준 분에게서 저를 보고 싶어 하셨다고 들었네요. 이제 보셨으니 그 소감이 어떠신지 여쭙는 거네요."

서문숭은 찌푸린 눈으로 황우의 얼굴을 쳐다보다가 물었다.

"실망했다면 어쩔 텐가?"

"본업에나 충실하고 돌아갈 작정이네요."

"본업?"

"빈청서 먹어 보니 이곳 월병이 참 별미네요. 그거나 한 보따리 구걸해 갈 작정이네요."

서문승은 눈을 끔뻑이다가 대소를 터뜨렸다.

"이 서문승을 상대로 가슴 펴고 뻗대더니만 일이 끝났으니 이제는 본업을 논하시겠다? 하하! 거지 왕초가 후계자 하나는 제대로 골랐군, 제대로 골랐어!"

육건이 동의한다는 듯 고개를 끄덕였다.

"천하의 교주 앞에서도 저리 당당한 걸 보면 아무래도 그런 모양입니다."

황우는 눈을 뒤룩거리다가 서문승을 향해 고개를 꾸벅 숙였다.

"좋은 소감을 들었으니 감사를 드려야겠네요."

서문승은 그런 황우를 무슨 별미라도 보는 듯한 눈초리로 훑어보다가 은근한 목소리로 물었다.

"혹시 명존께 일신을 의탁할 마음은 없는가?"

"헤에?"

"뭐, 자네만 좋다면 차후에 이 무양문을 물려줄 수도……."

"커흠!"

육건이 재빠른 헛기침으로 서문승의 고질병에 딴죽을 걸고 나섰지만, 그것이 공연한 수고였음은 금방 밝혀졌다.

"모름지기 스승의 은혜란 하늘의 덕에 다를 바 없어 한번 받은 이상 신명으로써 보답해야 한다고 하였네요."

또.

"아이들이 배우는 소학小學에서도 스승 섬기기를 부모처럼 하여 반드시 떠받들고 반드시 존경하라 하였네요."

다시.

"옛날 유초遊酢와 양시楊時는 스승인 정자程子(程伊, 북송의 유학자)

의 가르침을 받기 위해 눈이 무릎까지 쌓일 동안 기다렸다고 하네요."

그렇게 줄줄이 쏟아져 나오는 문자들의 행진은 서문숭의 입에서 "안 들은 걸로 하게."라는 말이 나온 뒤에서야 비로소 멈췄다. 서문숭은 벼르고 맛본 별미 요리 속 생선 가시에 입천장이 찔린 사람 같은 얼굴로 바뀌어 있었다. 물론 육건은 고소해 죽겠다는 표정이었고.

그즈음 이들이 있는 광명전의 접견실로 일로일소가 들어왔다. 구부정한 허리의 마의 노인과 그 곁에 있어 더욱 거대해 보이는 흑의 청년이었다. 청년의 비상식적인 거구에 황우가 입을 헤 벌리는데, 서문숭이 자리에서 벌떡 일어나더니 금의환향한 자식이라도 반기듯 양팔을 활짝 벌리는 것이었다.

"오! 어서 오게, 순찰통령!"

그러나 이 열렬한 환영에 대한 반응은 신통치 않았다. 흑의 청년은 생기 없는 눈길로 서문숭을 일별한 뒤 입술을 들썩거렸다.

"오랜만입니다."

바짝 마른 댓잎처럼 갈라진 목소리가 힘없이 흘러나왔다가 공허히 사라졌다. 죽은 사람이 말을 한다면 아마도 저러할 듯. 서문숭의 양팔은 민망한 몸짓으로 오므라들었고, 흑의 청년은 근처에 보이는 아무 의자에나 허물어지듯 몸을 실었다.

"어? 오랜만일세. 거기 앉으라고. 어어, 벌써 앉았군."

그런 서문숭이 보기 안쓰러웠던지 육건이 헛기침을 하며 나섰다.

"그간 잘 지냈는가? 그사이 일군 연무장에서 한판 벌였다는 얘기는 들었네만."

그러자 서문승이 밸도 없이 반색하며 끼어들었다.
"아하! 그 얘기는 나도 들었지. 진짜야. 제갈 아우한테 직접 들었다고. 거 누구라더라? 맞아. 종리관음도 모자라 팔군의 봉공자까지 밟아 놓았다며. 자네도 참, 손맛이 보고 싶었으면 날 찾아올 것이지, 자네만 한 사람이 체면 안 서게 그런 잔챙이들을 데리고 뭐 하는 짓인가?"
일련의 대화를 들으며 황우는 무양문의 위계질서에 대해 큰 의구심에 빠졌다.
'대체 문주가 높은 거야, 순찰통령이 높은 거야?'
문주는 한마디라도 더 붙여 보려고 되는 말 안 되는 말 알랑방귀를 뀌어 대는데 순찰통령은 묵묵부답으로 대꾸조차 안 하고 있었다. 후계자 대신 순찰통령 자리를 준다면 명존에게 일신을 의탁하는 것도 그리 나쁘지 않겠다는 생각을 하며, 황우는 문제의 순찰통령을 조심스레 곁눈질하였다. 떡 진 머리카락에 꺼칠한 살갗, 하관으로도 모자라 푹 꺼진 광대뼈 어름까지 뒤덮은 텁석나룻이 야인의 기질을 강하게 풍기고 있었다.
'이자가 바로 석대…… 흡!'
그 순간 문제의 순찰통령, 석대원의 얼굴이 황우를 향해 슥 돌아왔다. 퀭한 눈구멍 속에 자리 잡은 탁한 동공이 믿기지 않을 만큼 비인간적으로 보였다.
"날 찾아온 사람이 당신이오?"
"에…… 그, 그게…….'
황우는 그답지 않게 말을 더듬었다. 천하의 서문승을 상대로도 주눅 들지 않던 개방 후계자의 담대함이 묘하게도 이 석대원이란 사내에겐 발휘되지 않는 것이다.
두려워서? 혹은 압도당해서?

그런 게 아니었다. 마귀인 줄 안 서문숭은 너무 인간적이어서 놀라게 하더니만 인간인 줄 안 석대원은 오히려 반인반귀半人半鬼, 굳이 따지자면 귀신 쪽에 가까운 느낌이라서 그랬다. 그런 존재에 대해 꺼리는 마음이 이는 것은 모든 생명체들의 공통된 반응이리라.

"그쪽을 찾은 건 내가 아니라 다른 사람이네요."

황우는 꺼림칙한 기분을 애써 털어 내며 대답했다.

"다른 사람이라면 함께 왔다는 외팔이 말인가?"

석대원을 대신해 카랑카랑한 목소리로 물어 온 사람은 이제껏 별다른 존재감을 드러내지 않던 구부정한 허리의 마의 노인이었다. 노인의 찢어진 눈이 황우의 얼굴을 매섭게 후비고 있었다.

"맞네요."

"그는 지금 어디 있나?"

"그건 저도 모르네요."

"몰라? 함께 온 게 아닌가?"

죄인을 신문하는 듯한 마의 노인의 말투에 황우는 은근히 불쾌해졌다. 하지만 찢어진 눈 속에 담긴 모종의 간절함이 그러한 불쾌감을 억누르게 만들었다.

"오기야 함께 왔지만 누구 이름을 입에 담은 것만으로도 참괴하다며 애먼 제게 화풀이를 하고는 어디론가 가 버리셨네요."

마의 노인은 더 이상 캐묻지 않고 천장으로 시선을 돌렸다. 모용풍과 무슨 친분이라도 있는 걸까? 황우는 문득 작은 한숨 소리를 들은 것 같은 기분이 들었다. 그때 석대원의 꺼칠한 입술이 다시 들썩거렸다.

"내 집에 무슨 일이 생겼다고 했소?"

이 물음에 서문숭과 육건 또한 호기심이 동하는지 눈을 빛내며 황우의 얼굴을 주시했다. 황우는 뒤통수를 벅벅 긁은 뒤 느릿하게 말문을 열었다.
　"독중선이 강동제일가로 향하고 있네요."
　석대원의 표정엔 아무런 변화가 없었다. 독중선이 누군지 잘 몰라서 그런가 보다 생각한 황우가 재차 입을 열었다.
　"독중선 군조는 오행독문의 문주로서 과거 그쪽 선친께서 속하셨던 강동삼수에 패퇴하여 오랫동안 모습을 감추고 있던 노독물이네요."
　"음, 군조가 호광 지방에서 다시금 의생들을 죽이고 다닌다는 소식은 접했지만, 도중에 종적이 끊겨 감숙으로 돌아갔나 생각하고 있던 참이었네. 이제 보니 순찰통령의 본가로 향하고 있었군. 그래, 그 위인이라면 충분히 그러고도 남을 일이야."
　육건이 거들듯이 덧붙였다.
　"독중선 군조."
　석대원이 낮은 목소리로 중얼거렸다. 그리고 또 한 번.
　"독중선 군조."
　목적의식이란 왕왕 부실한 생기를 지피는 좋은 밑불이 되기도 하나 보다. 그때 황우는 석대원의 눈 속에서 작게 일렁거리는 무언가를 보았다. 그것은 걱정, 분노, 의무감, 그런 것들로 버무려진 산 사람의 냄새 같은 것. 몸속 깊은 곳에 가라앉았던 무언가를 억지로 끄집어내려는 듯 커다란 주먹이 천천히 말리고 또 펴지기를 반복하고 있었다.
　"시간이 없네요. 지금쯤이면 소주 인근에 거의 당도했을지도 모르네요."
　쇠도 뜨거울 때 두드리라고, 황우는 막 붙기 시작한 밑불 위

에 솜씨 좋게 장작을 얹었다. 아니나 다를까, 석대원이 부스스 몸을 일으켰다. 그의 시선이 천천히 서문숭을 향했다.

"집에……."

석대원이 입을 열자 서문숭의 상체가 의자 등받이로부터 떨어져 앞으로 기울어졌다.

"……다녀와야겠습니다."

기다렸다는 듯 속사로 이어지는 대답.

"암! 본가가 위험에 처했다는데 나 몰라라 하면 그게 어디 사낸가? 다녀와야지, 다녀와야 하고말고. 참! 순찰통령 본가에 그런 문제가 생겼다는데 윗사람이 되어 가지고 가만있을 수만은 없는 일이지. 대장로, 지금 십군 중 한가한 곳이 어디요? 당장 호출하여 우리 순찰통령 가는 길에 배행시키도록 하시오. 아니지, 그거 가지고는 약한 감이 있군. 이보게, 순찰통령. 내 호위도 붙여 줌세. 사망량四魍魎이라고, 붙임성은 없지만 쌈질 하나만큼은 이력이 난 위인들이니 데려가 써먹기에 부족하진 않을 걸세."

가련하게도 육건이 끼어들 짬은 없었다. 어떻게든 중간에 끼어들려고 입을 뻥긋거리는 걸 보면 이행하기에 가벼운 지시는 아닐 텐데 말이다. 그나저나…….

'호교십군 중 한 곳으로도 모자라서 보이지 않는 살인귀 사망량까지 붙여 준다? 강호인들이 들으면 놀라 자빠질 일이네.'

황우는 석대원에 대한 서문숭의 예우에 내심 혀를 내둘렀다. 하지만 정작 놀랄 일은 따로 있었다.

"사양합니다."

석대원의 한마디에 호교십군 중 한 곳에다가 덤으로 사망량까지 도매금으로 거절당했다. 황우는 놀랐고 육건은 안도했고 서문숭은 눈을 부릅떴다.

"왜?"

배신한 연인에게 따지는 듯한 서문숭의 날카로운 부르짖음에 석대원은 낮지만 담담한 목소리로 대답했다.

"강동제일가는 스스로 적을 처리할 수 있습니다."

서문숭은 부릅뜬 눈을 바보처럼 끔뻑이다가 갑자기 "으하하!" 크게 웃더니, 그다음엔 가슴을 탕탕 두드렸다.

"멋지구나! 멋져! 근데 화나는걸. 그 멋진 소리 때문에 내가 아무것도 해 줄 수 없다는 게 화나. 아, 이거 신기한데? 멋진데 화나긴 처음이야."

서문숭이 하는 양을 보며 황우는 자신도 모르게 벙긋 웃었다. 감정 풍부하기론 사부인 우근도 누구 못지않다고 생각했는데, 저 서문숭도 그 방면으로는 난형난제인 것 같았다. 그때 육건이 꼬장꼬장한 표정을 하고 나섰다.

"사적인 문제로 문파를 비우니만큼 처리해야 할 서류가 제법 복잡할 걸세. 하지만 사정이 사정이니만큼 서류 문제는 특별히 내가 처리해 주기로 하겠네. 단, 목적이 사사로운 만큼 휴가 기간 중 녹봉은 계산되지 않을 걸세."

서문숭의 얼굴이 와락 일그러졌다.

"아니, 대장로! 지금 녹봉 얘기할……!"

"그리고!"

육건이 조금 큰 목소리로 서문숭의 항의를 잘랐다. 그러고는 표정을 풀며 부드럽게 말했다.

"병력은 그렇다 쳐도 기술적인 도움을 받는 것 정도는 강동제일가의 명성에 누가 되지 않겠지?"

수염에 뒤덮인 석대원의 볼따구니가 미미하게 꿈틀거렸다.

"기술적인 도움이라고요?"

"가기 전에 나와 함께 육군에 들러 봄세. 금부도로 떠나기에 앞서 만난 칠낭선생七囊先生 기억하지? 그 사람이라면 군조를 상대함에 있어 적지 않은 도움을 줄 수 있을 걸세."

육건의 말에 금세 폭발할 것처럼 달아올랐던 서문숭의 안색이 복잡한 변화를 일으켰다.

"이독제독以毒制毒이라 이건가? 흠! 역시 대장로께선…… 흠! 사려가 남다르시군요. 흠흠!"

황우의 귀엔 서문숭이 언중에 간간이 심어 놓은 헛기침 소리가 왠지 욕처럼 들렸다.

"늙었다고 구박받지 않으려면 뭐 하나라도 남달라야 할 수밖에요. 자, 순찰통령은 날 따라오시게."

육건이 앞장서자 석대원이 몸을 돌리려다 말고 서문숭에게 포권했다.

"다녀오겠습니다."

"그래, 다녀와야 해. 자네 입으로 분명히 그렇게 말했어. 꼭 다녀와야 한다고."

그러면서 자석에 끌린 쇠붙이처럼 주춤주춤 따라나서는데, 애달프고 절절하기가 마치 수자리 나가는 막둥이를 대하는 듯했다. 석대원은 그런 서문숭을 향해 입꼬리만으로 미미하게 웃어 보이곤 육건을 따라 접견실을 나갔다. 그 뒷모습을 서문숭의 긴 한숨이 배웅했다.

"후우우우!"

한숨의 여운이 무겁게 감도는 접견실에 서문숭과 단둘이 남겨진 황우는 서문숭의 단단하지만 쓸쓸해 보이는 뒷등을 보며 손가락을 꼼지락거리다가 한참 만에야 입을 열었다.

"저도 이제 가 봐야겠네요."

서문숭이 퍼뜩 놀라는 표정으로 황우를 돌아보았다.

"어? 여태 있었나? 바쁠 텐데 어서 가 보지 않고."

아까 뭘 물려준다는 소리는 이미 까맣게 잊었나 보다. 한숨 섞인 배웅 같은 건 언감생심 기대하지도 않지만 파리 쫓듯 손까지 내두르는 건 너무하지 않나 싶었다.

"그럼 다음에 또 뵙겠네요."

열린 문을 향해 조금은 서운한 발길을 옮기던 황우의 눈에 문지방 위에 붙어 있는 한 장의 커다란 그림이 들어왔다.

'미륵? 아니, 명존이네.'

바깥세상에서도 미륵이라면 제법 봐 온 황우였다. 그런데 저 그림에 그려진 미륵은 그 미륵과 달랐다. 반질한 대머리를 덮은 요란한 투구도 달랐고, 양손에 나눠 쥔 커다란 칼과 방패도 달랐다. 비슷한 점이라곤 호호 영감의 것을 닮은 합죽한 웃음 정도랄까.

'그러고 보니…….'

황우는 걸음을 멈추고 힐끔 돌아보았다. 커다란 의자로 돌아가 파묻히듯이 앉아 있던 서문숭이 그와 눈이 마주치자 어서 안 가고 뭐 하냐는 듯 또 한 번 손사래를 치고 있었다. 동네 아저씨와도 같은 친근함과 소탈함, 그러나 그 속에 감춰진 천하를 뒤덮을 패도.

저 서문숭이 그림 속의 명존과 여러모로 닮은 것 같다는 생각에 황우는 가슴 한구석이 섬뜩해지는 것을 느꼈다.

연극演劇 (一)

(1)

쩍! 쯔적! 쩍!
 커다란 동물의 근육과 뼈를 한꺼번에 가르는 것 같은 소리가 높다란 담벼락 건너편에서 쉴 새 없이 울리고 있었다. 좀처럼 듣기 힘든, 대부분의 사람이라면 듣는 순간 오만상을 찡그릴 법한 불쾌한 소리였다. 한데 저런 소리를 새소리, 물소리만큼이나 친근하게 여기는 부류도 없지는 않았다. 선천적인, 혹은 후천적인 살기를 못 이겨 스스로 피의 길로 들어선 도살자들. 지금 담벼락 너머로 들려오는 소리를 안주 삼아 독작을 즐기는 나계제羅桂齊가 바로 그런 도살자들 중 하나였다.
 독작이라고 하지만 주위에 아무도 없는 것은 아니었다. 나계제가 자리 잡은 대나무 평상 귀퉁이엔 검은 마의 단삼 차림의 왜소한 사내 하나가 구부정하니 앉아 있었다. 몸집만 작은 것이 아니라 눈, 코, 입 또한 유달리 작은 이 사내의 이름은 이무李無. 땅콩만 한 작은 눈에 핏빛이 감돌면 누군가는 반드시 피를 흘린다던가? 그래서 그 바닥에서는 혈안편복血眼蝙蝠이라고 불린다는데, 나계제로서는 이름은 들어 봤으되 실제로 보기는 이번이 처음이었다.

까득!

그때 담벼락 너머로 들려오던 소리에 작은 변화가 일어났다. 긴 연주곡에 끼워진 한 토막 작은 변주 정도랄까. 하지만 노련한 도살자의 귀는 속일 수 없었다.

"멍청이, 뼈에 걸렸어."

나계제가 혼잣말처럼 중얼거리고는 들고 있던 황주黃酒를 시원하게 들이켰다. 이제껏 나계제 쪽으론 눈길조차 주지 않던 이무가 웬일인지 이 말에는 반응을 보였다.

"개나 양을 벨 때와는 다르지. 사람을 벤다는 건 그리 간단한 일이 아니니까."

웅얼거리듯 흘러나온 이 말에 무심코 술병을 잡아 가던 나계제가 이무를 쳐다보았다. '이것 봐라?' 하는 표정이 그의 얼굴에 떠올랐다.

"이 형은 그리 생각하는가 보군."

나계제의 말에 이무는 구부정하니 웅크린 자세 그대로 물었다.

"그쪽 생각은 다른가 보지?"

"살을 자르고 뼈를 끊고 피가 뿜어 나오고……. 네발짐승이나 사람이나 거기서 거기 아닌가?"

이무는 픽 웃더니 고개를 천천히 돌렸다. 먹물 방울처럼 작고 새까만 동공이 비로소 나계제에게로 향했다.

"피차 아는 애길 그리 뒤집어 말하는 걸 보니 아마도 날 시험

하고픈 게로군."
 나계제는 찔끔했지만 속내를 드러내지 않고 물었다.
 "이제 한솥밥을 먹게 된 처진데 내가 무엇 때문에 이 형을 시험하겠는가?"
 "시험하는 게 아니고서야 녹림의 칠성장군 중에서도 가장 많은 사람을 죽여 봤다는 그쪽이 그런 애송이 같은 소리를 할 까닭이 없잖은가."
 이무의 말은 사실이었다. 녹림맹주 격인 칠성노조의 휘하엔 북두칠성의 이름을 딴 일곱 대장들이 있는데, 그중 가장 많은 사람을 죽인 이가 무곡성武曲星, 바로 나계제였다. 오죽하면 희대의 마두로 소문난 칠성노조에게서조차 살기를 누그러뜨리기 전에는 대성하지 못할 거라는 질책을 받았을까. 해서 사십 줄에 접어든 지난해부터는 가급적 살생을 피해 보려 마음먹은 그였지만, 천성을 자극하는 저런 소리 앞에서는 절로 일어나는 흥취를 자제하기 어렵던 참이었다.
 "하하, 이 형을 내가 어찌 속일까? 사실 사람을 벤다는 건 쉬운 일이 아니지. 네발짐승과는 다르고말고. 혼자 마시기 적적하던 차에 말동무나 해 볼까 싶어 꺼낸 소리이니 너무 나쁘게 생각지는 마시게."
 "나쁘게는 생각 안 해. 그쪽 말대로 이젠 한솥밥을 먹는 처지 아닌가. 뭐, 그렇다고 같이 술을 마셔 줄 생각은 없어. 나는 술을 마시지 않으니까."
 잠시 말을 끊은 이무는 시선을 다시 담벼락 쪽으로 돌리며 낮게 덧붙였다.
 "이 세상에 취할 가치가 있는 건 오로지 피 냄새뿐이거든."
 말을 마친 이무는 천천히, 하지만 커다랗게 숨을 들이마셨다. 후우웁. 담벼락 너머로부터 풍겨 오는 짙은 피비린내 때문인지 과연 이무의 얼굴엔 불그죽죽한 취기가 어려 있는 것 같기도 했다.

'그래서 술도 안 마시는 자가 굳이 자리를 차지하고 있었던 게로군.'

나계제는 사발에 황주를 부어 다시 한 번 들이켰다. 목구멍을 타고 넘어가는 황주가 왠지 껄끄럽게 느껴졌다. 무공을 논한다면 이무는 칠성노조의 진전을 얻은 자신의 상대가 되지 못할 것이다. 단순한 무공 비교가 아니라 목숨을 걸고 싸운다면? 그래도 지지는 않을 자신이 있었다. 하지만 피에 대한, 그리고 살기에 대한 충성심만큼은 아무래도 이무 쪽이 위일 것 같았다. 이는 저 소리를 안주 삼아 술을 마시는 자신과 저 소리 자체를 술로 여기는 이무의 차이일지도 몰랐다. 그러니 실제로 목숨을 걸고 싸운다면…….

'팔다리 중 하나는 내놓아야 할지도 모르겠군.'

도살자는 도살자를 알아보는 법. 적으로 삼기에 껄끄러운 자를 적으로 삼지 않게 되어 다행이라는, 녹림의 살성에 걸맞지 않은 나약한 안도감이 드는 것은 어쩔 수 없었다.

그때 담벼락 너머에서 들려오던 소리가 뚝 끊겼다. 이어 두런두런 이야기 소리가 들렸다. 이무가 입꼬리를 슬쩍 비틀며 웅크리고 있던 허리를 천천히 세웠다.

"밥맛없는 작자가 온 모양이군."

그 작자가 누구인지 잘 아는, 그리고 그 작자가 밥맛없다는 점에 십분 동감하는 나계제로선 실소만 나올 따름이었다.

잠시 후, 담벼락 끄트머리에 달린 작은 편선문偏扇門(외여닫이문)이 열리더니 어깨를 나란히 한 두 사람이 나계제가 있는 정원

으로 들어섰다.

"오! 여기들 계셨구려."

환한 미소로 인사를 건네는 잘생긴 장년인은 상산팔극문의 문주인 남립, 문제의 밥맛없는 작자였다. 하지만 나계제는 남립보다 그 옆에서 걸어오는 호리호리한 사내에 주목했다.

코를 찌르는 썩은 피비린내, 핏물을 한 단지 뒤집어쓴 듯한 몰골로 다가오는 그 사내의 외양은 몹시도 추괴했다. 그중에서도 이기다 만 밀가루 반죽처럼 꼴사납게 찌그러진 아래턱은 과연 저걸로 밥알이나 제대로 씹어 먹을 수 있겠나 싶을 정도였다. 그러나 정작 나계제의 관심을 끈 요소는 더럽혀진 옷도, 추괴한 용모도 아니었다. 온몸을 통해 흘러나오는 끈끈하고 사이한 기운. 만일 그 기운을 소리에 비유한다면 근육과 뼈를 마구잡이로 가를 때 울려 나오는 쩍쩍거리는 소리라고 할 수 있을 것이다. 아까 담벼락 건너편에서 울리다 그친 그런 종류의.

"어이, 역 장주! 삭심검법削心劍法의 수련은 잘돼 가시오?"

나계제의 말에 혈의의 추면 사내, 광동 제민장濟民莊의 젊은 주인 역의관易宜觀은 찌그러진 아래턱을 기묘하게 움직거리며 대답했다.

"아직은 턱없이 부족합니다. 모쪼록 여러 선배님들께서 잘 지도해 주시기 바랍니다."

명문 출신답게 예의 바른 말이지만 흉한 입모양에 발음마저 정확하지 않아 오히려 불쾌한 느낌을 주었다. 물론 나계제는 그런 불쾌감에 개의치 않았다. 그에겐 저 역의관이란 인간 자체가 흥미 있는 관찰거리였기 때문이다.

광동의 제민장이라면 밥맛없는 정파 무리 가운데서도 유달리 군자연하기 좋아하는 작자들. 장원 대문 위에 현판 대신 내건

'세상을 평안케 하고 백성을 구제한다[安世濟民]'는 가훈만 봐도 이 작자들의 가소로움을 능히 짐작할 만했다. 한데 그런 곳의 데릴사위란 놈이 사사로운 원한에 눈이 뒤집혀 사파에서소차 경원시하는 살인 검법에 흠뻑 빠져 있는 것이다. 모자라는 살기를 기른답시고 개와 양과 돼지, 심지어는 묘지에서 훔쳐 온 송장에까지 칼질을 해 가면서.

"부족하기는! 삭심검법이 어디 보통 무공이던가? 그런 무공을 수련한 지 두 달 만에 그 정도 경지까지 끌어올리고도 만족하지 못하다니, 아우님 욕심이 이만저만이 아니구먼."

초록은 동색이라고 남립이 대놓고 치켜세워 주자 역의관은 그를 향해 넙죽 고개를 숙였다.

"온갖 어려움을 무릅쓰고 이 검법을 구해다 주신 형님의 은혜를 생각하면 이 정도 성취에서 만족해선 안 되지요."

"원, 사람도! 그놈의 은혜 소린 그만하라니까."

'물론 보통 무공은 아니지. 진작 썩어 없어져야 했을 마공이니까.'

나계제는 삭심검법, 혹은 삭심마검이라 불리는 문제의 살인 검법을 역의관에게 전해 준 남립을 슬쩍 쳐다보았다. 삭심마검처럼 인성의 어느 부분을 강제하는 마공은 도살자를 자처하는 그로서도 절대 사절이었다. 대성하기도 어렵거니와 대성하고 난 뒤에도 그 끝이 결코 좋지 않음을 잘 알기 때문이었다. 한데 그런 위험한 물건을 던져 주고서도 무슨 큰 은전이나 베푼 양 저리 생색을 내고 있으니…….

그런 의미로 볼 때 남립과 역의관은, 비록 정도의 차이가 있긴 하지만 분명 닮은 구석이 있었다. 정파인 행세를 하면서도 그 어떤 사파인 못지않은 사심邪心을 지닌 자들. 하여 나계제는 이들

이 밥맛없긴 하되 싫진 않았다. 욕망과 이익에 충실한 사파인으로서의 정당성이 이들의 존재로 인하여 반증되기 때문이다.
　그때 이제껏 잠자코 있던 이무가 불쑥 입을 열었다.
　"한 사람이 안 보이는군. 언가 영감은 어디 있소?"
　남립은 친절해 보이는, 그러나 나계제의 눈엔 가식적으로만 보이는 웃음을 지으며 대답했다.
　"언 노가주께서는 원체 사람 사귀기를 좋아하시는 어른이 아니라서……. 이 비영께서 이해해 주시구려."
　"까마귀 노는 데 백로는 끼기 싫다 이건가? 군자연하는 자들이란 하여튼……."
　삐딱한 이무의 말투에 뱀장어처럼 매끈거리던 남립의 안색이 조금 변하는 듯했다. 하지만 그것은 금방 원색을 회복했다.
　"대의를 위해 뭉친 의협들에게 정사의 가름이 어디 있겠소? 이 비영의 그 말씀, 조금 섭섭하게 들리는구려."
　이무는 대답 대신 소리 내어 흐흐흐, 웃었다. 누가 보기에도 비웃음이 분명했고, 솔직히 저렇게 비웃어 주고 싶은 심정은 나계제도 마찬가지였다. 대의니 의협이니 따위의 단어에는 이미 정파 특유의 가치가 개입되어 있었다. 사파인들에게 있어 그런 단어는 목덜미를 기어 가는 털벌레처럼 단지 듣는 것만으로도 창자까지 근질근질해지는 것이다.
　이무가 비웃자 남립의 잘생긴 두 눈에 서늘한 기운이 어렸다. 그리고 그것은 아까처럼 금세 사라지지 않았다. 나계제는 짧게 고개를 흔들었다.
　'이런, 겨우 말 몇 마디로 본색을 드러내는 걸 보니 저 친구를 어지간히 얕본 모양이군. 이보시오, 남립. 조심하시오. 얕봐선 곤란한 친구니까.'

녹림과 칠성노조라는 든든한 뒷배를 지닌 나계제와는 달리 이무는 홀로 강호를 떠돌던 외톨이 낭인 출신이었다. 같은 사파라도 격이 다르다 여기는 것은 어쩔 수 없는 일인데, 문제는 나계제의 눈에 비친 이무가 외톨이란 이유 하나만으로 얕보일 만큼 녹록한 위인이 아니라는 점이었다. 뱀의 이빨이 몸뚱이에 박힌 다음엔 그 뱀의 뒷배 따위는 중요하지 않다. 문제는 그 뱀 자체가 품고 있는 독의 강약. 맹독을 품은 뱀이라면 아무리 외톨이라도 충분히 위험한 것이다.
 나계제의 마음속 충고를 받아들인 것일까? 남립이 경직된 눈매를 풀며 가볍게 손뼉을 쳤다.
 "객쩍은 얘기는 이쯤에서 접고, 두 분을 찾은 용건을 말씀드리리다. 드디어 거사의 날짜가 잡혔소."
 이 말에 이무는 물론 나계제까지 눈을 빛냈다.
 "모레 저녁나절 복건의 중앙 차시 앞에서 성대한 연극이 열리기로 되어 있소. 항주에서 온 제법 유명한 극단인데, 호기심 많은 무양문의 꼬마 아가씨께서 친히 공연을 관람하기 위해 귀빈석을 예약했다는 정보를 입수했소."
 "호! 그게 사실이라면 꽤나 비싼 정보로구려. 그런 정보를 어떻게 입수했소?"
 이무의 질문에 남립은 대답 대신 미소만 머금었다.
 '비이목의 힘인가? 과연……'
 나계제는 내심 감탄했다. 올해 초 입각하여 사십구비영의 아랫자락에 간신히 오른 이무와는 달리 녹림을 대표하여 제법 오랫동안 비영의 자리를 지키고 앉은 그는 남립의 감춰진 신분에 관해 어느 정도는 눈치를 채고 있었다.
 비각의 실권자인 이비영 문강이 비이목을 조직한 것은 지금

으로부터 약 이십 년 전의 일. 비록 종교적인 이유로 타 문파에 비해 강한 결집력을 자랑하는 무양문이라고 해도 이십 년 세월이면 간자 몇 명 심는 것쯤 일도 아닐 터였다. 작년 말 발각되어 서문숭의 손에 의해 제거되었다고는 하지만 그 무섭다는 호교십군의 군장들 중에도 비각의 인사가 숨어 있었다고 하지 않던가.

"이번에야말로 기필코 그 소마귀를 사로잡아 지난번의 수모를 만회하고야 말겠습니다."

역의관이 볼품없는 하관으로도 뽀득뽀득 이를 갈며 말했다. 하기야 이를 갈 만도 했다. 턱뼈가 뭉개져 하관이 저 꼴로 변한 게 다 그때 일 때문이라고 하니 말이다.

"아무렴, 우 형을 비롯한 많은 협객들이 이 복주에 모인 까닭도 다 그 때문이 아닌가. 게다가 악을 미워하는 것이 하늘의 이치인지 이번에는 그자도 없다고 하는군."

"그자라면……?"

"혈랑검법을 쓴다는 그 석대원이란 자 말일세. 무슨 이유에서인지 어제부로 무양문을 떠났다고 하네."

나계제는 남립의 이 말로부터 비롯된 역의관의 표정 변화를 흥미로운 눈으로 관찰했다. 처음엔 두려움, 이어 안도감, 최종적으로는 급조한 것임에 분명한 비장함까지.

"분하군요! 지난번의 패배를 갚아 줄 수 있는 더없이 좋은 기회인데."

"하하, 청산이 푸른 한 땔감 걱정은 할 필요 없겠지. 분해도 이번엔 참게. 언젠가는 반드시 그자에게 설욕할 날이 올 테니까."

나계제는 입술을 간질이는 비소非笑를 참느라 턱에 힘을 주어야만 했다. 장군엔 명군, 급조한 비장함엔 입 발린 위로. 그러고 보니 저 둘의 닮은 점은 단지 사심만이 아니었다. 어느 사파인 뺨치는 사심을 지녔음에도 정파의 영웅 협객 행세를 능히 하고 다닐 수 있는 뛰어난 연기력. 이야말로 바닷물에 집어넣으면 금방 물고기로 바뀔 것 같은 변신의 달인들이 아닌가!

팡!

남립은 우아한 몸짓으로 또 한 번 손뼉을 쳐 주위를 환기시켰다.

"자! 그럼 이제부터 모레 있을 거사의 작전을 세워 볼까요?"

어쨌거나 이번 행사의 주장은 남립이 분명했다. 주장이 대나무 평상 가운데 자리를 잡자 다른 세 사람은 음모를 꾸미는 이들답게 그 주위에 둘러앉아 고개를 모았다. 공기 중에 감돌던 역한 피비린내가 그 뒤통수 위로 즐거이 머물렀다.

(2)

그는 오랜 시간 조아리고 있던 고개를 천천히 들었다. 콧마루 끝에 매달려 있던 눈물방울 하나가 마른 인중을 타고 입술 끝에 맺혔다가 짧고 지저분한 턱수염 속으로 스며들었다.

흐릿하던 초점이 조금씩 또렷해지며 눈앞에 마련된 소박한 제단 위 향나무로 깎은 조그만 명존의 신상이 그의 시선에 들어왔다. 신상 아래에는 네 개의 위패가 가지런히 놓여 있었다. 이름이 적힌 세 개의 위패와 아무것도 적히지 않은 한 개의 위패. 실 같은 향연이 위패들의 머리 위를 감돌고 있었다.

이름이 적힌 세 개의 위패는 그의 처와 두 아들들의 것이었다. 아무것도 적히지 않은 한 개의 위패는 그의 것이었다.

본래 위패란 죽은 자의 몫, 산 자에게는 필요치 않은 물건이

다. 하여 그는 죽었다. 움켜쥔 도도(屠刀)를 버리고 절벽 아래 하얗게 부서지는 포말로 몸을 던졌을 때, 그는 삶과 죽음의 덧없음에 웃음을 터뜨리고 있었다. 그는 그렇게 살았고 그렇게 죽었다.

하나 명존께서는 그런 삶, 그런 죽음을 용납하시지 않았다. 그에게 두 번째 삶을 내리심으로써 삶과 죽음이 덧없지 않음을 질타하셨다. 삶과 죽음의 의미를 찾도록 강제하셨다. 그것은 그에게 있어 견디기 힘든 혹독한 채찍질. 슬픔과 죄책감은 추억조차 악몽으로 바꾸어 놓았고, 그는 해맑게 웃는 가족들의 얼굴을 꿈에서 볼 때마다 소스라쳐 깨어나 고통의 눈물을 흘려야만 했다.

―명존은 이런 고통을 주기 위해 나를 되살려 낸 걸까요?
―나는 모르네. 하지만 명존께서는 한 가지 해답을 자네에게 내려 주신 모양이군. 자네 스스로 해답을 찾아야 한다는 해답 말일세.

그에게 두 번째 삶을 내려 주신 명존께선 그의 몸뚱이를 바다에서 건져 낸 어부의 입을 빌려 이렇게 대답하셨다.

그로부터 육 년.

고통은 흘러간 세월만큼 켜켜이 쌓이는데 명존께서 말씀하신 해답은 어디에도 보이지 않았다.

"명존이시여."

개미굴 안의 땅 금마저도 헤아리시는 광덕하신 명존이시여. 이 미물을 가련히 여기시어 당신의 크고 넓은 자비를 내려 주십시오. 더 이상, 더 이상은 견디기 어렵습니다.

문득 문밖에서 인기척이 들렸다. 기도를 멈춘 그는 젖은 눈가를 꺼끌꺼끌한 손바닥으로 훔치며 자리에서 일어섰다.

그로부터 두 시진이 지난 늦은 점심 무렵.

무양문의 북문인 노모문老母門이 열리고 두 마리 말이 끄는 향거香車 한 대가 위엄스러운 문루 아래를 천천히 빠져나갔다. 어자석에 앉은 위풍당당한 흑의 중년인과 두 명씩 양편으로 나뉘어 도보 호위하는 건장한 청년 무사들, 거기에 부러진 것처럼 꺾인 수문 위사들의 허리는 향거 안에 든 이가 범상치 않은 신분임을 짐작게 해 주었다.

그리고 잠시 뒤, 한 사람이 노모문을 나섰다. 앙상한 노구에 잿빛 단삼을 걸치고 길쭉한 나무 지팡이로 돌바닥을 툭툭 짚으며 걷는 그 사람의 이름은 고중생顧重生, 지난 육 년을 하루같이 명존의 자비를 간구해 온 가련한 삶의 주인이기도 했다.

(3)

"하아."

폭죽처럼 요란하게 울려 대는 박수 소리 속에서 목연은 얇은 견의絹衣 옷소매를 들어 눈가를 살며시 찍었다. 한 시진을 훌쩍 넘기는 긴 공연이지만 지루해할 겨를 같은 건 없었다. 그 시간 내내 그녀는 무대 위 왕빈녀王貧女와 한 몸이 되었다. 그래서 모든 것을 바쳐 장협張協을 은애하였고, 영달을 좇아 떠난 장협의 변심에 가슴 아파하였으며, 잘못을 뉘우치고 돌아온 장협을 가없는 사랑으로 보듬어 주었다.

송나라 이후 남쪽 지방을 대표하는 희극이라 할 수 있는 장협장원張協壯元은 그렇게 끝났다. 무대는 훌륭했고 배우들의 연기 또한 열정적이었다. 항주제일성희杭州第一盛戲라는 극단 이름에 부끄럽지 않다는 생각까지 들 정도였다.

"하아."

눈물을 다 찍자 또 한 번 한숨이 나왔다. 공연은 끝났고 감정이입은 깨졌다. 자신은 왕빈녀가 아니었고 그 또한 장협이 될 수 없었다. 이야기 속 사랑은 아름다웠다. 심지어 배신마저도 애달프기만 했다. 하지만 현실의 사랑은 그렇지 않았다. 너무도 복잡하여 한두 가지 형용으론 도저히 설명할 길이 없었다.

목연은 고개를 짧게 흔들어 미망의 경계에서 빠져나왔다. 문득 허벅지가 눅눅했다. 고개를 숙여 보니 관아의 머리가 얹혀 있었다. 품에는 제 몸만 한 헝겊 인형을 꼭 끌어안은 채 아이는 나지막이 코까지 골아 가며 잠들어 있었다. 대체 언제쯤부터였을까, 아이가 잠든 것은? 오리 알도 익힌다는 복주의 여름은 저녁이라고 예외는 아니었다. 초저녁을 훌쩍 넘긴 시간임에도 아이의 귀 옆으론 땀방울이 송알송알 맺혀 그녀의 연분홍빛 치마에까지 옅은 얼룩을 그리고 있었다. 하기야 덥기는 그녀도 마찬가지. 이번 나들이를 위해 겉옷 아래 받쳐 입은 갈등나무 호신갑이 축축한 등덜미 위로 불쾌하게 미끈거리고 있었다.

'돌아가면 목욕부터 시켜야겠네.'

씻기는 김에 자신도 같이 씻으면 될 터였다. 목연은 소맷자락으로 관아의 얼굴을 살짝 닦아 준 뒤 겨드랑이에 손을 넣어 조심조심 일으켜 앉혔다. 우웅, 하는 잠투정에 이어 품에서 빠져나오려는 헝겊 인형을 향해 조그만 손을 몇 번 허우적거리던 관아가 눈을 떴다.

"어? 여기가…… 어디야?"

"바보, 어디긴 어디야. 공연장이지."

"공연장?"

발딱 허리를 세운 관아가 주위를 두리번거렸다.

"끝났어?"

"응."

"에이! 난 하나도 못 봤잖아!"

"괜찮아. 재미없었어."

"진짜?"

목연은 빙긋 웃으며 뿌루퉁한 관아의 볼을 슬쩍 꼬집었다.

"진짜."

사실 화려한 분장과 간드러진 가락에도 불구하고 꼬마 계집애가 보기에 재미있을 내용은 아니었다. 도중에 잠든 것도 그래서일 테고.

"치, 저번에 상숙이랑 본 동천대왕東天大王은 무지무지 재밌었는데……."

동천대왕이란 엄청난 제목에 호기심이 일기 앞서 상숙이란 이름에 마음 한쪽이 다시 아려 오는 목연이었다. 그가 이 자리에 함께 있었다면, 그랬다면 장협 따위에 기뻐하던 왕빈녀를 부러워하지 않았을 것을.

"이제 가야지?"

한 음정쯤 잠겨 나오는 목연의 말에 관아가 울상을 지었다.

"조금 더 있다가 가면 안 돼? 상숙 대신에 얘한테 야시장 구경시켜 주기로 했는데……."

그러면서 내미는 것이 끼고 있던 헝겊 인형이었다. 그가 저번 외유 때 선물로 가져온 줄로만 아는, 하지만 사실은 그의 관심에서 갑자기 멀어져 버린 아이가 못내 불쌍하여 목연 자신이 몰래 만들어 안겨 준 바로 그 헝겊 인형. 다른 인형에 비해 훨씬 커다란 몸집은 아이로부터 정도 이상의 기쁨을 끌어내기 위한, 그래서 그 기쁨에 가려 선물한 사람이 누구인지 알아볼 생

각을 못 떠올리게 만들려는 얄팍한 속임수의 일환이었는지도 모른다.

"걔한텐 미안하지만 오늘은 안 되겠구나."

아이의 맑은 눈에 담긴 작은 소망을 거절하기란 쉽지 않았지만 목연은 마음을 모질게 먹고 고개를 흔들었다. 저번 외출 때의 일도 있고 해서 웬만하면 바깥출입을 삼가려던 그녀였다. 하지만 그가 산송장이 되어 돌아온 뒤부터 매가리라곤 찾아볼 수 없을 만큼 풀 죽은 관아의 모습이 하도 딱하여 이번 나들이를 추진한 것이었다.

더위를 무릅쓰고 받쳐 입은 호신갑에 튼튼하게 제작된 향거, 거기에 흔쾌히 따라와 준 감嬤 숙부는 호공당에서 손꼽히는 고수였고 호위로 데려온 네 청년 또한 믿음직스럽지 않은 것은 아니지만, 다리 불편한 일곱 살 계집아이에게 있어 바깥세상은 여전히 위험하기만 했다. 그 계집아이의 신분이 귀하면 귀할수록.

"시간이 너무 늦었어. 다음에 또 오자꾸나."

관아는 웬만해선 두 번 조르지 않는 착한 아이지만 이번만큼은 아쉬움이 컸나 보다.

"이모, 그럼 돌아가는 길에 말 타기 놀이 하면 안 돼?"

목연은 미간을 살짝 찡그렸다. 말 타기 놀이라면 두 다리로 달리는 기쁨을 맛볼 수 없는 관아를 위해 그녀가 고안한 소박하고도 비밀스러운 놀이였다. 소박한 거야 그렇다 쳐도 비밀스러운 것은 도리가 없었다. 불구 손녀가 말안장에 올랐다는 소식에 기겁할 교주의 눈을 피해야 했기 때문이다. 하지만…….

'얘도 참, 마차까지 가져왔는데 말 타기 놀이라니…….'

목연은 곤란하다고 생각했다. 그리고 어른이란 본시 교활하여 일곱 살짜리 계집아이에게 댈 적당한 핑계쯤은 금방 떠올릴 수 있었다.
"우리 둘만 놀면 쟤가 너무 슬퍼하지 않겠니?"
목연의 말에 관아는 인형을 돌아보고는 어물거렸다.
"얘도 태워 주면…… 안 되나?"
"안 되잖고. 세 명이나 타면 말이 너무 불쌍하잖아."
헝겊으로 만든 인형이 무거우면 얼마나 무거우랴. 하나 일곱 살짜리 계집아이는 그 생각을 하지 못했다.
"알았어."
관아가 시무룩한 얼굴로 고개를 끄덕이자 목연은 뒷자리에 앉아 있던 감 숙부에게 눈짓을 보냈다. 그러자 감 숙부, 감낙邯洛이 자리에서 일어섰다. 거령신장巨靈神掌이란 별호에 걸맞게 두툼하고 큼직한 그의 양손이 관아를 번쩍 안아 들었다.
"아기씨, 슬슬 집으로 돌아가 볼까요?"
"쟤도! 쟤도!"
"아차차, 친구분도 물론 함께 가야죠."
감낙은 의자 위에 떨어진 헝겊 인형을 주워 관아의 품에 안겨 주고는 빈 의자들 사이로 성큼성큼 걸음을 옮기기 시작했다. 그 뒷모습을 잠시 바라보던 목연은 주름 잡힌 치마를 슬며시 당겨 모양을 잡은 뒤 자리에서 일어섰다. 옮기려던 걸음을 멈추고 무대 쪽을 돌아보니 텅 빈 무대가 꼭 자신의 마음처럼 휑해 보였다.
공연은 그렇게 끝났다.
하룻밤 나들이의 짧은 여흥 또한 미망만을 남긴 채 끝났다.
그러나 탐욕을 대본으로 꾸며진 이 밤의 진짜 공연은 아직 시작조차 되지 않았다는 사실을 지금 이 순간 목연은 까맣게 모르고 있었다.

연극 演劇 (二)

(1)

배부른 상현달이 휘영청 걸린 밤.

고중생은 저만치 앞서 가는 향거에 보폭을 맞추며 주위를 둘러보았다. 이곳은 복주부의 외곽, 부경府境에서 두어 마장쯤 떨어진 관도였다. 비록 달빛은 밝으나 바람 한 점 품지 못한 공기는 답답했고, 길 양쪽으로 의미 없이 흘러가는 풍경 또한 을씨년스럽기만 했다. 들리는 소리라고는 우거진 풀숲을 시끄럽게 하는 밤벌레 소리, 그리고 앞쪽으로부터 규칙적으로 울려오는 향거의 말발굽 소리가 전부였다.

'기분 나쁘군.'

고중생은 미간을 찡그렸다. 후텁지근한 밤공기가 가져다주는 불쾌감이 칼끝처럼 예민해야 할 신경을 무디게 만들고 있었다. 하긴 피로를 느낄 때도 되었다. 무양문을 나선 미시 무렵부터 지금까지 한순간도 긴장의 끈을 늦추지 않았으니까. 그러나 임무는 아직 끝나지 않았고, 어떠한 변수도 허용되지 않는 절대적인 안전지대에 접어들기 전까지 아기씨의 신변은 전적으로 그의 책임이었다.
'이래선 안 돼. 정신 차리자.'
고중생은 지팡이를 잡지 않은 오른손으로 자신의 뺨을 찰싹찰싹 두드려 가며 느슨해진 마음을 다잡았다.
뚜가닥, 뚜가닥.
말발굽 소리를 벗 삼아 한 식경쯤 더 나아가자 폭이 사오십 걸음쯤 되는 개울 하나가 나왔다. 무양문이라는 큰살림과 복주부를 잇는 길이라 그런지 개울 위에는 코끼리가 지나가도 끄떡하지 않을 만큼 튼튼해 보이는 법권교法券橋(아치교)가 걸려 있었다.
개울의 이름은 복천福川이라고 했다. 그래서 다리 이름도 복천교였다.
불룩하게 휘어진 다리 위 완만한 오르막의 정점에는 달빛을 머리에 인 시커먼 건물 그림자 하나가 서 있었다. 고중생은 눈을 가늘게 하여 다리 한가운데 세워진 건물, 교루橋樓를 바라보았다. 밋밋한 다리 가운데 저처럼 정자형 누각을 올려 아래로는 인마가 지나다니도록 하고 위로는 예술적인 미감을 더하는 것이 남방 교각 양식의 자랑이긴 하지만 그것도 훤한 대낮, 먹물들이나 좋아할 운치였다. 지금 같은 오밤중에, 하물며 보호해야 할 대상이 있는 고중생의 입장에선 어떤 위험을 감추고 있는지 모르는 찜찜한 함정 후보에 불과했다.
향거에 붙은 호위들도 그 점을 간과하지는 않은 듯했다. 다리를 건너던 향거가 누각 앞에 일단 멈춰 서더니 측방을 호위하

던 청년 무사들 중 하나가 누각 위층으로 오르는 모습이 보였다. 위험한 지형을 만나 정찰을 보내는 것은 호위로서 수행해야 할 당연한 행동 지침. 고중생은 관도 옆 버드나무 그늘 밑으로 한 발짝 비켜서서 그들이 하는 양을 가만히 지켜보았다. '제법인데.' 하는 조금은 안일한 마음으로.

그런데 잠시 뒤 예기치 못한 상황이 벌어졌다. 누각 위층에 오른 호위가 난간 밖으로 고개를 뽑으며 외친 것이다.

"감 어르신! 여기 수상한 물건이 있습니다!"

"수상한 물건?"

"예! 아무래도 와 보셔야 할 것 같습니다."

향거의 어자석에 앉아 있던 감낙이 누각 위로 몸을 솟구친 것과 버드나무 그늘에 숨어 있던 고중생이 관도로 튀어나간 것은 거의 동시에 벌어진 일이었다.

'이런 멍청이들!'

저번 생의 자객 경험에 비추어 단언하건대 진짜 수상한 물건은 누구를 불러 살피게 할 만한 여유를 주지 않는다. 드러난 즉시, 아니 드러나기도 전부터 본연의 수상함을 발휘하는 것이 진짜 수상한 물건인 것이다. 그렇다면 누각 위에 있는, 저 멍청이들이 수상한 물건이라 부른 그 물건의 용도는 오직 하나였다. 가장 껄끄러운 호위를 호위 대상으로부터 떨어트려 놓는 미끼!

풋. 탁.

두 번의 짤막한 소리가 고중생의 주위에서 간발의 시차를 두고 울렸다. 앞선 것은 관도 옆 어둠 깔린 길섶에서 울린 소리요, 다음 것은 짧고 가느다란 무엇인가가 지팡이 끄트머리에 틀어박히는 소리였다. 지팡이를 순간적으로 치켜 올려 관자놀이를 노리고 쏘아 온 암기를 막아 낸 고중생은 신형을 멈추고 자신을 암격한 자를 확인하는 대신 달리는 속도에 오히려 박차를 가했다.

"헛!"

최소한 고중생을 그 자리에 붙잡아 놓을 수는 있으리라 여긴 듯, 암기를 쏘아 보낸 자가 경호성과 함께 빠르게 따라붙는 것이 느껴졌다. 하지만 고중생은 돌아보지 않았다. 지금 이 순간 그의 관심은 오직 하나, 복천교 위에 멈춰 있는 향거뿐이었다. 변고는 이미 시작된 뒤였다!

히히힝! 스항! 스항!

향거 쪽으로부터 울려온 말 울음소리, 도검 뽑는 소리가 밤의 적막을 단속적으로 깨트렸다. 화들짝 놀란 벌레들이 숨을 죽이고 애꿎은 밤새는 밤하늘로 후드득 날아올랐다.

'방심했어!'

따로 호위를 수배했으니 아기씨가 눈치채지 않게끔 멀찍이서 지켜봐 달라는 목연의 말을 순진하게 받아들인 것부터가 잘못이었다. 그런 오판의 이면에는 몇 개월 전 영정의 차시에서 벌어진 사건도 어느 정도 작용했다. 당시 아기씨를 보호하던 석대원이란 청년은 웬만한 문제쯤은 누구의 도움 없이도 해결할 수 있는 놀라운 능력의 소유자였다. 그래서 '이번에도 그렇지 않을까'라는 방심에 자신도 모르게 젖어 있었던 것이다.

멍청하긴! 석대원 같은 이가 세상에 흔할 리 없지 않은가!

다리와 교루의 존재를 모르고 있지 않은 이상 최소한 향거가 당도하기 앞서 자신이 먼저 와 확인했어야 했다. 진정한 호위란 모름지기 자신 외에는 누구도 믿어선 안 되는 것이다.

"막아!"

고중생을 뒤쫓아 오는 자가 날카롭게 외쳤다. 그와 동시에

다리 밑 어둠 속에서 솟구친 두 인영이 복천교 입구를 막아섰다. 달리는 동안 고중생의 시선이 그자들을 빠르게 훑었다. 먹물처럼 시커먼 야행복으로 전신을 감싼 자들. 좌측은 두 자 반짜리 환도. 우측은 투척용으로 보이는 비수. 비수를 날릴 거리는 이미 없다. 결국 접근전. 병기의 성격상 환도가 먼저일 것이다. 그렇다면⋯⋯.

환도는 피하고 비수는 죽인다!

예상대로 좌측을 막은 자가 고중생을 향해 내달으며 환도를 크게 휘둘러 왔다. 바람 찢는 소리가 달빛 속으로 날카롭게 울려 퍼졌다. 고중생의 몸이 달리는 속도를 그대로 유지한 채 지면으로 착 가라앉았다. 낭하활오공廊下滑蜈蚣. 세 자 높이로 지어진 주랑柱廊 아래를 평지처럼 달릴 수 있게 해 주는 자객 특유의 신법으로 환도를 피해 낸 고중생은 왼손에 쥐고 있던 지팡이를 가슴 아래로 바싹 끌어당기며 오른손으로 그 윗부분을 비틀어 뽑았다.

쒯!

지팡이 속에서 뽑혀 나온 검신이 짧은 잔광을 매달며 비수를 쥔 자의 목 부분을 스치고 지나갔다. 성대와 동맥이 동시에 잘린 그자는 비명 대신 핏줄기를 내쏘며 무너져 내렸다. 그 대가로 고중생이 얻은 것은 등판의 긴 혈선. 비수를 얕게 꽂은 채 그대로 내달린 결과이니 스스로 만든 상처라고 해도 틀리지 않았다. 다행인 것은 싸움에 필요한 근육이 상하지 않았다는 점, 그래서 속도를 늦추지 않을 수 있었다는 점.

타타탁! 관도의 흙길이 어느새 다리의 돌바닥으로 바뀌었다. 이제 향거까지의 거리는 십칠팔 보. 이 속도라면 이번 호흡을 유지한 채 향거에 당도할 수 있는 거리였다. 고중생은 달리는 그대로 다리 위의 상황을 살폈다.

가장 먼저 눈에 잡힌 것은 어느 결엔가 누각 지붕 위에 나타나 발아래에서 벌어지는 상황 전체를 내려다보고 있는 사내 하나. 검은 옷? 아니, 푸른 옷을 입고 있다. 아마도 이 사태의 주재자인 듯싶었다.

누각 안에서는 두 개의 그림자가 춤을 추듯 어지러이 흔들리고 있었다. 흥, 푸릉, 경파勁波 소리가 요란한 것을 보니 내가의 고수들끼리 격돌하고 있는 듯했다. 이쪽 인물 중 저 정도 내가 고수는 감낙뿐이니 한쪽은 감낙이 분명하다. 그리고 남은 한쪽은…… 금빛 옷을 입은 자다! 향거의 어자석 앞에 내건 작은 등불에서 흘러나온 빛이 그자가 몸을 움직일 때마다 싯누런 빛으로 반사되고 있었다.

금빛 옷을 입은 자의 무위는 일견하기에도 대단했다. 호공당 제일 권사라는 감낙이 그자의 권장 앞에 쩔쩔매고 있었다. 먼저 올라간 호위는 보나 마나 당했을 터. 감낙에게서 뭔가를 기대하기란 이미 글러 보였다. 그렇다면 향거를 지키던 다른 호위들의 상황은?

호위 하나는 고중생이 복천교에 들어서기 전 이미 비명을 지르며 개울 아래로 곤두박질친 뒤였다. 이어 퍽, 소리와 함께 또 한 명의 호위가 다리 바닥에 무너졌다.

두 명의 호위를 잠깐 사이에 해치운 사내는 앞서 다리 입구를 막아선 자들처럼 아래위로 시커먼 야행복을 입고 있었다. 왜소한 체구를 가진 그 사내는 오른 손목을 놀려 뭔가를 머리 위로 한 바퀴 돌리더니 한 방향을 향해 홱 뿌리는 시늉을 했다. 그러자 약속이라도 한 듯 향거 후미에 서 있던 마지막 호위가 "흡!" 하는 답답한 신음과 함께 뒤로 넘어갔다. 고중생의 눈은 그 호

위의 이마 한가운데를 쪼개 놓고 되돌아가는 한 마리 작은 박쥐를 놓치지 않았다.

이 모든 일들은 고중생이 십여 보 달리는 사이에 벌어졌고, 그는 놀라운 집중력으로 그것들을 하나도 빠짐없이 뇌리에 새겨 넣었다. 이때에 이르러선 예상대로 호흡이 끝나 가고 있었고, 마지막으로 당한 호위의 뒤통수가 다리 바닥에 부딪치고 있었으며, 고중생은 전방을 향해 몸을 솟구치고 있었다.

바닥에 누운 호위의 몸을 세로로 타넘은 고중생은 허공에 뜬 상태로 왜소한 사내와 눈이 마주쳤다. 사내의 유달리 작은 눈이 피를 머금은 듯 붉게 번들거리고 있었다. 그와 동시에 고중생을 향해 홱 뒤집어지는 오른손!

'팔 하나는 버린다!'

판단과 행동은 동시에 이루어졌다. 고중생은 왼손을 쭉 뻗어 얼굴 앞을 휘저었다. 상대는 방금 전 병기를 날린 것이 분명했다. 자신이 버드나무 그늘에서 이곳까지 달려오는 짧은 시간 동안 세 명의 호위를 죽인 그 무시무시한 박쥐 모양의 병기를 말이다. 팔 하나를 버려 그 병기를 봉쇄한다는 판단이 최선인지는 알 수 없었다. 다만 한 가지, 그 판단이 고중생의 목숨을 구한 것만은 분명했다.

쏵!

새끼와 약지, 거기에 중지의 일부까지 포함한 왼손의 절반이 썽둥 잘려 나갔다. 섬뜩한 상실감은 있을망정 고통은 없었다. 지금 이 순간 고중생은 육신이 잘려 나가는 고통마저도 뛰어넘을 만큼 초인적인 집중력을 보이고 있었다.

왼손을 자르는 과정에서 궤도가 미세하게 꺾인 상대의 병기가 고중생의 왼쪽 귓불을 스치며 지나갔다. 얼핏 보니 과연 날개를 활짝 편 박쥐 모양을 한 작은 양날 도끼였다. 찌리릭 소리를 내며 귓전을 스쳐 지나는 가느다란 사슬이 저 박쥐 도끼의 수발을 자유롭게 해 주는 듯했다.

"읏!"

고중생의 단호한 대처에 놀란 듯, 왜소한 사내가 한 발짝 물러나며 오른손을 낚아챘다. 빗나간 박쥐 도끼를 빠르게 회수함으로써 사슬의 궤도 안에 들어온 고중생의 뒤통수를 찍겠다는 의도 같았다.

고중생은 바닥을 딛는 오른발에 힘을 주어 앞으로 나아가려는 기세를 순간적으로 죽였다. 끄드득 소리와 함께 오른발 발꿈치가 다리 바닥의 돌판을 쪼개며 파고들었다. 버드나무 그늘 아래로부터 뛰쳐나온 이후 처음으로 멈춘 셈인데, 멈춤과 동시에 바닥에 주저앉듯이 가라앉은 그의 몸이 오른발을 축으로 빠르게 회전했다. 개화지옥開花地獄. 육도六道의 맨 밑바닥 지옥에서 피어오른 죽음의 꽃처럼 새하얀 반월의 섬광이 그의 주위를 매섭게 휘감았다.

쉭! 팟!

되돌아온 박쥐 도끼가 고중생의 정수리 꼭지를 스친 것과 동시에 왜소한 사내의 왼쪽 허벅지에서 핏물이 솟구쳤다. 그러나 고중생은 만족해하는 대신 미간을 찡그렸다. 얕았다. 예상대로라면 두 다리가 잘려 나갔어야 하건만 놀랍게도 상대는 그 와중에도 펄쩍 옆으로 뛰어 치명적인 부상을 피한 것이다.

고중생이 다리 바닥에 박힌 오른발을 빼내는 사이 후방으로부터 두 명이 닥쳐들었다. 처음 관도 옆에서 암기를 쏘아 보낸 자, 그리고 다리 입구에서 젖혀 낸 환도의 칼잡이. 거기에 방금 허벅지를 베인 왜소한 사내까지 회수한 박쥐 도끼를 붕붕 돌리

며 자세를 바로잡으니, 순식간에 세 명의 적에게 포위된 형국이 되어 버렸다.

그때 향거의 창문으로부터 갓난아기 머리통만 한 둥근 물체 하나가 튀어나와 다리 바닥에 부딪쳤다.

"펑!"

요란한 폭음과 함께 물체가 떨어진 바닥으로부터 녹황색 연기가 자욱이 피어올랐다.

"이런!"

"연막탄이다! 조심해!"

당황한 적들이 분분히 외쳐 대는 가운데, 고중생의 귓속으로 파고든 다급한 전음이 있었다.

─고 노사, 이쪽으로.

고중생은 연기 자욱한 바닥을 재빨리 굴러 향거 쪽으로 달라붙었다. 향거의 옆문이 소리 없이 열리며 목연의 굳은 얼굴이 나타났다.

─부탁해요.

목연은 얇은 이불로 꽁꽁 감싼 무엇인가를 고중생에게 내밀었다. 예닐곱 살 어린아이라면 딱 알맞을 크기와 부피. 고중생은 급히 팔을 뻗어 이불 뭉치를 받아 안았다. 그의 눈썹이 순간적으로 파르르 떨렸다.

"늙은이는 어디 갔지?"

"마차! 마차가 우선이다!"

그러는 사이 적들의 외침이 가까워졌다. 목연은 향거를 끌던 두 마리 말 중 하나에 올라탔다. 그 일에 고중생의 도움이 필요한 까닭은 반드시 안장이 없기 때문만은 아니었다. 그녀를 말에 태운 고중생은 향거의 끌대와 말을 연결한 가죽 끈을 단칼에 잘라 버렸다.

"가시오."

목연이 고중생을 돌아보았다. 그녀의 눈은 실로 많은 이야기를 담고 있는 것 같았다. 하나 고중생은 그녀에 대해 더 이상 생각하지 않기로 마음먹었다.

"이랴!"

잘 훈련된 말은 목연의 뾰족한 몰이 소리에 투레질 한 번 없이 앞으로 내달았다. 말이 뛰쳐나간 자리로 연막의 작은 소용돌이들이 무질서하게 흔들리고 있었다.

'이제부터 시작인가?'

스스로에게 다짐하는 마음으로 이불 뭉치를 품에 꽉 당겨 안은 고중생은 고개를 들어 누각 위를 올려다보았다. 누각 지붕에 올라 있던 푸른 옷의 사내가 목연이 달리는 방향으로 고개를 뽑는 모습이 그의 눈에 들어왔다. 그는 자세를 낮춘 채 연막 속을 움직이기 시작했다.

(2)

향거에 대한 직접적인 공격을 자제한 까닭은 혹시라도 목표물에 흠집이 생길까 염려해서였다. 게다가 물건이란 누가 쓰느냐에 따라 용처가 달라지는 법. 작전이 종료된 후 저 향거가 무양문의 이목을 끌어 주는 도구까지 되어 준다면 더 바랄 나위가 없었던 것이다.

한데 그러한 계획에 차질이 생겼다.

"이랴!"

삽시간에 시야를 뒤덮은 녹황색 연막과 잠시 후 그 속에서 터

져 나온 여인의 교갈은 누각 지붕 위에서 모든 상황을 총괄하고 있던 남립을 당황하게 만들었다. 이어 한 필의 말이 연막을 쐐기 모양으로 가르며 누각 밑을 빠져나가는 광경이 눈에 들어왔다. 말에 탄 것은 연분홍빛 나군을 입은 여인인데 푸한 치맛자락이 연막 가락을 꼬리처럼 매단 채 펄럭거리고 있었다.

　가죽 장화에 차고 있던 비수를 재빨리 뽑아 여인을 겨누던 남립은 순간적으로 떠오른 생각에 행동을 멈췄다. 사전에 입수한 정보대로라면 저 여인은 목표물과 동승하고 있던 보모일 터. 만일 목표물과 함께 달아나는 중이라면 함부로 살수를 써서는 안 되는 것이다.

　'어디……'

　남립의 두 눈에 은은한 금광이 어렸다. 그가 비각과 손을 잡은 대가로 얻은 밀종의 황금신공黃金神功에는 불가의 천안통天眼通과 같은 묘용이 담겨 있어서 이 정도 어둠과 연막은 별다른 장애가 될 수 없었다.

　'없다!'

　황금신공으로 비춰 본 말 등 위에는 여인 한 사람밖에 올라 있지 않았다. 혹시나 하는 마음에 거듭 살펴봤지만 목표물을 태운 흔적은 보이지 않았다. 그렇다면?

　"커흡!"

　돌연 아래쪽에서 답답한 비명이 터져 나왔다. 남립은 시선을 급히 아래쪽으로 돌렸다. 그 순간 그의 눈에 어린 금빛이 짙어졌다. 뭉클거리는 연막 한쪽에서 누군가의 모습을 발견한 것이다.

　향거 뒤를 멀찍이 따라오다가 작전이 시작되자 끼어든 바로 그 늙은이!

　명치 어름을 꿰뚫린 채 늙은이의 앞에서 허우적거리다 고꾸라지는 사내는 철력도鐵力刀 한호韓虎였다. 남립이 직접 팔극문에서 데려온 심복이자 방금 전 터진 비명의 주인이기도 한데, 그런 사항들은 이미 그의 관심 밖이었다.

 남립의 관심을 끈 것은 늙은이의 품에 안긴 자그마한 인영. 비록 뭔가로 둘둘 말아 알아보기 힘들게 꾸미긴 했지만 황금신공을 운용한 그의 안력을 속이기란 어림없는 일이었다. 늙은이의 모습이 연막 자욱한 곳으로 숨어드는 것까지 확인한 그는 시선을 다시 여인에게로 돌렸다.

 "앙큼한 년!"

 짤막한 욕설과 함께 남립의 손에서 떠난 비수가 복천교를 벗어나 관도 위를 본격적으로 달리기 시작한 여인의 등판을 향해 빨려들듯 날아갔다. 여인이 움찔거리더니 말 등 위로 축 퍼지는 모습이 보였다. 인간끼리의 사정은 알 바 아니라는 듯, 말은 엎어진 여인을 그대로 태운 채 관도 저편에 깔린 어둠 속으로 빠르게 멀어져 갔다.

 '빤한 유인책에 속을 뻔했군.'

 때마침 그 늙은이가 모습을 드러내지 않았다면 여인의 뒤를 추격해야 하는가를 놓고 심각하게 갈등했을 것이 분명했다. 황금신공을 거둔 남립은 누각 아래쪽을 향해 크게 외쳤다.

 "목표물은 아직 이곳을 벗어나지 못했소! 늙은이를 잡으시오!"

 그 말에 호응하듯 왜소한 사내 하나가 연막을 뚫고 향거 지붕 위로 뛰어올랐다. 혈안편복 이무. 늙은이에게 베인 다리 때문인지 유달리 작은 이무의 두 눈은 시뻘건 혈안으로 바뀌어 있었다.

 '나도 이러고 있을 때가 아니군.'

비록 비수가 등줄기에 꽂히는 모습까지 확인하긴 했지만 여인이 반드시 죽었다고는 확신할 수 없었다. 다리 경계를 벗어나기 전이라면 모를까, 관도로 들어선 이상 거리가 조금 먼 감이 있었던 것이다. 만에 하나 여인이 죽지 않았다면 다음 일도 염두에 두어야 했다. 이 복천교에서 무양문까지는 마편으로 반 시진 조금 넘는 거리. 쾌주한다면 그 시간은 부쩍 당겨질 것이다. 이는 남립에게 주어진 시간이 그리 길지 않을 수도 있음을 의미했다.

 남립은 지붕에서 뛰어내려 누각 안으로 들어갔다. 그곳에서는 금포 노인과 흑의 중년인 사이의 박투가 막바지로 치닫고 있었다. 전세는 일방적이라 해도 좋았다. 흑의 중년인의 재주도 그리 얕아 보이진 않지만 금포 노인의 패도 무쌍한 권법을 당해 내기엔 역부족이었다. 다만 불만스러운 것은 싸움 자체를 즐기는 듯한 금포 노인의 태도인데…….

 "가주님, 시간이 없습니다. 어서!"

 흑의 중년인을 초주검 직전까지 몰아붙이던 금포 노인, 언당평의 시선이 힐끔 남립을 향해 돌아갔다. 그 시선엔 앙앙불락한 기색이 역력했다. 이를테면 내게 이래라저래라 하지 말라는 뜻인데, 남립은 평소와 다르게 두 번 권하지 않았다. 얼음을 지치듯 부드럽게 밟아 나가는 보법은 팔극문이 자랑으로 여기는 홍양미종보洪洋迷踪步였다.

 츠릿!

 남립의 허리춤에서 뻗어 나간 백색 섬광이 기진맥진해 있던 흑의 중년인의 오른팔을 단번에 날려 버렸다. 허리에 두른 옥장요대 속에 감추고 다니던 연검, 승광검勝光劍이었다. 가뜩이나 부리부리한 언당평의 두 눈이 노기로 부릅떠졌다.

"무인의 승부에 이게 무슨……!"

그러거나 말거나 남립은 재차 검을 휘둘러 흑의 중년인의 머리통마저 날려 버렸다. 그런 다음 언당평 쪽으로 천천히 고개를 돌렸다.

"작전 중입니다. 죄는 나중에 물으시길."

남립의 표정에선 평소의 온화함이 사라져 있었다. 관직에 있는 강북총탐 조명무가 그러하듯 남립 또한 가끔은 평소에 쓰고 다니던 가면을 벗어던지곤 한다. 정말로 아주 가끔이지만.

돌변한 남립의 기파에 질린 듯 언당평이 쉬 말문을 잇지 못하자 남립은 누각 아래를 내려다보며 빠르게 덧붙였다.

"연기가 좀처럼 흩어지지 않는 것이 예사 연막탄이 아닌 듯 싶습니다. 가주님의 신공이 필요합니다."

말투야 깍듯하지만 담고 있는 의미는 명령이 분명했다. 그러나 어쩌랴, 이번 행사에 있어 책임자는 엄연히 남립인 것을. 언당평은 남립을 잠시 노려보다가 누각의 난간을 훌쩍 넘어 다리 위로 내려갔다. 뒤따라 몸을 날린 남립이 연막 속에 내려설 때, 부근에서 언당평의 커다란 기합이 터져 나왔다.

"이여어어업!"

언당평의 쌍수가 보이지 않는 그물을 휘돌리듯 머리 위로 크게 움직였다. 권법의 명가로 이름을 떨친 진주언가의 삼백 년 적공이 담긴 웅풍천권웅風天圈拳. 석년 어전 무술 대회에서 강북의 뭇 권사들을 격파, 그에게 우승의 영예를 안겨 준 절공이기도 했다.

휴르르릉!

한 치 앞도 분간할 수 없을 만큼 자욱하던 연막이 언당평의 두 주먹에서 일어난 돌개바람에 휩쓸려 허공으로 말려 올라가

더니 이내 산산이 흩어졌다. 남립의 눈이 빠르게 주위를 훑었다. 텅 빈 향거, 주위에 널린 시신들 그리고…….

향거로부터 예닐곱 걸음 떨어진 난간 부근에서 웅크리고 있던 몸을 재빠르게 일으키는 인영 하나!

"찾았다!"

향거 지붕 위에 있던 이무가 이때만을 기다렸다는 듯 오른손에 쥐고 있던 전익편복부展翼蝙蝠斧를 날쌔게 뿌렸다.

"안 돼!"

다짜고짜 전개된 이무의 살수에 남립이 놀라 소리쳤다. 사람에겐 눈이 있어도 병기에겐 눈이 없는 법. 자칫 목표물이 상하기라도 하면 이번 작전은 물거품이 되고 마는 것이다.

남립으로선 천만다행한 일이지만, 목표물은 무사했다. 실로 간발의 차이를 두고 늙은이가 다리 밑으로 뛰어내린 것이다. 애꿎은 난간만 쪼개고 돌아오는 전익편복부를 보며 남립은 안도의 한숨을 내쉬었다. 동시에 끓어오른 것은 이무의 경솔함에 대한 분노였다.

"미꾸라지 같은 늙은이!"

이무는 자신의 잘못을 전혀 깨닫지 못하는 눈치였다. 욕설을 뱉으며 향거 지붕에서 내려온 이무에게 남립이 싸늘하게 말했다.

"다리도 불편한 것 같은데 추격은 우리에게 맡기고 이 비영은 그만 안가로 돌아가시오."

이무가 발끈하여 맞받았다.

"말도 안 되는 소리! 저 늙은이의 숨통을 끊어 놓기 전에는 절대 돌아가지 않겠소. 이깟 상처 때문이라면 상관 마시오."

이번에도 남립은 두 번 권하지 않았다. 남립의 미끈한 눈썹이 잠시 경직되는가 싶더니 이무의 온전한 다리에서 핏물이 확

솟구쳤다. 결과적으로 양쪽 다리 모두에 칼집이 생긴 이무가 헛바람을 삼키며 그 자리에 주저앉았다.

"지금도 말이 안 된다고 생각하시오?"

남립이 검 끝을 까딱거리며 이무에게 물었다. 이무는 이를 악물고 남립을 노려보았지만 더 이상 따지려 들지는 않았다. 혹시 눈치챈 걸까? 한마디만 더 지껄였다간 천지 분간 못 하는 낭인 출신 하급 비영 따위 단숨에 목을 날려 버릴 만큼 남립이 분노해 있다는 사실을 말이다.

남립은 승광검을 거두며 부근에 있던 한 사내에게 지시했다.

"우리 쪽 시신을 수습한 뒤 이 비영을 모시고 돌아가라."

"옛!"

남립은 이번 복건행에 팔극문의 문도를 무려 스물다섯이나 대동했다. 고개를 숙이는 사내 또한 그들 중 하나였다.

"어서 추격해야 하지 않겠는가?"

언당평이 말을 걸어왔다. 한편을 상하게 한 데 대한 질책 같은 것은 없었다. 아니, 그가 단 한 번이라도 이무를 한편으로 생각한 적이 있는지부터가 의문이었다. 솔직히 그 점에 있어선 남립도 마찬가지지만.

남립은 어둠에 잠긴 다리 난간 너머를 바라보았다. 철벅거리는 물소리가 개울 하류 쪽으로 멀어지고 있었다. 그쪽을 잠시 바라보던 그는 요대에 차고 있던 신호용 폭죽을 꺼내 들었다.

'이 물건까지 쓰고 싶지는 않았는데…….'

떨어진 거리가 제법 되긴 하지만 어쨌거나 이곳은 무양문의 영역. 불꽃놀이까지 해 가며 일을 추진하고 싶진 않았다. 하지만 어둠 속으로 사라진 여인의 존재가 계속 마음에 걸렸다. 지금은 다소 무리해서라도 작전을 마무리할 필요가 있었다. 결단

을 내린 남립은 폭죽 심지에 불을 붙였다.

(3)

작전이 시작되기 전, 역의관은 자신에게 길목을 지키는 임무 밖에 주지 않은 남립을 내심 원망했다. 비록 제집에서조차 대접받지 못하는 신세라지만 그래도 명색이 명문 세가의 주인이지 않은가. 게다가 약관 무렵부터 주목받아 온 무공은 이번에 새로 얻은 검법에 힘입어 한층 더 강해졌다. 그만하면 마귀 타도의 최전선에 나서서 큰 공을 세울 자격이 충분한 것이다. 한데 소 잡는 칼을 닭 잡는 데 써도 유분수지, 그런 자신에게 이따위 매복이나 시키다니!

그러나 역의관은 감히 남립의 지시에 토를 달 수 없었다. 남립으로 말할 것 같으면 한 번의 패배로 인해 수렁에 빠질 뻔한 자신을 건져 준 보살 같은 은인. 날도적 같은 석가 놈에게 강탈당한 막대한 지원금을 자비로 융통해 준 것도 모자라 삭심검법이라는 절세의 무공까지 전해 주었으니, 자신의 입장에선 죽으라면 죽는 시늉까지도 보여야 했던 것이다.

'빌어먹을! 빌린 돈만 아니라면……'

이것이 방금 전까지 역의관이 곱씹던 생각이었다. 하지만 그러한 생각은 가까운 곳에서 터진 환한 폭죽 한 발에 저 멀리 날아가 버렸다. 그래서 인생은 새옹지마라고 하던가. 길흉화복이 무시로 교차된다.

"으하하! 오랜만이군!"

역의관은 검을 뽑아 들고 어둠을 뚫고 달려오는 늙은이의 앞길을 가로막았다. 그의 말마따나 저 늙은이와는 초면이 아니었다. 저번 날 거사를 망치는 데 한몫을 톡톡히 한 바로 그 밉살스러운 늙은이였기 때문이다. 한데 그 밉살스러운 낯짝이 지금은 마치 정인의 고운 얼굴처럼 반갑기만 했다. 왜 아니겠는가. 홀몸이라도 반가울진대 하물며 보물단지까지 안고 있었으니.

"놈이 달아나지 못하게 포위하라!"

역의관은 남립이 붙여 준 네 명의 팔극문도들을 위세 좋게 부리는 한편, 번뜩이는 눈길로 늙은이의 몸 상태를 살폈다. 들썩거리는 어깨, 핏물 전 헝겊으로 둘둘 만 늙은이의 왼손이 그를 또 한 번 즐겁게 해 주었다.

"쯧쯧, 다리에서 고생깨나 한 모양이지? 꼴이 영 말이 아니니 말이야."

역의관은 입으로 이렇게 이죽거리면서도 늙은이가 안고 있는 이불 뭉치를 유심히 살펴보았다. 저 정도 크기에 저 정도 부피, 그 안에 무엇이 들었는지는 안 봐도 훤하기에 웃음이 저절로 흘러나왔다.

"어때, 그 소마귀만 순순히 내놓으면 늙은 목숨 하나는 붙여 줄 용의도 있는데?"

물론 그럴 생각은 추호도 없었다. 한 가닥 구명줄을 늘어뜨려 준 뒤 그마저도 잘라 버린다. 그것은 응징이었다. 과거 자신의 일을 망친 것에 대한 적절한 응징.

아쉽게도 늙은이는 역의관이 던진 미끼를 물지 않았다. 다만 착 가라앉은 눈으로 역의관의 얼굴을 빤히 바라볼 뿐이었다. 왠지 기분 나빠진 역의관이 다시 한 번 을러 보려는데, 늙은이가 불쑥 한마디를 던져 왔다.

"누군가 했더니 그때의 애송이였군. 얼굴이 변해 얼른 못 알아봤다."

역의관의 얼굴이 휴지처럼 구겨졌다. 얼굴이 이렇게 변하게 된 당시의 치욕스러운 상황을 떠올렸기 때문이다. 그런데 늙은이는 한술 더 떠 혀까지 차는 것이었다.

"쯧, 백 년 역사의 제민장이 못난 데릴사위 하나로 인해 주춧돌까지 뽑히겠구나."

이 말에 역의관이 눈이 홱 뒤집혔다.

"그 주둥이는 특별히 맨 마지막에 발라내 주마."

검 자루를 움켜쥔 역의관의 오른손에 불끈 힘이 들어갔다. 지난 두 달간 쌓은 살기가 온몸을 통해 뭉클뭉클 뿜어 나오기 시작했다. 개돼지의 피도 모자라 송장의 썩은 피까지 뒤집어써 가며 익힌 삭심검법. 다 오늘을 위한 고역이요, 인내였다.

그러나 역의관은 그토록 득의로 여기던 삭심검법을 단 한 초식도 펼칠 수 없었다. 늙은이가 보인 뜻밖의 행동 때문이었다.

"무슨 짓이냐!"

가느다란 역의관의 두 눈이 왕방울처럼 휘둥그레졌다. 지금 늙은이는 오른손에 쥔 검을 왼팔로 끌어안은 이불 뭉치의 목 부분에 바짝 들이대고 있었다.

"미, 미쳤구나, 늙은이!"

늙은이는 아무 대꾸 없이 역의관을 향해 천천히 걸음을 옮기기 시작했다. 일곱 걸음, 여섯 걸음, 다섯 걸음……. 거리가 점차 줄어들자 역의관은 자신도 모르게 주춤주춤 뒷걸음쳤다. 그러자 포위망을 형성하고 있던 네 사내들 또한 늙은이와 거리를 유지하며 앞으로, 혹은 옆으로 위치를 옮길 수밖에 없었다. 굴러가는 수레바퀴의 테두리와 축처럼, 다섯 사람이 만든 커다란 원은 늙은이를 중심에 둔 채 천천히 움직이기 시작했다.

"늙은이! 이런다고 네가 살 수 있을 성싶으냐? 마, 맞아! 넌 이제 끝장이다! 이 사실을 서문승이 알면 넌 살아도 산목숨이 아니란 말이다!"

 이런 어처구니없는 소리까지 꺼낼 만큼 역의관은 당황하고 있었지만 늙은이는 일언반구 대꾸조차 없었다. 실처럼 접은 눈을 역의관의 얼굴에 똑바로 고정한 채 일정한 보폭으로 걸음을 옮길 뿐이었다.

 그때 파라락, 옷자락 소리와 함께 한 사람이 멋들어진 신법으로 역의관의 곁에 내려섰다. 늙은이를 비롯한 모든 사람들의 발길이 우뚝 멈췄다. 역의관이 반색하며 나타난 사람을 향해 외쳤다.

 "형님!"

 남립이 빙긋 웃으며 역의관에게 말했다.

 "아우님이 잡았군. 큰 공을 세웠네."

 큰 공이란 말에 잠시 희색이 돌았지만 역의관의 표정은 금방 원래대로 구겨졌다.

 "저, 저, 저 미친 것이 미친 짓을 하고 있습니다."

 "미친 것은 본래 미친 짓을 하는 법이지. 너무 신경 쓰지 말게나."

 "하지만 이래서야……."

 "이제 우리가 왔으니 뒷일은 우리에게 맡겨 두게."

 이 말이 끝날 즈음 부근에는 사람들이 더 불어나 있었다. 그들의 면면을 살핀 역의관은 마음이 한층 더 푸근해짐을 느꼈다. 진주언가의 언당평과 녹림무곡성 나계제. 두 사람이 팔극문의 남은 문도들을 이끌고 합류한 것이다.

 남립을 위시한 세 사람으로 말할 것 같으면 역의관조차도 한 발 물러날 수밖에 없는 진짜배기 강호들. 거기에 머릿수도 거의

스물에 달했다. 퇴로는 완전히 봉쇄된 셈이니 설령 날개가 달렸다 한들 늙은이는 살아서 이곳을 벗어나지 못할 것이다.

역의관이 이렇게 안도하고 있을 때, 남립이 여유로운 미소를 지으며 늙은이에게 한 발 다가섰다. 늙은이의 눈길이 역의관으로부터 남립에게로 옮아갔다. 역의관은 검을 쥔 늙은이의 오른손 손등에 힘줄이 도드라지는 것을 보았다. 남립 또한 분명히 보았을 텐데도 인사를 건네는 목소리는 이곳이 연회장이라도 되는 양 여유롭기만 했다.

"나는 팔극문의 남립이라 하오. 이렇게 만난 것도 인연인데 이름자를 들을 수 있겠소?"

늙은이는 냉정한 눈으로 남립을 쏘아보기만 할 뿐 아무 대답도 하지 않았다. 남립은 곤란하다는 듯 턱을 슬쩍 문지르고는 다시 물었다.

"백련교에서는 교주를 명존의 화신처럼 여긴다고 들었소. 그런 교주의 핏줄에게 흉한 쇠붙이를 들이대고서야 어찌 신실한 교도라 하겠소."

늙은이는 여전히 아무 대답도 없었지만 남립의 말은 유유히 이어졌다.

"정파의 뭇 군웅들이 귀교에 대한 토벌의 기치를 높이 올렸다는 사실은 노인장께서도 들어 아시리라 믿소. 내가 치졸함을 무릅쓰고 이 같은 일을 벌인 까닭은 명성을 얻기 위함도 아니요, 사사로운 이익을 구하기 위함도 아니요, 오직 귀 교주를 대화의 장으로 이끌어 내어 자칫 끔찍한 참극으로 치달을 수 있는 작금의 난국을 해소시키려는 데에 있소. 노인장께서 지금 그런 연극을 하면서까지 지키려 한 어린 아가씨께는 어떠한 위해도 끼치지 않을 것을 맹세하니, 이제 그만 그 검을 거두고 어린 아가씨를 내게 넘기시오."
 뒤에서 듣고 있던 역의관마저도 이번 작전의 진짜 목적이 그것이었나 의심이 들 만큼 구구절절이 청산유수였다. 늙은이의 입술이 그제야 들썩였다.
 "연극."
 남립이 눈을 빛내며 늙은이의 뒷말을 기다렸다.
 "방금 연극이라고 했나?"
 남립은 빙긋 웃으며 고개를 끄덕였다.
 "노인장께서 어린 아가씨를 결코 찌르지 못한다는 사실을 알고 있소이다. 그러니 연극일 수밖에요."
 "그렇군. 연극. 연극이었어."
 늙은이는 이불 뭉치를 내려다보며 혼잣말을 중얼거렸다. 돌처럼 차갑고 딴딴하던 눈빛이 별안간 실성이라도 한 것처럼 풀어지고 있었다. 이를 기회라고 여긴 듯 나계제가 한 발을 앞으로 슬그머니 미끄러뜨렸다. 곁눈질로 이를 본 남립이 왼손을 빠르게 내려뻗어 그 움직임을 제지시켰다. 나계제가 입술을 묘하게 비죽거리며 원래의 자리로 돌아갔다.
 그때 늙은이가 숙이고 있던 고개를 번쩍 치켜들었다.
 "내 이야기가 끝날 때까지 기다려 준다면…… 그래, 이 연극을 끝내기로 하마."
 남립의 눈이 가늘어졌다.
 "시간을 끌어 볼 생각으로 한 말이라면 다시 생각하는 편이 좋을 것이오."
 "그럴 생각 없다. 그리 긴 이야기도 아니니까."
 "그러시다면……."
 어깨를 으쓱거린 남립이 한 발짝 물러섰다. 그러면서도 늙은

이에 대한 감시의 눈길만큼은 거두지 않았다.

"반드시 지켜야 할 사람들이 있었다."

늙은이의 독백 같은 이야기가 시작되었다.

"나는 그들을 지키지 못했다. 내 한 목숨 건지고자 살려 달라는 그들의 울부짖음을 뒤로한 채 달아났다. 당시 나는 죽는 것이 두려웠고, 그래서 비겁했으며, 추하게도 자신의 비겁을 정당화하려고까지 하였다. 나는 달아나면서 외치고 또 외쳤다. 저들은 사람이 아니다. 저들은 단지 인형일 뿐이다. 난 가족을 버린 게 아니다. 난 단지 인형을 버린 거다."

칼에 아랫배를 찔린 사람처럼 늙은이의 얼굴이 일그러졌다. 그런 얼굴로 늙은이는 자신을 포위한 사람들의 얼굴을 천천히 둘러보았다.

"그런 경험, 해 본 적 있나? 두려움에 질려 평생 품고 살아온 모든 가치를 송두리째 부정해 버린 그런 경험. 당시 내가 그랬다. 그래서 나는, 내가 무슨 짓을 했는지를 깨달았을 때, 주저 없이 목숨을 버렸다……."

가슴속 깊은 곳에서 무엇인가 북받쳐 오른 듯 늙은이는 눈을 잠시 감았다 떴다.

"죽음의 문턱에서 되돌아왔을 때, 그래서 나는 못내 궁금했다. 명존께선 왜 날 살리신 걸까. 대체 무엇을 찾으라고 살리신 걸까. 그러나 명존의 뜻을 알 길이 없었던 내겐 고통밖에 돌아오지 않았다. 그런데, 그런데 이제 나는 알았다. 나를 살리신 명존의 뜻을 알았다."

혹여 무슨 수작을 부리지는 않을까 늙은이를 유심히 감시하던 역의관은 문득 이상한 느낌을 받았다. 그 느낌의 연원이 무엇인가 곰곰이 생각해 보니 늙은이의 얼굴이었다. 고통스럽게 일그러져 있던 늙은이의 얼굴이 이야기가 이어지는 동안 서서히 변해 가고 있었던 것이다.
'체념?'
아니다. 체념에 빠진 인간은 결코 저런 얼굴을 하지 못한다. 늙은이의 얼굴은 오랜 유랑 끝에 집에 들어온 방랑자의 그것처럼 안온한 평화로 젖어 들고 있었다.
"진짜를 가짜로 기만한 죄, 가짜를 진짜로 대신함으로써 씻어 주신…… 명존의 세심하시면서도 자애로우신 뜻을 알았다."
늙은이의 두 눈에서 눈물이 흐르기 시작했다. 지극히 평화로운 얼굴에서 갑자기 분수처럼 흘러넘치기 시작한 눈물은 무척이나 이질적인 느낌을 주었다. 울면서, 늙은이는 웃었다. 혼탁함에 물든 역의관의 영혼조차 부지불식간에 숙연하게 만드는 울음이요, 웃음이었다.
"절묘하도다, 명존의 뜻이여! 자비롭고도 공의로운 큰 지혜여! 영겁 같던 고통을 수유에 가져가 주시도다!"
이 부르짖음과 함께 늙은이가 안고 있던 이불 뭉치를 역의관에게 던졌다. 그러고는 들고 있던 검을 스스로의 목에 찔러 넣었다. 울음 속의 웃음, 고통에서 비롯된 평화가 파편처럼 조각나 정지했다. 진실로 수유라 할 만큼 순식간에 벌어진 일이었다.
"앗!"
역의관이 소스라치게 놀라 치켜 든 검을 치우며 이불 뭉치를 받아 안았다. 다음 순간 그는 멍해졌다. 처음엔 손이, 다음엔 팔이, 마지막으론 몸과 마음 전체가 혼란에 빠졌다. ……뭐지?
목에 검을 박은 채 뒤로 넘어가는 늙은이는 더 이상 누구의 주목도 끌지 못했다. 남립과 나계제, 거기에 언당평까지 한달음에 역의관의 주위로 모여들었다. 탐욕이라 불러도 될 만한 강렬

한 성취감이 그들의 얼굴 위를 맴돌고 있었다.
"이제야 끝났군. 목표물은 무사한가?"
남립이 양양한 표정을 그대로 드러내며 물어 왔다. 역의관은 얼빠진 얼굴로 그를 올려다보다가 안고 있던 이불 뭉치를 내밀었다. 그것을 받아 안은 남립의 표정이 조금 전 역의관이 그랬던 것처럼 멍하게 변했다. 다음 순간, 이제까지의 여유를 버리고 다급한 손길로 이불 뭉치를 헤집는 남립. 그러나 그 안에서 나온 것은……
헝겊을 기워 만든 커다란 인형 하나였다.

(4)

─바깥이 시끄럽지?
─응. 나 무서워, 이모.
─무서워하지 마. 다 장난이야.
─장난?
─기억 안 나? 아까 관아가 말 타기 놀이 하고 싶다고 했잖아. 감 숙부하고 아저씨들이 관아가 더 재밌게 말 타기 놀이 하라고 장난치고 있는 거야.
─진짜?
─진짜지. 근데 저번보다 훨씬 재밌을걸.
─왜?
─이모가 오늘은 좀 빨리 달리고 싶거든.
─무섭지 않을까?
─상숙이 시켜 준 구름 타기 놀이보단 안 무서울 거야.
─구름 타기 놀이 무지무지 재밌는데!

―그래. 그럼 이제 시작한다. 대신 움직이면 안 돼. 알지?
―응.

목연은 눈을 떴다. 놀랍게도 서문숭의 얼굴이 보였다. 잘못 본 건가 싶어 눈을 깜빡이던 그녀는 화들짝 놀라 몸을 일으키다가 자신도 모르게 비명을 질렀다.
"악!"
등판에 불이 붙은 것 같았다. 그 불이 몸뚱이 전체를 찢어발기는 것 같았다. 그러나 목연은 이를 악 물고 몸을 일으켰다. 몸을 덮고 있던 얇은 이불이 민망할 만큼 펄럭거리며 떨어졌다.
"미천한 교도가 교주님을 뵙습니다."
침대에서 내려와 가슴 앞에서 수결을 맺는 단순한 동작만으로도 입술이 절로 벌어질 만큼 고통스러웠다.
"몸은 어떤가?"
서문숭이 물었다. 목연은 저도 모르게 자신을 내려다보았다. 벌거벗은 상체에는 두툼한 붕대가 친친 감겨 있었다. 없던 붕대가 생겨났다는 점보다 입고 있던 옷이 사라졌다는 점이 그녀를 더욱 당혹스럽게 만들었다.
"괘, 괜찮습니다. 한데 여기는……?"
목연은 수결을 맺었던 두 손으로 가슴 부위를 가리며 주위를 둘러보았다. 낯익은 공간. 그녀의 체향이 밴 규방이었다. 한데 그 안에 든 사람은 그녀와 서문숭만이 아니었다. 서문숭의 뒤로 그녀의 부친인 목군평과 대장로 육건이 굳은 얼굴로 서 있는 모습이 보였다. 그녀는 의아해졌다. 무슨 일일까? 무슨 일이기에 교를 대표하는 세 사람, 교주와 제사장과 대장로가 자신의 머리맡을 지키고 있었던 걸까?

"노모문 앞에서 쓰러져 있었다는 보고를 들었다. 어찌 된 일이냐?"

서문숭의 이 질문에 혼절하기 전의 기억들이 폭죽처럼 떠올랐다. 다리 위에서의 암습, 호위들의 죽음, 달려온 고 노인, 연막탄, 질주, 갑자기 엄습한 고통 그리고…….

'관아!'

가뜩이 핏기 잃은 목연의 얼굴이 백지장처럼 하얘졌다.

향거에서 떼어 낸 말을 몰아 적의 포위망을 탈출하였을 때, 관아는 목연의 치마 속에 숨어 있었다. 말 등에 배를 붙인 채 납작 엎드린 네 살배기 크기의 일곱 살 여자아이를 푸한 치마로 덮으면, 밖에서는 좀처럼 그 흔적을 발견하기 힘들다.

과거 무양문 내 산책로에서 행한 몇 번의 경험으로 그러한 사실을 알게 된 그녀는 향거 안에 갇혀 있던 짧은 시간 동안 한 가지 계책을 생각해 낼 수 있었다. 수상함을 일부러 드러내어 오히려 의심을 피하는 이른바 허허실실虛虛實實의 기만술. 하마터면 자신이 속을 뻔했다 여긴 순간, 그 속임수 안에 또 하나의 속임수가 숨어 있다고는 생각지 못하는 인간의 심리적인 맹점을 이용한 것이다.

이 계책을 위해 반드시 필요한 사람이 있었다. 목숨을 던져 기만술의 한 축을 연기해 줄 충성스러운 호위. 목연은 향거 안에서 숨을 죽인 채 그 호위가 달려와 주기만을 기다렸다.

과연 그 호위는 목연의 기대를 저버리지 않았다. 오직 관아 하나만을 지키기 위해 살아가는 그늘 속의 수호자 고중생이 바로 그 호위였다. 그녀는 흉수들을 뚫고 달려온 고중생에게 이불 뭉치로 싼 헝겊 인형을 넘긴 뒤 향거를 끌던 말 한 필에 올라탔다. 그러고는 관아를 치마 속에 숨긴 채 미친 듯이 말을 몰았다. 그러다가…….

'뭔가에 맞았어.'

다리를 벗어나고 얼마 지나지 않아서일 것이다. 등 쪽에 가해진 갑작스러운 충격에 목연은 말 등 위로 엎어졌다. 뒤따른 지독한 고통. 다행히 배 아래쪽에서 터진 관아의 비명 덕분에 정신을 놓고 낙마하지는 않을 수 있었다.

―이모! 누르지 마! 아파! 이모오!

그러나 그다음은…… 그다음은 잘 기억나지 않았다. 최후로 새겨진 기억은 노모문 앞까지 당도한 뒤 말 등에서 굴러떨어지며 안고 있던 관아를 보호하기 위해 죽을힘을 다해 몸을 웅크린 일이었다. 그렇다면 관아는 지금 어디에 있는 걸까?

"관아! 관아는 어떻게 됐죠?"

목연이 부르짖었다. 교주 앞에선 아기씨라 불러야 마땅하지만 그녀는 너무도 초조한 나머지 자신이 지금 무슨 이름으로 불렀는지조차 의식하지 못하고 있었다.

서문숭이 뒷짐 지고 있던 양손을 천천히 앞으로 돌렸다. 그의 손에는 등판 한가운데가 쪼개진 호신갑 한 벌이 들려 있었다. 오늘 저녁 목연 자신이 입고 있던 갈등나무 호신갑. 쪼개진 부위 주위에 묻은 검붉은 얼룩이 그녀의 마음을 더욱 초조하게 만들었다.

"관아는 지금 어디 있나요? 다치지는 않았나요?"

서문숭의 입에서 이제까지와는 다른 엄한 목소리가 흘러나왔다.

"대답하라. 밖에서 무슨 일이 있었던 것이냐?"

목연은 두려움에 질렸다. 서문숭이 두려운 것이 아니었다. 관아가 잘못되었을지도 모른다는 불길한 생각이 그녀를 두려움에 빠뜨렸다. 그러나 교주의 명은 절대적인 것. 그녀는 오그라드는 마음을 추스르며 가까스로 저간의 사정을 설명하기 시작했다.

"복주와 이곳 사이의 복천교에서 한 무리의 괴한들에게 습격을 받았습니다. 호공당의 감낙을 비롯한 호위들이 목숨을 걸고 막았습니다만 적도들의 기세가 워낙 대단하여 저 하나만 관…… 아기씨를 모시고 몸을 빼낼 수 있었습니다."

"흉수는?"

"정파를 자처하는 위선자들인 듯했습니다."

서문숭의 새까만 동공에 얼음처럼 차가운 기운이 맺혔다.

"고중생은 어찌 되었는가?"

고중생을 관아의 비밀 호위로 삼은 이가 바로 서문숭이었다. 관아가 첫돌을 지날 무렵이니 벌써 육 년 전의 일인데, 서문숭은 그 이름까지 똑똑히 기억하고 있었다.

"적들의 이목을 유인할 필요가 있었습니다. 하여 고 노인에게 아기씨가 가지고 다니시던 인형을 주었습니다. 아마도 그는 아기씨를 피신시키기 위해 스스로…… 스스로……."

목연은 차마 말을 맺지 못했다. 기습을 받은 이상 감 숙부와 네 청년 무사들의 죽음은 어느 정도 불가항력이라고 할 수 있었다. 하지만 고중생은 아니었다. 자신이 마지막으로 고중생에게 한 '부탁해요'라는 말은 대신 죽어 달라는 말과 다름없었던 것이다. 그녀가 어찌 가책을 느끼지 않겠는가.

"음!"

짧게 부러지는 탄식과 함께 질기기가 쇠가죽 같다는 갈등나무 호신갑이 톱밥 같은 목편들로 바스러져 바닥으로 떨어졌다. 그와 함께 실내의 공기가 무거워지기 시작했다. 서문숭의 분노가 공기 한 올마다 맺힌 것 같았다. 그런 그에게 목연이 감히 용기를 내어 물었다.

"아기씨는 괜찮으신가요?"

목연을 향한 서문숭의 눈빛이 잠깐 부드러워지는 듯했다.

"질녀의 수고가 컸구나."

저 눈빛, 저 대답이면 충분했다. 이때엔 그렇게 생각했다.

"아아!"

하여 목연은 가슴을 틀어막고 있던 큰 숨을 토해 내며 그 자리에 무너지듯 주저앉았다. 그래, 관아만 무사하면 됐어. 고 노인도, 감 숙부도, 모두들…… 그렇게 생각해 줄 거야. 긴장이 풀리자 등판의 고통이 되살아났다. 눈가도 훅 뜨듯해졌다. 고통과 눈물에 실려 의식이 흐려지고 있었다. 그러나 그녀가 의식을 잃도록 허락하지 않은 사람이 있었다. 바로 서문숭이었다.

"호공당의 부당주 목연은 광명령光明令을 받들라!"

광명령은 오직 백련교주만이 발동할 수 있는 지고지상의 성지聖늘. 그 앞에선 나이와 직분을 논할 수 없다. 이를 증명이라도 하듯 뒤에 시립한 목군평과 육건의 늙은 허리가 직각으로 꺾였다.

"목연이 광명령을 받습니다."

목연은 까무룩 흐려지는 의식을 필사적으로 다잡으며 그 자리에 무릎을 꿇고 머리를 조아렸다. 그런 목연의 위로 떨어진 서문숭의 한마디는 실로 청천벽력과 같은 것이었다.

"나, 서문숭은 오늘 밤 위선자들의 사특한 마수에 아끼는 손녀를 납치당했다."

목연은 바닥에 이마를 댄 채 눈을 깜빡였다.

'내가 지금 무슨 소리를 들은 거지?'

다음 순간 목연의 고개가 발딱 세워졌다. 서문숭을 향한 그녀의 눈이 폭풍 속의 조각배처럼 흔들리고 있었다. 그러나 그녀를 향한 서문숭의 눈은 어떤 폭풍으로도 흔들지 못할 바위처럼 안정되어 있었다. 그 순간 그녀는 깨달았다. 손녀를 납치당한 할아버지는 절대로 저런 눈을 가질 수 없다는 것을.

"호공당 부당주 목연은 내일 조천숙례에서 이 같은 사실을 모든 교도들에게 증언하라. 또한 본 좌의 손녀를 보호하는 임무를 다하지 못한 죄를 물어 별도의 지시가 있을 때까지 삼생도三生島에서 근신할 것을 명한다."

이 말을 하는 서문숭은 웃고 있었다. 그 웃음이 마치 바라고 바라던 장난감을 이제야 손에 넣은 어린아이의 것처럼 보여 목연은 자신도 모르게 입술을 떨었다. 설마…… 설마……?

"대장로!"

서문숭은 전면을 향해 빳빳하게 곤두세운 고개를 돌리지도 않은 채 호명했다.

"대장로 육건, 교주님의 영을 기다립니다."

"순찰당에 지시하여 지금 즉시 복천교 일대를 수색하고, 나아가 복건 전체에 사람을 풀어 이번 일에 관련된 자들에 대해 낱낱이 파악하여 보고하라."

"명을 받들겠습니다."

"제사장!"

"제사장 목군평, 교주님의 영을 기다립니다."

"내일 조천숙례를 집례하며 이번 일의 전모를 모든 문도들에게 알리도록 하라."

"명을 받들겠습니다."

부친인 목군평까지 기다렸다는 듯 복명하자 목연은 자신의 짐작이 맞음을 확신했다.

관아는 납치당하지 않았다!

자신과 함께 무사히 돌아왔음에도 납치당한 것처럼 꾸미려는 것이다!

아마도 삼생도는 관아를 감추기 위한 장소겠지. 그리고 자신을 그리로 유폐하는 것 또한 그 비밀을 지키기 위함일 테고.

다음 순간 목연은 상처 입은 등덜미를 타고 소름이 쫙 올라오는 것을 느꼈다. 기만술에도 여러 가지 종류가 있었다. 그녀만 해도 오늘 밤 두 가지 기만술을 펼쳤다. 관아를 안심시키기 위해 한 번, 적도들을 속이기 위해 한 번. 하지만 지금 서문숭이 꾀하고자 하는 기만술은 그런 것들과는 차원이 달랐다. 서문숭은 천하를 상대로 한, 그리하여 종국엔 천하를 피의 소용돌이로 몰고 갈 엄청난 기만술을 계획하고 있는 것이다.

"보고 싶다면 보여 주마, 이 서문숭이 어떤 사람인지를."

서문숭이 천천히 뒷짐을 지며 중얼거렸다. 망연해 있던 목연은 순간적으로 서문숭의 건장한 몸 위로 덧씌워지는 어떤 환상을 보았다. 화려한 강철 투구, 양손엔 커다란 칼과 방패, 발밑으로 넘실거리는 분노의 성화聖火…….

명존의 패도가 미륵의 소탈함을 뚫고 드러나고 있었다.

재앙 災殃

(1)

송대는 쥐고 있던 빗자루를 쫙 소리 나게 팽개쳤다. 빗자루나 낫, 혹은 독륜거獨輪車 따위의 기물들을 자식처럼 아끼는 그로서는 무척이나 의외로운 일이 아닐 수 없었다. 하지만 그의 일탈은 여기서 그친 것이 아니었다. 굳은살 박인 손이 고목 옹이처럼 단단히 말려 쥐어지더니 급기야 상스러운 욕설마저 터져 나오고 말았다.

"우라질! 정말 성질나서 못 해먹겠네! 이봐요, 영감님!"

때는 바야흐로 중화참이 가까워 오는 시각.

강동제일가 석가장의 대문 앞은 당장 자리 펴고 누워도 될 만큼 깨끗했다. 지난밤 유난히도 심하던 먼지바람이 유독 석가장만 비껴간 것일까? 그럴 리가 없었다. 모두 송대 한 사람이 아침부터 들인 두 시진 노력의 결실일진대, 바로 그 송대가 제 손때로 반질거리는 빗자루마저 팽개친 채 저잣거리 왈패처럼 씨근덕거리고 있는 것이다.

지금 이 순간 송대의 눈길이 향한 곳은 석가장 정문 옆으로 난 야트막한 돌 굽이. 푸르스름한 돌이끼를 밑단처럼 깔고 있는 그 돌 굽이 위에는 빛바랜 갈색 단삼에 구깃구깃한 베잠방이 차림의 노인 하나가 구부정하니 앉아 있었다. 석가장의 문지기 아닌 문지기 화 노인이 바로 그 사람이었다.

화 노인의 옆으로는 어른 머리통만 한 술 단지들이 가지런히 놓여 있는데 그 수가 자그마치 다섯. 송대는 그중 넷이 이미 비었음을 알고 있었다. 송대가 비질하러 나오기 전부터 저 자리를 차지하고 있었으니 최소 두 시진은 지났다는 얘기인데, 지금부터 두 시진 전이면 차마 낮술이라 부르기에도 민망하리라.

송대의 욕설에도 아랑곳없이 화 노인은 오른손에 쥔 이 빠진 사발을 내저어 다섯 번째 술 단지에서 술을 퍼냈다. 송대의 눈썹이 털벌레처럼 꿈틀거렸다.

"영감님! 사람이 부르는데 대답은 못 할망정 눈이라도 맞춰줘야 하는 거 아닙니까!"

이 빠진 사발을 입가로 가져가던 화 노인이 그제야 퀭한 눈을 송대에게로 돌렸다.

"그것도 그렇군. 날 왜 불렀는가?"

안 그래도 구겨져 있던 송대의 얼굴이 한층 더 구겨졌다. 화 노인이 입을 열자 열 발자국도 넘게 떨어진 거리인데도 퀴퀴한 술 냄새가 훅 풍겨 왔기 때문이다.

"젠장, 누구는 술 마실 줄 몰라서 안 마시는 줄 아세요?"

그러자 화 노인이 술이 찰랑거리는 사발을 송대 쪽으로 내밀

었다.

"아니, 그건 또 왜 내미는 겁니까?"

"마실 줄 안다며?"

송대가 드디어 폭발했다.

"으아아! 지금 그 얘기가 아니잖아요! 누군 온갖 먼지 들이마셔 가며 죽어라고 비질하고 있는데 누군 팔자 좋게 퍼질러 앉아 술이나 마시고! 영감님이 이 집 주인이에요? 저는 하인이고 영감님은 주인이냔 말이에요!"

그런 송대를 물끄러미 바라보던 화 노인이 한마디 툭 던졌다.

"불안한가?"

"예?"

"불안하냐고?"

송대의 표정이 변했다. 짜증이 조금 많은 편이긴 해도 마음 하나만큼은 방금 눌러 낸 두부처럼 말랑말랑한 그가 아니던가. 화 노인과 티격태격하며 살아온 게 한두 해가 아니지만 무슨 억하심정이 있어 그러는 것 또한 절대 아니었다. 그저 그게 그네들 두 사람의 관계 맺는 방식이었을 뿐. 한데 그런 송대가 평소와는 달리 이토록 심하게 신경질을 부리는 까닭은, 맞다. 다 심중의 불안함 때문이었다.

송대가 쉬 대답을 못하자 화 노인은 내민 술잔을 입가로 되돌려 깨끗이 비워 냈다. 그러고는 손등으로 턱을 훔치며 입을 열었다.

"삼공자가 갔네. 숭검당주崇劍堂主와 숭검삼십육걸崇劍三十六傑, 거기에 팔십에 가까운 무사들도 따라갔고. 그런데도 불안한가?"

말 그대로였다. 화 노인이 기를 쓰고 삼공자라 부르는 이가주가 석가장이 자랑하는 숭검당의 정예들과 팔십에 가까운 무사들을 이끌고 사자검문으로 출발한 것이 엊저녁의 일이었다. 사자검문으로 말할 것 같으면 전대 가주 석안에겐 형제 문파요, 이가주 석대전에겐 사문 되는 곳. 그런 곳이 누란의 위험에 처했다는데 최선을 다해 지원을 보내는 것은 지극히 당연한 조치였다.

무공이라곤 빗자루를 휘둘러 낙엽 모으는 초식밖에 모르는 송대일망정 석가장과 사자검문이 이 강동 강호에서 어떤 위치를 차지하는지 정도는 안다. 작년 한 해 두 곳 모두 커다란 악재를 겪긴 했지만, 그래도 강동에서 제일 강성한 방파를 꼽으라면 첫째가 석가장이요 그다음이 사자검문이었다. 뭐, 사자검문 앞마당을 비질하는 문지기는 송대의 이런 견해에 동의하지 않을지도 모르지만.

어쨌거나 그런 두 방파가 손을 잡았으니 세력의 강성함이야 보지 않아도 알 수 있는 일인데, 문제는 상대였다. 상대가 워낙 좋지 않았다.

"제가요, 이가주님이나 숭검당주님을 믿지 못하는 건 아니지만요, 그래도 들은 얘기가 있어서……."

송대가 말꼬리를 길게 늘어뜨리자 화 노인이 눈을 게슴츠레 뜨며 물었다.

"무슨 얘기를 들었는데?"

"그게…… 지금 강동으로 오고 있다는 전대 가주님의 원수가 사람이 아니라 악선惡仙이라는……."

어젯밤 마구간지기 조 영감한테서 들은 말을 옮기며 송대는 화 노인이 코웃음을 칠 것이라 예상했다. 송대 자신만 해도 그 얘기를 처음 들었을 때에는 말 같지도 않은 소리라며 코웃음을 쳤으니까. 하지만 화 노인은 코웃음을 치지 않았다. 다만 한숨

을 쉿듯 무겁게 중얼거렸을 따름이다.

"틀린 말도 아니군."

강호에 대한 화 노인의 식견은 허풍쟁이 조 영감 따위가 감히 견줄 수 없을 만큼 깊고 정확하다는 사실을 잘 아는 송대는 화들짝 놀랄 수밖에 없었다.

"엑? 하면 진짜로 신선이 온다는 얘기예요?"

"신선은 아니지만 요괴는 된다고 봐야겠지."

신선이나 요괴나 인간으로서 불감당한 존재임엔 거기서 거기였다. 갑자기 현실로 바뀐 불안감에 송대의 얼굴이 하얗게 질리는데, 화 노인이 사발 가득 다시 술을 퍼 단숨에 들이켜더니 느릿느릿 몸을 일으켰다. 그리고는 돌 굽이에 기대어 둔 낡은 마대 두 자루를 어깨에 둘러멨다. 뭐가 들었는지는 몰라도 축 늘어진 아랫단이 제법 묵직해 보이는 마대들이었다.

"불안한 건 나도 마찬가질세. 그래서 마셨는데, 소용이 없군. 여전히 불안해."

화 노인이 술 냄새를 풍기며 휘적휘적 걸어와 옆을 지나치자, 그 모습을 멍청히 보고 있던 송대가 퍼뜩 정신을 차리고 불렀다.

"영감님! 점심때 다 돼 가는데 어딜 가시는 거예요?"

화 노인이 발길을 멈췄다. 그러더니 천천히 몸을 돌렸다.

"부탁 하나만 들어주겠나?"

"예?"

"후원에 계시는 운 사부께 전해 주게. 약속을 지키지 못하게 되어 죄송하다고."

송대는 고개를 갸웃거렸다. 화 노인이 비록 말수가 없는 위인이긴 하지만 말 심부름 같은 것을 시킨 적은 단 한 번도 없었기 때문이다.

"운 노사부께서 무슨 분부라도 내리셨어요?"

"그렇게만 전하면 아실 걸세. 그리고……."

잠시 말을 멈추고 민망할 정도로 송대를 빤히 바라보던 화 노인이 주름진 입가에 웃음 비슷한 것을 만들었다. 송대로선 참으로 오랜만에 보는 화 노인의 웃음이었다.

"자네, 참 괜찮은 사람이야."

뜬금없는 웃음에 뜬금없는 칭찬. 멍해 있던 송대가 곧 소년처럼 얼굴을 붉혔다.

"에이! 하루 이틀 본 사이도 아닌데 쑥스럽게 무슨……."

"아니야, 자네처럼 성실한 사람은 내 평생 처음이었어. 이건 진심일세."

"흠흠, 뭐, 영감님도 술 너무 많이 드시는 거 빼곤 좋은 분이세요."

"그랬나? 그랬으면 다행이고. 후후."

낮은 웃음을 남기곤 화 노인이 다시 몸을 돌렸다.

"어? 밥때 다 됐는데 어딜 자꾸 가시는 거예요? 주방 오 씨 아줌마 성질 모르세요? 늦으면 국물도 없다고요!"

송대가 등에다 대고 외쳤지만 돌아온 것은 뒤도 안 돌아보고 흔드는 허허로운 손 인사뿐이었다.

(2)

'치厄'는 술잔이다. 여기에 나무목 변을 붙이면 치자나무를 뜻하는 '치梔'가 된다. 여름날 소담스럽게 피어나는 새하얀 꽃 모양새가 술잔을 닮았다 하여 연유된 이름인데, 그래서인지 예부

터 치자꽃은 술과 유달리 가까운 관계였다. 꽃잎을 술에 띄워 운치를 높이기도 하거니와 꽃잎 자체를 둥글게 빚어 술잔을 삼기도 하였으니 말이다.

그런 운치를 맛보기 위한 것일까. 금잔에 담긴 옥색 미주 위에는 치자꽃 어린 이파리 하나가 남실거리고 있었다. 그 우아한 표류를 내려다보는 한 쌍의 눈. 한쪽에만 청광을 머금은 기묘한 비대칭이 신비한 감을 더해 주는 그런 눈이었다. 그 눈의 주인이 혼잣말처럼 중얼거렸다.

"해마다 피는 꽃은 닮았으나 해마다 사는 사람은 다르다……. 비록 닭 한 마리 못 죽이는 유약한 무리이나 그래도 세상의 이치를 읽어 내는 통찰력은 있으니, 시인이라는 족속도 비단 불필요하다고만은 할 수 없군."

연년세세화상사年年歲歲花相似에 세세년년인부동歲歲年年人不同을 읊는 목소리에는, 만일 신선이 있다면 아마도 저러한 목소리를 지니지 않았을까 싶을 만큼 그윽한 기품이 담겨 있었다. 그러나 그 목소리의 주인은 신선이 아니었다. 신선을 자처하나 요괴에 더욱 가까운 인간. 독중선 군조가 바로 그였다.

군조는 지금 치자꽃 만발한 야트막한 언덕에 올라 있었다. 완만하게 경사진 풀밭에 옥광목 차일을 넓게 치고 그 밑으로 타는 듯한 붉은 융단, 거기에 대리석으로 판을 올린 정식 식탁에다가 연자주색 비단 보료를 깐 접의자까지 벌려 놓으니 볕 따가운 여름날 이만한 야외 연석도 드물 듯싶었다. 한 가지 아쉬운 점이라면 그 연석을 누리는 이가 오직 하나뿐이라는 것. 나머지는 모두 장식물에 불과했다. 주위에 흐드러진 치자꽃처럼.

"사람이 다르다 하심은……?"

장식물들 중 아래위로 청의를 단정하게 차려입은 사내가 조심스러운 목소리로 물어 왔다. 군조의 이번 강동행에 길잡이 겸 감시 역으로 따라온 비이목의 강북총탐 조명무였다.

군조는 묵묵히 술잔을 기울였다. 술잔을 떠나보낸 입술 위로 술 방울 머금은 꽃잎이 반짝였다. 새하얀 수염과 새하얀 꽃잎, 그 위로 투명하게 반짝이는 이슬 같은 술 방울. 시인이 보았다면 한 구절 절로 흘러나올 법한 운치 있는 광경인데, 손가락으로 꽃잎을 살며시 집어낸 군조가 그것을 잠시 들여다보다가 탄식하듯 말했다.

"생각해 보게. 석년 강동삼수를 만났을 때 그들 중 가장 연장인 방령만 해도 사십을 넘기지 않은 팔팔한 나이였지. 한데 이제 그들을 다시금 만나러 강호에 나왔더니만 모두들 그새를 못 참고 세상을 등졌다고 하는군. 그러니 세세년년인부동이라, 이 말이 어찌 가슴에 와 닿지 않겠는가?"

얼핏 오랜 벗의 죽음을 애석해하는 듯 들리지만 속내는 원수의 숨통을 직접 끊지 못함을 분해하는 것. 그 시인은 연년세세 세세년년의 절묘한 대구가 후대에 저런 식으로 차용될 줄은 꿈에도 생각지 못했으리라. 고소를 삼킨 조명무가 공손히 대꾸했다.

"범부란 주어진 시간 또한 범속한 법, 진인의 기대에 어찌 미치오리까."

비이목의 총탐이면 강남 강북 가릴 것 없이 고급 정보를 많이 접할 수 있는 자리였다. 덕분에 그는 강동삼수 모두가 세상을 등졌다는 군조의 방금 전 말이 실제와는 약간 차이가 있음을 알고 있었다. 물론 실제가 어떠한지를 알려 줄 마음은 눈곱만큼도 없었다. 저 군조라면 실제가 어떠한지를 듣는 순간 펼친 차일을 당장 걷고 숨겨진 실제가 있는 강북으로 발길을 돌릴 것이 불 보듯 뻔했다. 지금 언덕 아래에서 벌어지는 요란한 살육 따윌랑

나 몰라라 내팽개친 채 말이다.

"살려 주세요! 제발 목숨만 살려…… 아악!"

"내 눈! 눈이 안 보여!"

각양각색의 비명들이 후끈하게 달궈진 여름 공기를 타고 아련히 번져 왔다. 진원지는 언덕에서 바로 내려다보이는 으리으리한 장원 한 채. 사자검문이 전대 문주인 방령 시절부터 많은 공을 들여 운영해 온 강소 지방 굴지의 전장, 금사전장金獅錢莊이 바로 저 장원이었다.

전장주는 방령의 네 제자 중 하나인 권감權監이란 자라는데, 검법보다는 이재 방면에 일찍감치 두각을 나타냈다던가? 하지만 조명무가 보기엔 그도 아닌 듯했다. 정말로 이재에 밝은 놈이면 독중선의 재등장 소식을 들은 즉시 모든 사업을 정리하고 숨어들었어야 마땅했기 때문이다. 설마하니 본류도 아닌 우리까지 건드리랴 생각했다면 조명무는 지금 품고 있는 싸구려 동정심도 거둘 작정이었다. 바보는 저렇게 죽어도 싸다.

"날도 더운데 야차夜叉들이 수고하는구먼. 동옥아, 네가 방이를 데리고 가서 좀 거들어 주려무나."

군조의 말이 떨어지기가 무섭게 뒷전에 서 있던 말끔한 비단옷 차림의 청년이 타는 듯한 홍의를 입은 소녀와 즉시 부복하고는 언덕 아래로 신형을 뽑았다. 청년은 군조의 제자이자 수하이자 비복인 노동옥이고 소녀는 군조의 제자이자 수하이자 애첩인 교방인데, 언덕을 경중경중 달려 내려가는 기세가 묘하게도 흥겨워 보였다. 조명무가 이번 행차에 동행하며 관찰한 바로는 피에 환장한 천생 살귀들이라서 저런 것 같지는 않고, 반 시진 가까운 시간 동안 엉덩이 한번 붙이지 못하고 꼿꼿이 시립해 있던 참인지라 난장을 거들라는 군조의 명령이 오히려 반가운 까

닮은 듯싶었다.

 노동옥과 교방의 뒷모습을 한가로운 눈길로 배웅하던 군조가 손가락을 하나 세워 까닥거렸다. 이제는 저 수신호의 의미를 지겹도록 잘 알게 된 조명무가 공근한 걸음으로 다가가 그의 어깨 위로 조심스레 고개를 기울였다.

 "영민한 조 총탐이니 묻겠네만, 본 좌가 강동삼수 중 누굴 가장 보고 싶어 했는지 아는가?"

 시선조차 돌리지 않고 흘러나온 질문에 조명무는 곧바로 대답했다.

 "둘째인 석안이 아닐까 사료되옵니다."

 왜 그렇게 사료되는지 이유는 안 달아도 된다. 아니, 안 달아야 한다. 군조가 고개를 천천히 끄덕였다.

 "맞아. 그를 꼭 만나고 싶었지."

 강동삼수가 군조와 전대의 독문사천왕을 패퇴시킨 것은 이미 강호를 삼십 년 이상 진동시켜 온 유명한 일화였다. 그러나 그중에서도 석안의 공이 일등임을 아는 사람은 그리 많지 않았다. 당시 가장 용맹하게 진격하여 독문사천왕 하나의 목을 벤 것으로도 모자라 적당의 수괴인 군조로부터 왼쪽 눈과 오른쪽 손을 앗아 간 이가 바로 석안이었던 것이다. 와신상담하여 재출도한 군조가 누구보다 만나고 싶어 함은 당연할 터이나, 이러한 속내까지 대답에 포함시킬 필요는 없다. 아니, 포함시켜선 안 된다.

 "그래서 그런지 저따위 밥버러지들을 징계하는 건 당최 흥이 나질 않는구먼. 석안, 그 친구가 이미 갔다면 최소한 그 자식들 정도는 손을 봐야…… 참! 석안이 자식을 제법 두었다고 들었는데, 몇이나 되지?"

 시무룩한 표정으로 투덜거리던 군조가 돌연 눈을 빛내며 물

었다.

"아들 셋에 딸 하나를 둔 것으로 압니다."

"합이 넷이라, 그 정도면 제법 손맛을 보겠구먼."

조명무의 대답에 군조는 눈초리 가득 즐거운 잔주름들을 매달았다. 그러나 그러한 기미는 오래가지 못했다. 기대를 무너뜨릴 조명무의 다음 대답이 기다리고 있었기 때문이다.

"하오나 첫째 아들과 둘째 아들 그리고 막내딸은 지금 집을 비운 상태고 오직 셋째 아들 하나만이 남아 있다고 합니다."

"무어라? 본 좌가 왕림한다는 소식이 벌써 이곳에 전해졌다는 소린가?"

조명무는 조그맣게 한숨을 내쉬었다. 그러니까…… 소식이 전해진 것은 맞다. 어떻게 냄새를 맡았는지는 모르지만 개방이 움직인 것이다. 하여 강동에서도 나름대로 대비를 하고 있는 모양인데, 석안의 자식이 하나만 남은 것은 그 일과 전혀 무관했다.

"아뢰옵기 황송하오나 그게 어찌 된 일인가 하면……."

조명무는 수고로움을 무릅쓰고 저간의 사정을 설명하기 시작했다. 첫째 아들 석대문이 지난해 부상을 입어 모처로 폐관에 들었다는 얘기, 둘째 아들 석대원이 어릴 적부터 집을 떠나 지금 무양문의 식객으로 있다는 얘기, 그리고 막내딸 석지란이 신무전 셋째 도령과 혼인하여 지금 강북에 머문다는 얘기 등등. 하여 결론적으로 그들 셋이 집을 비운 것과 군조의 이번 강동행 사이엔 아무런 연관도 없음을 강조했다. 그러므로 소문이 퍼진 것과도 당연히 무관하다, 이 뜻이었다. 군조는 침중한 표정으로 듣고 있다가 조명무의 설명이 끝나자 크게 탄식했다.

"곤란하도다! 종적을 모르는 첫째는 그렇다 쳐도, 둘째와 막내딸이 몸을 의탁했다는 무양문의 서문숭이나 신무전의 소철이면 세간에선 본 좌와 한 반열로 거론되는 인사들이 아닌가. 체면상 찾아가서 어린것들을 내놔라 따지기도 민망한 일이고, 아! 참으로 곤란하도다!"

조명무는 잠깐 의문에 빠졌다. 군조는 진짜로 자신이 북악남패의 신화를 일군 두 절대자와 한 반열이라고 믿는 걸까? 아니면 켕기는 마음에 저리 돌려 둘러대는 걸까? 터무니없긴 하지만 전자일 거란 생각이 들었다. 왜냐하면, 군조니까.

"쯧, 별수 없이 셋째 하나를 징계하는 것으로 만족해야겠군. 대신에 그 집구석에 사는 개 한 마리, 닭 한 마리도 남겨 두지 말아야 할 것이야. 그러지 않고선 이 마음이 편치가 못해."

새하얀 학창의의 심장 부위를 제 손가락으로 쿡쿡 짚으며 하는 군조의 이 말에 조명무가 눈을 반짝였다. 지금이 적기였다. 비이목들로부터 전해 받은 정보를 공개할 적기.

"마침 석안의 셋째 아들에 관한 보고가 하나 올라와 있습니다만……."

예상대로 군조가 솔깃해하는 반응을 보였다. 정보를 쥔 자의 특권이 바로 이러했다. 정보란 그 자체로는 중립적이지만 언제 공개하느냐에 따라 이로움과 해로움이 갈릴 수 있는 것이다. 조명무는 목소리를 더욱 부드럽게 꾸며 말을 이었다.

"문주님께서 친림하신다는 소식을 어디서 들었는지, 그제 자정 무렵 석안의 셋째 아들이 백여 기의 인마를 몰고 사자검문으로 들어갔다고 합니다."

정보가 어찌 새어 나갔는지를 추궁해 오면 솔직히 대답할 말이 없는 게 사실이었다. 보안을 이유로 의가상문행의 도락마저 자제토록 요구한 게 바로 자신인 만큼, 그런데도 왜 일이 이 모양이 되었느냐 호통 치고 나와도 할 말이 없는 것이다. 다행히

군조는 그 방면으로는 생각이 미치지 않는 눈치였다. 정보 공개의 시점이 매우 적절했기 때문이리라. 조명무는 내심 득의하며 보고를 마무리 지었다.

"또한 사자검문에서는 방씨 문중의 부녀자들과 아이들을 석가장으로 대피시켰다고 합니다. 그러니 현재 사자검문과 석가장의 정예들은 대부분 사자검문에 모여 있는 상황입니다."

"오호라, 한데 모여 건곤일척으로 싸워 보겠다? 과연 석안의 핏줄답게 일 처리에 호방한 면이 있구먼. 한데 떨거지들을 대피시킨 건 마음에 조금 걸리는걸. 자칫 사자검문에 모인 놈들을 징계하는 동안 다른 곳으로 숨어 버리지나 않을까 걱정이란 말이야."

'사자검문에 모인 놈들' 따위는 안중에도 없다는 의미의 발언인데, 공감이 가기도 했다. 본디 이번 강동행에 있어 가장 껄끄러워야 할 존재가 석안의 첫째 아들과 둘째 아들, 즉 강동제일인 석대문과 이대 혈랑곡주로 알려진 석대원이었다. 그러나 정황상 그들은 제집이 깡그리 불탄 다음에야 그 소식을 접할 수밖에 없었다. 그들이 없는 강동은 비유하자면 차포 뗀 장기. 군조를 상대로 판을 짜는 것 자체가 불가능하다.

"문주님께서 그 점을 우려하신다면 소생이 따로 조치를 취할 수도 있습니다."

조명무의 말에 군조의 한쪽 눈썹이 슬쩍 올라갔다.

"조치?"

"소생이 부릴 수 있는 병력이 조금 있습니다. 그들로 하여금 석가장을 감시하도록 한다면……."

"아니. 이건 본 좌가 강동삼수의 묵은 죄를 징계함으로써 땅에 떨어진 법을 바로 세우는 신성한 사업일세. 자네에겐 미안한 말이네만 남의 손을 빌린다는 것은 절대로 있을 수 없음이야."
 군조는 걸치고 있는 법복 때문에 자비를 못 베풀어 미안해하는 판관처럼 말했다. 조명무는 물론 그 판관 앞에 선 순둥이 죄인처럼 머리를 조아릴 따름이고.
 "소생이 주제넘게 나섰군요. 송구합니다."
 군조가 빙긋 웃더니 뒤를 돌아보며 한 사람을 불렀다.
 "이보게, 지국천왕."
 군조의 뒷전에 시립해 있던 사람 중 하나가 잰걸음으로 다가와 허리를 접었다. 삶의 간난신고가 주름 골골마다 밴 왜소한 백의 노인. 바로 독문사천왕의 첫째인 오독수 장광이었다.
 "찾으셨습니까, 문주님."
 "혈오와 규짐을 부르게."
 "알겠습니다."
 군조는 금번 강호에 재출도하며 독문의 거의 모든 전력을 이끌고 나왔다. 독문사천왕 전원과 팔대야차 중 여섯, 거기에 그들에는 못 미치지만 독공에는 나름 일가견이 있다는 독살毒煞들을 이백이나 대동했으니, 강동의 양대 세력을 눈 아래로 보는 것도 무리가 아니었다.
 잠시 후 암녹색 장포를 걸친 두 사내, 혈오야차六蜈夜叉와 규짐야차叫鴆夜叉가 차일이 쳐진 곳으로 올라왔다. 군조 앞에 이른 그들은 황족만이 받을 수 있다는 오체투지의 예를 올렸다. 참으로 거창한 예법이지만 조명무로선 그리 별다를 게 없었다. 이 또한 군조를 만나 강동으로 오는 동안 신물 나도록 봐 온 광경이었으니까.
 군조가 땅바닥에 쭉 펴진 두 개의 암녹색 등짝에 대고 엄숙하게 말했다.

"너희들은 독살 스물을 데리고 석안의 집으로 가라. 도착하는 즉시 일대를 봉쇄하여 개 한 마리, 닭 한 마리도 출입을 못 하도록 막되, 집 안에 있는 자들에겐 절대 손대지 마라. 그들은 본 좌가 직접 징계할지니."

"신명을 다하여 존귀하신 문주님의 명을 받들겠나이다."

두 야차가 복명 후 자리를 뜨자 군조는 그제야 안심된다는 표정으로 의자 등받이에 몸을 기댔다.

군조와 그 졸개들의 수작을 지켜보던 조명무는 시선을 들어 언덕 아래를 내려다보았다. 언제부터인지는 모르지만 비명이 더 이상 들려오지 않았다. 독문의 행사가 얼마나 철저하고 지독한지는 추관 신분으로 행한 몇 차례의 현장 검증을 통해 익히 확인한 바였다. 저 전장 자리, 당분간 풀도 나지 않을 것이다. 그때 군조로부터 질문이 날아왔다.

"예서 사자검문까지 얼마나 되는가?"

조명무는 얼른 고개를 돌려 공근히 답했다.

"지금까지 오신 것처럼 가마로 이동하면 한나절 조금 더 걸릴 듯싶습니다."

"한나절이라……."

군조는 목을 빼고 차일 너머 하늘을 슬쩍 올려다보았다. 하오의 절정. 하루 중 가장 더운 때이긴 하나 태양은 중천을 지난 지 제법 되었다.

"아무래도 방령의 집으로 가는 건 내일로 미루는 편이 좋겠군."

이야말로 참새가 방앗간 행차를 내일로 미루겠다는 소리와 같은지라 조명무가 슬쩍 고개를 들고 군조를 쳐다보았다.

"준비할 것이 한두 가지가 아니야. 그것을 맞추려면 하루로도 부족할지 모르겠군."

"준비라면?"

이 전력으로도 모자라 따로 준비할 게 있단 말일까? 조명무는 궁금해했지만 군조는 그의 궁금증을 풀어 주려 하지 않았다.

"게다가 천하제일 명승이라는 소주에 왔는데, 한산사寒山寺 종소리가 실제로 풍교楓橋까지 들리는지는 확인해 봐야 하지 않겠는가."

이렇듯 풍교야박楓橋夜泊의 한 구절을 인용하는 군조는 가장 맛있는 반찬을 가장 마지막까지 남겨 놓으려 애쓰는 어린아이 같은 표정을 짓고 있었다.

(3)

유태성의 안색은 과히 좋지 않았다. 사자검문의 총관직을 맡은 지도 올해로 벌써 육 년째. 대저 인생이란 게 곧 굴곡일진대 그사이 어찌 고난이 없었을까. 하물며 지난해엔 부친처럼 섬기던 노문주를 여의는 아픔을 겪기도 하였다. 하여 나름대로는 삶의 쓰고 아린 맛 다 겪었노라 자부하던 터이건만, 이번에 닥친 고난은 지난 육 년간 겪은 것들과는 차원이 달랐다. 한마디로 표현하면 재앙. 도무지 헤쳐 나갈 엄두가 나지 않았다.

"알겠네. 전장 쪽 소식은 어찌 되었는가?"

밤늦은 시간에 총관실로 찾아와 사자검문의 양대 돈줄 중 하나인 동풍마장同風馬場이 풍비박산 났다는 비보를 전한 청년은 전대 문주 방령의 이종 조카인 당호唐好였다. 머리 좋고 검술 좋은데 거기에 배경까지 좋으니 그가 서른 이전의 나이로 사자검문 열두 검술 교두 중 한 자리를 차지하게 된 데엔 다 그만한 이유가 있었다. 성격도 쾌활하여 웬만해서는 밝은 표정을 잃지 않

는 당호. 한데 그 당호가 지금 이 순간만큼은 고리 빚에 쫓기는 가난뱅이처럼 우거지상이 되어 있었다.

"금사전장 쪽으로도 오늘 아침 급히 전령을 보내긴 했는데……."

질문을 받고 잠시 머뭇거리던 당호가 피차 아는 얘기만 꺼내고 말꼬리를 흐리자 유태성이 뒷말을 대신했다.

"소식이 끊긴 게로군."

"……예."

아침에 쾌마 편으로 보낸 전령이 야심한 시각까지 돌아오지 않았다. 이는 전령의 행선지인 금사전장이 무탈하지 못함을 뜻했다. 유태성으로선 한숨이 절로 나올 수밖에 없었다.

"후우!"

동풍마장에 금사전장까지. 천행으로 이번 고난을 넘긴다손 치더라도 다음 달 끼니 걱정을 해야 하는 처지가 되어 버렸다. 아니, 그마저도 배부른 걱정. 평생 끼니 걱정을 하며 사는 한이 있더라도 이번 고난만큼은 어떻게든 넘기고 싶은 게 유태성의 솔직한 심정이었다. 넘기지 못하면? 끼니고 뭐고 모든 게 끝장이겠지.

"좋아! 의방 쪽은?"

아랫사람 앞에서 너무 의기소침한 모습을 보여도 곤란하지 싶어 짐짓 목소리에 활기를 실어 물어보았지만 이번에는 반쪽짜리 대답도 못 내놓고 고개만 도리도리 흔드는 당호를 보고는 맥이 탁 풀리고 말았다. 집무실로 들어온 이래 당호의 얼굴이 줄곧 우거지상인 것도 이해가 갔다. 들고 온 소식들 중에서 얼굴 펼 만한 것이 하나도, 정말 단 하나도 없었기 때문이다.

"늦은 시간이지만 어쩔 수 없군. 문주님을 취웅전聚雄殿으로 모셔 오게."

"알겠습니다."

지시를 받은 당호가 종종걸음으로 집무실을 빠져나갔다. 유태성은 요 며칠 계속된 수면 부족으로 따끔거리는 눈을 비비며 자리에서 일어섰다. 취웅전으로 부를 사람은 문주만이 아니었다. 그는 까마득한 어린 시절 부친에게서 들었던, 기쁨은 나누면 배가 되고 근심은 나누면 반이 된다는 말이 제발 사실이기를 기원하며 집무실을 나섰다.

취웅전은 사자검문의 심처에 위치한 전각으로서 실내가 넉넉하고 주변 풍취가 높아 주로 연회 때에 쓰이는 장소였다. 처음 대들보를 올릴 때에는 앞뜰에 승천하는 용을 닮은 오백 년 수령의 은행나무가 있다 하여 승룡전昇龍殿이라 명명했는데, 문주 방령의 위명이 강동을 넘어 전 강호로 뻗어 나간 이후 모임을 개최할 때마다 천하의 영웅들이 구름처럼 모여들게 되었다 하여 취웅전으로 개명했다는 일화가 있다.

대부분의 사람들이 이미 꿈나라를 헤맬 야심한 시각, 벽에 내걸린 수십 개의 유등들이 취웅전 내부를 밝히고 있었다. 후텁지근한 여름밤을 달래 줄 야연夜宴이라도 열린 걸까? 그러나 유등들이 비추는 취웅전 내부의 분위기는 연회의 그것과 판이했다. 오십 명이 앉고도 남을 대전 중앙 기다란 탁자 주변에 칠십 노인네 치아처럼 듬성듬성 자리 잡은 다섯 명의 사내들. 그들로부터 흘러나오는 어두운 기운 앞에선 질 좋은 유채 기름을 태우는 유등들의 광채도 빛을 잃는 듯했다. 그런 가운데에도 간간이 문 쪽을 힐끗거리는 품이 누군가를 기다리고 있는 눈치였다.

그렇게 얼마의 시간이 지났을까?

"문주님께서 당도하셨습니다."

바깥으로부터 울린 누군가의 목소리와 함께 취웅전 안으로 한 사람이 들어섰다. 금실로 깁을 한 흑청색 무복 차림에 머리에는 장식 없는 비단 영웅건을 두른 장년 사내. 오관이 곧고 선명하여 한때 미남 소리깨나 들었음 직하건만 지금은 훌쭉한 두 뺨과 파리한 안색으로 인해 과거의 준수함을 되찾기 힘들어 보였다. 장년 사내가 들어서자 앉아 있던 다섯 명의 사내들이 일제히 자리에서 일어섰다.

떨꺽. 떨꺽.

장년 사내가 걸어올 때마다 귀에 거슬리는 소리가 울렸다. 그의 오른손에 들린 단풍나무 지팡이가 취웅전 바닥과 부딪치며 내는 소리였다. 하지만 저 소리가 거슬린다 하여 지팡이를 거두라 할 수는 없었다. 한쪽 다리를 질질 끄는 절뚝 걸음을 보는 것보다는 다소 거슬리더라도 지팡이 소리를 듣는 쪽이 훨씬 낫기 때문이다.

먼저 와 있던 다섯 사내 중 연자주색 단삼을 입은 중년인이 한 걸음 나서며 장년 사내를 향해 읍례를 올렸다. 오늘 밤 모임을 주관한 유태성이었다.

"늦은 시각에 오시라 청하여 죄송합니다."

"눈썹이 타들어 가는 상황 아닙니까. 제가 앞장서서 회의를 소집했어야 하는데, 번거로운 일은 번번이 총관님께 미루는 것 같아 오히려 송구스럽습니다."

맑지만 정기精氣를 찾아보기 힘든 목소리는 마치 주인의 외모를 닮은 것 같았다.

"별말씀을, 좌정하시지요."

간단한 대화 뒤 상석 쪽으로 떨꺽떨꺽 걸어가 앉는 장년 사내가 바로 사자검문의 당대 문주인 방기옥이었다. 그는 모인 사람들의 면면을 둘러보다가 한 얼굴을 발견하고는 희미한 미소를 지었다.

"석 이가주도 왔군. 연회를 열어 줘도 모자랄 판국에 잠까지 못 자게 들볶다니, 난 진짜 능력 없는 사형인가 보이."

석 이가주란 방령의 네 제자 중 막내인 석대전을 가리켰다. 어젯밤 숭검당의 정예들을 이끌고 사자검문에 도착한 석대전이 가장 먼저 한 일은 사자검문 내의 부녀자와 어린아이 들을 석가장으로 옮겨 놓는 것이었다.

사실 군조와 강동삼수의 악연을 감안할 때 여기서 반나절 거리의 석가장이라고 해서 결코 안전할 턱이 없다는 것, 모르는 사람은 아무도 없다. 그러므로 가능한 멀리, 군조가 찾기 힘든 곳으로 가족들을 피신시키고 싶지 않은 사람 또한 아마도 없을 것이다. 그러나 그럴 수는 없었다. 둥지가 깨지는데 알이 무사하길 바랄 수는 없는 법. 모름지기 강호인의 가족이라면 강호인의 가족다운 각오를, 강호인인 지아비나 부친이 만들어 낸 은원으로 말미암아 언제든 목숨을 잃을 수도 있다는 비장한 각오를 품고 살아야 하는 것이다. 하여 방기옥도, 그리고 석대전도 제삼의 피신처는 입에 담지 않았다. 함께 살면 가장 좋지만 그럴 수 없다면 함께 죽겠다. 이것이 살아 있는 재앙, 군조를 맞이하는 강동의 각오였다.

방기옥을 뒤따라 모두들 자리에 앉자 유태성이 말문을 열었다.

"회의를 소집한 이유에 대해선 모두들 어느 정도 아시리라 생각합니다만, 정리하는 차원에서 다시 한 번 말씀드리겠습니다. 지금 입수된 정보 중 문제 삼을 만한 것은 크게 두 가지입니다. 우선 동풍마장과 금사전장은…… 이미 무너진 것으로 판

단됩니다."

사람들의 표정이 한층 더 어두워졌다. 특히 방기옥의 경우엔 두 손으로 머리를 감싸 쥐면서까지 안타까워하는 모습을 보였는데, 아마도 금사전장을 운영하던 사제 권감을 떠올린 듯했다. 대사형으로서 사제를 아끼는 마음이야 이해 못 할 바 아니지만 지금은 문파의 존립이 위협받는 비상시국이었다. 높은 자리에 있을수록 감정을 절제할 필요가 있는 것이다. 이에 유태성은 내심 혀를 찼다.

'역시 많이 약해지셨어.'

방령의 독자이자 첫 번째 제자로 사자검문의 공식적인 후계자이던 시절, 방기옥은 늠름한 외모와 호방한 성정, 거기에 부친으로부터 전수받은 고절한 검법으로 강동의 뭇 규수들의 방심을 뒤흔든 일대 준재였다. 그래서 붙은 별호가 옥기린玉麒麟. 오죽하면 그가 혼인을 발표한 사 년 전, 상사相思의 괴로움에 겨워 머리 깎고 비구니가 된 규수들까지 나왔겠는가. 그러나 작년 이맘때 혈랑지화를 파헤치기 위해 나선 일조령日照嶺에서의 전투는 그의 모든 것을 바꿔 놓았다. 적당의 암습으로 인해 입은 척추의 부상은 늠름하고 호방하고 검법 고절한 젊은 준재를 파리한 얼굴의 절름발이로 바꿔 버린 것이다.

육신의 쇠약함은 그 안에 담긴 마음 또한 갉아먹는 법. 방기옥은 자신도 모르는 사이 검객으로서의 굳강함을 조금씩 잃어갔다. 아끼는 인재의 부정적인 변화는 지켜보는 이들을 안타깝게 만드는 충분한 이유가 되기에, 그의 최측근이라 할 수 있는 유태성으로서는 못내 씁쓸할 수밖에 없었다.

"금사전장이면 이곳에서 한나절 거리군요. 야습에 대한 대비는 어떻습니까?"

암울한 공기 속으로 목소리 하나가 떠올랐다. 얼핏 냉정하게 들릴 수도 있는 그 목소리가 못내 반가운 까닭은, 지금 요구되는 덕목이 바로 냉정이기 때문이리라. 유태성은 목소리의 주인인 석대전에게 말했다.

 "노독물의 광오한 성정으로 미루어 야습은 없을 것으로 예상되지만, 그래도 모르는 일이니 야간 경계에 평소의 곱절 인원을 운용하고 있는 중입니다."

 평소 조카처럼 편히 대하는 관계임에도 유태성은 석대전에 대해 깍듯한 예의를 갖췄다. 지금 석대전은 사자검문의 제자가 아닌, 형제 문파인 석가장에서 보내 준 지원대의 수장으로서 이 자리에 앉아 있기 때문이었다.

 "평소의 곱절이라면 안심해도 되겠군요. 그건 그렇고, 이상한 점이 있습니다. 성시에서 멀리 떨어진 동풍마장이면 몰라도 금사전장은 그리 외진 곳에 있지 않습니다. 두어 리 거리 안에는 백여 호가 넘는 마을도 두 곳이나 있지요. 그런 만큼 소리 소문 없이 처리하기란 불가능한 일이었을 겁니다."

 이 말에 모두들 고개를 주억거렸다. 그러자 석대전이 눈을 빛내며 좌중을 향해 질문을 던졌다.

 "한데 관에서는 어째서 아무런 움직임을 보이지 않는 것인지? 최소한 무슨 변고가 생겼다는 기별이라도 당도했어야 옳은 일 아니겠습니까?"

 이상한 점은 분명 이상한 점이었다. 하지만 석대전이 정말로 이상히 여겨 물은 것은 아니리라 유태성은 생각했다. 아마 이 자리에 앉은 다른 사람들의 생각도 그러할 것이다. 해답은 이미 문제에 담겨 있었다.

 "노독물이 죽은 척하고 사는 동안 황실하고 사돈이라도 맺은

모양이군."

 묵직한 목소리로 투덜거린 반백의 노인은 당맹벽唐盟碧, 방령에겐 처남, 방기옥에겐 외삼촌 되는 이였다. 사자검문의 열두 검술 교두 중 수좌로, 환갑을 지낸 나이임에도 장년 못지않은 방장함을 과시하는 강동의 이름난 노검호이기도 했다.

 "썩을 놈의 지현知縣 새끼! 매해 그만한 뇌물을 받아 처먹고도 이따위로 나온단 말이야? 이번 일만 끝나면 두개골을 갈아 주사위로 만들어 버릴 테다!"

 섬뜩한 폭언으로도 모자라 이까지 빠득빠득 가는 사람은 사자검문의 열두 검술 교두 중 두 번째 서열인 곤마검困魔劍 도춘陶瑃. 술 잘 먹고, 싸움 잘하고, 사고방식 단순하고. 수호지에서 방금 튀어나왔다고 해도 이상할 게 없을 전형적인 강호 호한이었다.

 "지현이 비록 이 일대에서 세도 높다 하나 관작으로 따지자면 정오품에 불과하지요. 만일 군조가 북경의 권력 중심부에 올라 있는 누군가의 비호를 받고 있다면, 앞으로도 관의 도움은 기대할 수 없습니다."

 '만일'로 시작했지만 단정조로 끝나는 석대전의 말에 유태성이 고개를 끄덕였다. 저 말이 정답이기 때문이다.

 "석 이가주의 말씀이 맞습니다. 두 번째 문제가 바로 그것에 기인하기 때문입니다."

 좌중의 시선이 다시금 유태성에게로 모였다.

 "아시다시피 개방으로부터 급보가 당도한 건 나흘 전입니다. 저는 그날 곧바로 이 일대의 모든 의방에 사람들을 풀었습니다. 그러나……."

 "의방은 갑자기 왜…… 아!"

유태성의 말을 자르며 급히 묻던 도춘이 제 이마를 쳤다. 사고방식이 단순하다 하여 의방과 노독물의 관계를 유추 못 할 정도는 아닌 모양이었다. 유태성은 그에게 고개를 끄덕여 보인 후 잘린 말을 마무리했다.

"그러나 모든 의방들이 닷새 전부터 이미 영업을 중단했다고 합니다."

"엥? 그게 대체 무슨 소리요?"

이번에도 눈을 홉뜨며 나서는 도춘에게 유태성이 짧게 대꾸했다.

"말한 대로일세."

"아니, 그게 말이나 되는 소리요? 소주가 몇백 호 사는 한시閑市도 아니고, 의방이 한두 군데가 아닐 텐데 어찌 약속이나 한 듯이 한꺼번에 문을 닫을 수 있단 말이오?"

"정확히 열아홉 군데지. 그리고 자네 말처럼 약속이나 한 듯이 한꺼번에 문을 닫았고. 그것도 닷새 내내."

말 사이에 짧은 한숨을 끼워 넣은 유태성은 고개를 슬쩍 흔들어 보이며 설명을 이어 갔다.

"잠긴 문을 뜯고 들어가 본 곳도 있었지만 살림살이는 그대론데 유독 약재들만 깡그리 쓸어 갔다고 하더군. 그 흔한 감초 한 뿌리도 찾지 못했다니 말 다 했지."

상석에 앉은 방기옥이 침음했다.

"설마 관에서……? 편들어 주길 바란 것은 아니지만, 그래도 국록을 받는 몸으로 무차별적인 살인을 자행하는 노독물 쪽에 붙었다는 겁니까?"

이 물음에 대답한 것은 석대전이었다.

"세간의 눈이 두려워서라도 관에서 대놓고 나서서 의방 문을

달게 만들지는 않았을 겁니다."

"하면?"

"굳이 그럴 필요도 없겠지요. 노독물이 소주로 온다는 말 한 마디만 흘리면 알아서들 도망가 줄 테니까요."

유태성의 생각도 그러했다. 독중선의 의가상문행은 강호인들보다 의원들 세계에 더욱 널리 알려져 있었다. 그러니 약재를 쓸어 달아난 의원들을 욕할 입장도 아니다. 제 목숨 귀한 줄이야 미물들도 알 테니까. 문제는…….

"문제는 의방을 꼭 필요로 하는 사람들이 당분간 의방의 도움을 전혀 받을 수 없게 되었다는 점입니다. 예를 들면 독공에 능한 적과의 싸움을 앞둔…… 우리 같은 사람들 말입니다."

유태성이 정리하여 말하자 당맹벽이 중얼거렸다.

"노독물이 이번만큼은 준비를 단단히 한 모양이군."

당맹벽의 주름진 얼굴엔 은은한 두려움이 묻어 나오고 있었다. 어쩔 수 없을 것이다. 이 자리에 모인 이들 중 삼십 년 전 군조와의 싸움을 경험한 유일한 인물이니까.

그때 한 사람이 자리에서 일어섰다. 회의가 시작된 이래 한 마디 말도 없이 묵묵히 자리만 지키던 호리호리한 체구의 장년인이었다. 도드라진 광대뼈에 매부리로 꺾인 콧날, 성마른 눈구멍 가운데 자리 잡은 고양이의 것처럼 날 선 동공은 호감 가는 인상과는 거리가 멀다 할 것이다.

"사제, 어딜 가는 건가?"

방기옥이 일어선 장년인에게 물었다. 비록 발언은 하지 않았지만 그 장년인에겐 이 자리에 참석할 자격이 충분했다. 방령의 네 제자 중 둘째이자 사자검문의 최정예 무력 집단인 금사대金獅隊의 대주 관룡봉關龍峰이 바로 그이기 때문이다.

"숙소로 가오."

"하지만 아직 회의가…….."

"들을 얘긴 다 들었소. 지금 싸우러 갈 게 아니면 나는 잠이나 자겠소."

무뚝뚝한 목소리로 통보하듯 말한 관룡봉은 몸을 돌려 취웅전 밖으로 걸어 나갔다. 일견하기에도 몹시 무례한 행동이지만 그 점을 나무라는 이는 아무도 없었다.

"둘째 사형은 여전하군요."

석대전이 입술만큼이나 얇은 미소를 지으며 말하자 방기옥이 우울한 표정으로 대꾸했다.

"선친 앞에서도 고치지 못하던 버릇인데 내 앞이라고 변할 리 없겠지."

"하지만 그 점이 둘째 사형의 매력이기도 하지요. 소제는 둘째 사형만 보면 마음이 든든해집니다."

감정 표현에 박한 석대전의 성정을 감안하면 무척 드문 말이 아닐 수 없었다. 아마도 회의 내내 우울해하는 방기옥의 기분을 풀어 줄 요량인 듯한데, 방기옥에게서 돌아온 것은 한숨 섞인 자책뿐이었다.

"후우! 그때 어떻게 해서든 둘째에게 문주 자리를 넘겨줬어야 하는 건데……. 다 내 잘못일세. 다 내 잘못이야."

지난해 시월 방령이 세상을 떴을 때, 방기옥은 자신에게 내려온 문주 자리를 사제인 관룡봉에게 넘기려 했다. 절름발이가 된 몸으로 부친의 피와 땀이 밴 기업을 제대로 이어 나갈 자신이 없었던 까닭이다. 그러나 그러한 방기옥의 뜻은 이루어지지 않았다. 당사자인 관룡봉 때문이었다. 당시 관룡봉은 문내의 요인들이 모인 자리에서 방기옥에게 이렇게 말했다.

―사형이 절름발이가 됐다고 나까지 절름발이로 만들고 싶소?

관룡봉의 됨됨이를 아는 사람이라면 그 말뜻을 어렵지 않게 해석할 수 있었다. 절름발이를 이유로 문주 자리를 넘겨주겠다면 스스로 절름발이가 되어서라도 그것을 받지 않겠다는 뜻이었다.

사부에 대한 보은? 사형에 대한 의리? 관룡봉은 그런 식의 구구한 말들을 좋아하지 않았다. 그러나 마음이란 꼭 언어를 통하여만 전달되는 것이 아닌 법. 사부를 공경하고 사형을 아끼기론 어느 누구에 못지않다는 것을 관룡봉을 아는 사람들은 모두 알고 있었다. 관룡봉은 그런 사내였다.

"흠! 아닌 게 아니라 시간이 너무 늦었군. 이러고 있어 봐야 없는 수가 생겨나는 것도 아니고, 이만 마무리하는 게 어떤가?"

당맹벽이 무거워진 분위기를 깨고 말했다. 유태성은 좌중을 둘러보며 말했다.

"쉴 수 있을 때 충분히 쉬어 두겠다는 관 대주의 의견에 저도 찬성입니다. 싸우기도 전에 지레 지쳐 버린다면 그 또한 낭패가 아니겠습니까. 회의는 이것으로 마치고 모두 돌아가셔서 휴식을 취하시기 바랍니다."

그러나 이 말을 할 때까지만 해도, 유태성은 자신들에게 주어진 휴식이 세 시진을 채 넘기지 못하리라는 사실을 미처 예상하지 못하고 있었다.

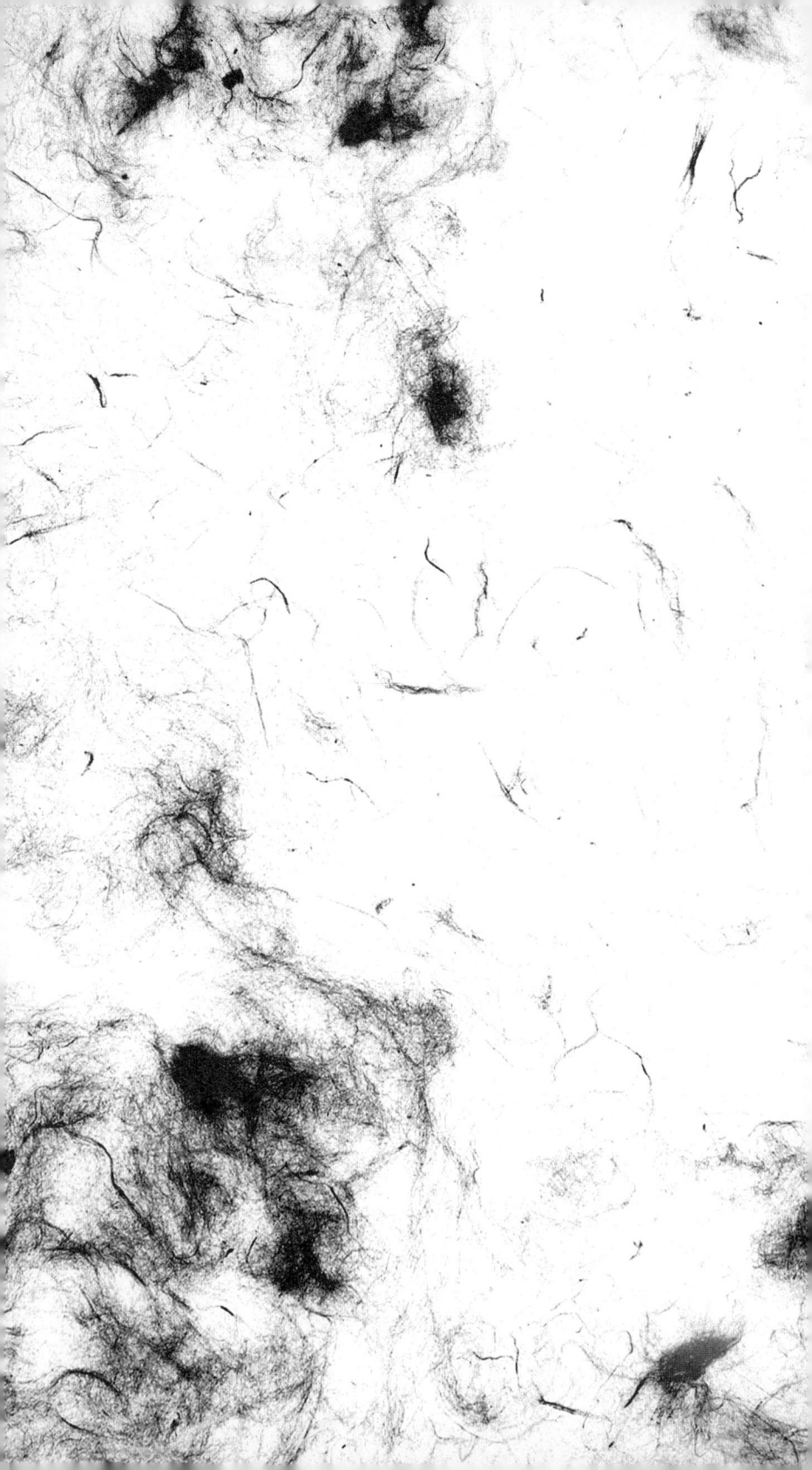

왕림枉臨

(1)

밤낮을 닦아 금영金英을 만드니
두 알 신비한 보주寶珠 우주를 밝히네.
건곤이 흔들리니 도력은 드높은데
생사를 왕래하니 대공이 이뤄지네.
사해를 소요하며 종적을 남기고
현도玄都로 돌아와 이름을 남기네.
오색구름 올라 보니 하늘 길 고요한데
자난홍학紫鸞紅鶴 날아와 반가이 맞이하네.

찬란한 아침 태양 아래 꽃비가 흩날리고 있었다.
 사자강獅子岡으로 향한 청석대로 위로 한 무리의 사람들이 모습을 드러낸 것은 인근 주민들이 조식을 얼추 끝냈을 진시辰時

(오전7시~9시) 중엽.

　선두에서 걸어오는 것은 비단옷을 곱게 차려 입은 여덟 명의 소년 소녀들인데, 옆구리에 낀 꽃바구니에서 색색의 꽃을 뿌려 가며 높고 고운 노랫소리로 선도仙道의 신통함을 찬양하니 그 자태가 흡사 옥경玉京의 선동들을 보는 듯했다. 이어 붉은 칠을 한 일 장 높이의 장대 열두 개가 줄맞춰 행진해 오는데 그 위로 나부끼는 것은 자축인묘 십이지十二支를 그린 열두 폭 금첨신번 金籤神幡이었고, 그 뒤로 삼구 이십칠 스물일곱 명의 악공들이 각각 아홉 비파와 아홉 취라와 아홉 생황을 울리며 깃발들의 행렬을 받치고 있었다.

　금동옥녀金童玉女에 육정육갑六丁六甲에 삼구지악三九之樂까지. 이만하면 동천복지에서 신선을 모시는 시종들이 총출동한 셈이니, 비록 이른 시각이기는 하나 이토록 장한 구경을 어찌 놓칠쏜가. 호기심 많은 개구쟁이들은 맨발 바람으로 뛰어나온 지 오래고 대로를 따라 길게 늘어선 담벼락 위로도 사람들의 머리통이 비 온 뒤 죽순처럼 어지러웠다.

　"와아아! 도깨비다, 도깨비!"

　아이들의 외침은 세 가지 행차를 뒤따르는 기세등등한 녹포인들을 향한 것이요…….

　"복록을 내리소서. 복록을 내리소서."

　노부인들의 축원은 그들의 호위를 받는 한 채의 운두교雲頭轎 위 선풍도골의 노인을 향한 것이었다.

　어느 결엔가 악공들의 연주가 바뀌었다. 간드러진 가락에서 보다 웅장한 가락으로. 금동옥녀들 또한 이제까지와는 다른 노래를 부르기 시작했다.

개울이 모여 강물을 이루네.
구름이 모여 큰비를 내리네.
중생들이여, 도덕의 근원을 잊지 말지니
선악의 인과는 삼생三生에 미치도다.
나는 이미 장생長生을 얻었으나
어찌 가벼이 세상에 보이리.
속진을 벗지 못해 마장魔障에 빠진 이
가슴 아파라, 천당을 지척에서 잃는구나.

이 노래가 끝날 무렵, 행차의 전방으로 완만하게 경사진 둔덕 하나가 나왔다. 바로 사자강이었다. 후미에 있던 운두교에서 느릿한 한마디가 흘러나왔다.
"멈춰라."
이 한마디에 담긴 권세가 실로 절대적인 듯, 노래와 음악과 행렬이 일제히 멈췄다.
"저기 보이는 저 비석이 대체 무엇인고?"
목소리의 주인공은 운두교 위에 고고한 자태로 올라앉은 백발백염의 노인이었다. 지금 노인의 손가락이 향한 곳에는 보통 사람 키의 곱절쯤 되는 열두 자 높이의 화강암 돌비석이 우뚝 서 있었다. 돌비석 옆으로 난 폭 아홉 자의 넓은 계단은 사자강 전체를 울창하게 뒤덮은 여름 수림의 짙푸른 그늘 속으로 이어지고 있었다.
"저곳부터가 사자검문의 영역임을 알리는 표석인 줄 아옵니다."
운두교 옆에 붙어 있던 청의인이 고개를 조아리며 공손히 대답했다.
"점획이 엄정하고 골격에 힘이 있어 가히 명가의 작품이라

이를 만하도다. 하나…….”
 잠시 말을 멈춘 노인이 수염을 가볍게 쓸며 혀를 찼다.
 “아쉽게도 오늘부터는 쓸모가 없음이로다.”
 운두교에서 비석까지의 거리는 어림잡아 오륙십 보. 한데 그 위에 새겨진 글자의 필법까지 감평할 정도이니 노인의 안력이 얼마나 뛰어난지 능히 짐작할 수 있는 대목이었다.
 “광목천왕은 어디 있는가?”
 노인의 호명이 떨어지기가 무섭게 운두교 바로 뒤에서 배행하던 삼남 일녀 중 덩치가 큰 흑의 노인이 앞으로 나와 허리를 굽혔다.
 “후종이 문주님의 명을 기다립니다.”
 덩치에 걸맞은 우렁우렁한 목소리. 그러자 운두교 위의 노인이 흑의 노인의 뒤통수를 눈 아래로 굽어보며 위엄 있는 목소리로 명을 내렸다.
 “자고로 물건이란 쓰임새에 따라 가치가 결정되는 법. 아무리 잘된 물건이라도 쓰임새가 다한 이상엔 구르는 자갈, 날리는 검불이나 다름없도다. 가서 뽑아 오라.”
 “알겠습니다.”
 흑의 노인이 허리를 펴고 성큼 한 걸음을 내디뎠다. 다음 순간 시커먼 선이 옆으로 길쭉하게 늘어지는가 싶더니, 그의 장대한 신형은 어느새 악공들과 기수들과 금동옥녀들을 뒤로한 채 돌비석 바로 앞까지 이르러 있었다. 오륙십 보를 가볍게 줄여 버리는 빠르기도 놀랍거니와 적지 않은 수의 사람들 사이를 빠져나가는 날렵함은 지켜보던 사람들로 하여금 탄성을 내지르게 하기에 부족함이 없었다.
 하나 놀랄 일은 그게 전부가 아니었다. 흑의 노인이 돌비석

의 아랫부분을 부둥켜안고 "끙!" 하며 용을 쓰자 이천 근은 족히 나갈 돌비석이 바닥의 청석들을 우지끈 쪼개며 뽑혀 올라와 그의 어깨에 얹히는 것이었다.

"우와! 저게 사람인가?"

"신장神將이다, 신장!"

그러나 주위에서 터져 나오는 탄성 따위는 숫제 들리지도 않는다는 듯, 돌비석을 어깨에 인 흑의 노인은 운두교가 있는 곳을 향해 걸음을 옮기기 시작했다.

끼직! 끼직!

내딛는 족족 길바닥이 움푹움푹 꺼져 들어갔다. 흑의 노인의 용력이 비록 경인할 지경이라 하나 상대는 제 키의 두 배에 가까운 화강암 덩어리였다. 그런 물건을 짊어지고 오륙십 보 거리를 걸어야 하니 어찌 힘들지 않겠는가. 그래서인지 걸음을 내디딜 때마다 그의 얼굴 위로는 주름살만큼이나 많은 힘줄들이 요란하게 출렁거렸다. 그러나 그는 신음 한 번 흘리지 않았다. 다만 핏발 선 눈으로 선풍도골의 노인이 올라앉은 운두교만을 응시할 뿐이었다.

선명한 발자국이 온 거리만큼 이어졌다. 마침내…….

쿵!

지축을 흔드는 굉음과 함께 돌비석이 운두교 앞 청석 바닥에 거꾸로 박혔다. 흑의 노인은 짓눌려 있던 어깨를 펴며 운두교 위의 노인에게 고했다.

"후종, 문주의 명을 완수했습니다."

"수고했도다, 광목천왕."

이어 흑의 노인이 후위로 물러나자 노인은 운두교에서 몸을 일으켜 하늘을 향해 고개를 치켜든 돌비석의 바닥면에 오른손 손바닥을 살며시 얹었다.

"무용無用해진 자······."

나직한 읊조림과 함께 노인의 오른손 위로 자줏빛 달무리 같은 기운이 어른거렸다. 다음 순간 자줏빛 기운이 돌비석의 표면을 따라 폭포수처럼 떨어져 내렸다. 반투명한 자줏빛 그물에 돌비석이 통째로 갇힌 것은 그야말로 순식간.

"무상無相으로 돌아가리니."

노인이 오른손을 가볍게 떨치며 말을 맺자 중인들은 화강암으로 만든 거대한 돌비석이 모래성처럼 와스스 무너지는 광경을 목격할 수 있었다. 시간을 되돌려 놓은 듯, 자줏빛 그물은 허공을 거꾸로 거슬러 올라 노인의 오른손으로 돌아갔다. 이야말로 흑의 노인의 신력을 상회하는 놀라운 재주임에 분명하니, "우와!" 탄성이 사방에서 터져 나온 것은 당연한 일.

그러나 탄성은 길게 이어지지 않았다. 구경꾼들 틈에서 수군거림이 인 것은 잠시 후부터였다.

"자, 잠깐! 저 돌비석······ 얼마 전 돌아가신 사자검문의 노문주께서 세우신 거잖아?"

"어? 정말!"

이제껏 눈과 귀를 잡아끄는 놀랄 일들의 연속이었다. 신선의 왕림을 방불케 하는 요란한 행차가 그러했고, 돌비석을 수숫대처럼 뽑아 온 흑의 노인의 신력이 그러했다. 때문에 구경꾼들은 사태의 본질을 뚫어보지 못한 채 그저 환호를 보내는 데에만 열을 내고 있었다. 그런데 운두교 위의 노인이 손바닥을 한 번 내밀어 돌비석 자체를 없애 버리자 그제야 비로소 깨닫게 된 것이다. 저 돌비석은, 나아가 저 사자강을 타고 앉은 사자검문은 결코 저런 취급을 당해선 안 된다는 사실을 말이다.

"저, 저 사람들, 사자검문과 싸우려고 온 모양인데?"

"뭐? 그렇다면 큰일이잖아?"

사자강 밑에 둥지를 튼 이상 굵든 가늘든 사자검문과 연줄을 대지 않는 삶은 바랄 수 없는 일. 자연 한바탕 소란이 일어날 수밖에 없었다. 새삼스러운 눈길로 행차를 살피는 사람, 두려운 얼굴로 슬금슬금 뒷걸음치는 사람, 주변을 뛰어다니던 자식을 찾아 부르는 사람 등. 행차의 장함과 수행인들의 능력을 칭송하던 조금 전의 분위기는 이미 어디에서도 찾아볼 수 없었다.

그게 못마땅했던 걸까? 눈살을 찌푸리던 운두교 위의 노인이 시구 같은 한마디를 읊조렸다.

"꿈속에 그윽한 계곡이 있나니[夢中幽谷]……."

그러자 운두교를 배행하던 삼남 일녀 중 홍의를 입은 소녀가 한 걸음 나서며 화답했다.

"오직 꿈꾸는 자, 그리로 들지어다[唯夢人入]."

하답을 마친 홍의 소녀가 날갯짓을 하듯 양팔을 활짝 펼친 채 그 자리에서 한 바퀴 맴돌았다.

치이익!

달아오른 화덕에 찬물을 끼얹은 듯한 소성簫聲이 홍의 소녀의 몸짓을 따라 허공에 회오리쳤다. 그녀의 소매에서 뿜어진 분홍빛 몽롱한 안개가 때로는 누에 실처럼 가늘게, 때로는 눈송이처럼 덩어리 져 사방으로 퍼져 나갔다.

"이런!"

운두교 곁에 서 있던 청의인이 짤막한 경호성을 터뜨렸지만, 그가 할 수 있는 일이라곤 재빨리 소매를 들어 제 코와 입을 가리는 정도뿐이었다.

가장 먼저 화를 입은 것은 운두교 주위를 뛰어다니던 아이들. 어른들의 동요에 부화附和하여 놀라고 두려워하던 아이들이 잠에 취한 듯 나른한 표정을 지으며 픽픽 쓰러져 갔다. 이 모습에 대경하여 급히 달려가던 부모들이 그 뒤를 이어 허물어졌고, 제 한 몸 보전하고자 주춤주춤 뒷걸음치던 이들이 마지막으로 바닥에 몸을 뉘었다. 고통 같은 것은 없어 보였다. 고단한 세상살이에 언제 느껴 보았는지 기억조차 나지 않는 절대적인 포근함이 아차 하는 사이 끓어 넘친 죽처럼 그들 모두의 의식을 부지불식간에 삼켜 버린 듯했다.

땡그랑!

작은 금속성이 울렸다. 놀란 악공 하나가 손에 쥐고 있던 취라를 떨어뜨린 것이다. 금동옥녀와 육정육갑 그리고 삼구지악은 모두 강호와는 무관한 소주 주민들. 눈앞에서 수많은 사람들이 저리 나자빠지는 데에야 놀라지 않을 도리가 없었을 것이다.

그러나 그것은 어디까지나 개인적인 사정일 따름이다. 운두교 위의 노인은 그 악공을 흘끔 쳐다보며 기러기 날개처럼 매끄럽게 뻗은 흰 눈썹을 살짝 찡그렸다. 심심상인心心相印인지, 분홍빛 안개를 뿌리던 홍의 소녀가 우아하게 펼친 팔을 내리고는 악공을 향해 몸을 돌렸다. 소녀의 입술엔 미소가 어리는데 악공은 사시나무처럼 떨기만 한다. 만일 이때 한 사람이 나서지 않았다면 어떤 일이 벌어졌을까?

"잔치가 성대할수록 설거지를 맡은 자의 근심은 클 것입니다."

소매로 코와 입을 가리고 있던 청의인, 조명무가 운두교 위의 노인을 향해 허리를 숙이며 말했다. 운두교 위의 노인, 군조가 손을 슬쩍 치켜들자 악공을 향해 다가가던 홍의 소녀가 걸음을 멈췄다. 그녀가 베어 문 미소가 일순 옅어졌다.

"그게 무슨 말인가?"

군조의 물음에 조명무의 허리가 더욱 깊숙이 숙여졌다.

"아뢰옵기 송구하오나 소생의 이름자가 찍힌 관인官印을 내어 수배한 자입니다. 저기 쓰러진 구경꾼들처럼 탈이라도 난다면, 관직에 있는 몸으로 감당하기 어려움을 부디 헤아려 주시기 바랍니다."

사실 공손한 자세와는 딴판으로 조명무는 어제 오늘 사이 벌어진 일들에 대해 내심 이를 갈고 있었다. 당연한 것이, 객관적으로 볼 때 넉넉하다 할 수 있는 독문의 전력에도 불구하고 자신이 굳이 군조를 따라온 이유는 어디까지나 일 처리를 매끄럽게 하기 위함이었다.

사자검문과 석가장은 강동 일대에서 오랜 세월 기반을 다져 온 명문들. 비록 그 정수가 되는 방령이 죽고 석대문 또한 자리를 비웠다고는 하지만 결코 만만히 여겨선 안 될 상대인 것이다. 그래서 조명무는 강동 땅에 발을 들이기 훨씬 이전부터 많은 수고로움을 감수해야만 했다. 비이목을 동원하여 양 문파의 동태를 감시한 일, 비각의 위세를 빌려 지방 관아의 개입을 사전 차단한 일, 심지어는 안면 있는 관리들을 풀어 경내의 모든 의원들에게 독중선의 재림을 귀띔해 주는 일까지.

문제는 군조가 이런 수고를 전혀 알아주지 않는다는 데에 있었다. 만약 조금이라도 알아주었다면 소주부 경내에 들기가 무섭게 금동옥녀와 육정육갑과 삼구지악을 구해 오라는 황당한 요구는 하지 않았을 것이요, 꼭두새벽부터 장장 이십 리 길을 풍악 소리 요란하게 행진하는 정신 나간 계획도 세우지 않았을 것이요, 더군다나 그 요란한 행차를 구경 나온 무고한 백성들에게 독을 푸는 황당한 만행 따위는 저지르지 않았을 것이다. 아니, 해서는 안 되는 것이다!

한데 이젠 자신의 이름으로 수배한 악공까지 죽이겠다고? 그 책임은 누가 감당하라고?

그런데…….

"허허허!"

머리 위에서 갑자기 너털웃음이 울리자 조명무는 슬쩍 고개를 들었다. 그런 그를 향해 군조가 수염을 쓸어내리며 말했다.

"자네는 본 좌가 저 사람들을 해친 줄로만 아는군."

"예?"

"이런, 이런. 명색이 선도를 좇는 몸으로 내 어찌 인명을 가벼이 여기겠는가."

본색과는 전혀 어울리지 않는 이 대승적인 발언에 조명무는 당황한 표정으로 주위에 널브러진 사람들을 둘러보았다.

"하오면 저들은……?"

"계곡을 하나 만들었네."

군조는 운두교에 깔린 두툼한 비단 보료에 몸을 묻으며 느릿하게 운을 떼었다.

"깨어 있는 자들은 절대로 갈 수 없는 계곡이지."

뜬금없는 말. 하나 조명무는 잠자코 군조의 뒷말을 기다렸다.

"그 계곡에 가기 위해선 잠을 자야 하네. 오직 잠든 사람만이 들 수 있는 계곡. 하여 그 계곡의 이름은 몽중유곡夢中幽谷이라 한다네. 또 그 계곡에 든 사람은 몽중인夢中人이라 부르고."

"몽중유곡 몽중인."

조명무가 나직이 되뇌자 군조는 주위를 한차례 둘러본 뒤 느긋하게 말했다.

"저들은 지금 몽중유곡에 들었다네. 바로 몽중인이 된 게지."

조명무의 눈동자가 살짝 흔들렸다. 그렇다면 저들은 지금 단

지 잠들었을 뿐이란 말인가?

"하면 저들을 왜 몽중인으로 만드셨는지?"

군조는 수염을 쓸어내리며 적당한 답을 찾는 시늉을 하다가 번거롭다 여겼는지 홍의 소녀를 돌아보며 말했다.

"방아, 조 총탐께서 몽중인을 어디에 쓸지 궁금하신 모양이다. 네가 설명해 드리렴."

"말로 설명드리는 것보다는 직접 보여 드리는 편이 낫지 않겠사옵니까?"

홍의 소녀, 독문사천왕 중 가장 막내인 교방이 허리를 살짝 비틀며 물었다. 그 모습을 바라보는 조명무의 눈초리가 실처럼 가늘어졌다. 동행 초기에는 미처 알아차리지 못했지만, 그는 저 교방과 초면이 아니었다.

그러니까…… 조명무가 이비영 문강의 명으로 군조를 만나기 위해 감숙 땅을 찾아간 재작년의 일이다. 당시 그는 십오 세 전후의 동녀들을 아홉 명 인솔해 갔다. 그 동녀들의 용도로 말할 것 같으면 군조의 해묵은 내상을 완쾌시키기 위한 최후의 제물이자 군조가 애지중지하는 몇 가지 독물들—예를 들면 개방 방주 우근을 제거할 목적으로 철수객 남궁월에게 내려 준 청갑귀산 따위의—을 받아 내기 위한 교환품. 그녀들에게는 지닌바 음정陰精을 남김없이 빨려 먹히고 죽어 갈 비참한 앞날이 기다리고 있었다. 그러니 그녀들 중 하나였던 교방을 그가 얼른 기억해 내지 못한 것도 무리는 아니리라. 그의 머릿속에서 교방은, 아니 아홉 동녀 모두는 이미 죽은 목숨이었으니까.

어쨌거나 가슴도 밋밋하던 어린 소녀가 불과 두 해 만에 동작 하나마다 염기를 뿌리고 다니는 요물로 성장했다는 것은 건강한 남성의 입장에서 경이롭고도 흥분되는 일이 아닐 수 없었다.

조명무가 이 같은 상념에 젖어 있을 때, 군조가 교방에게 말했다.
　"듣고 보니 그 편이 좋겠구나."
　"그럼……."
　배시시 웃은 교방이 불룩한 가슴 계곡에 묻혀 있던 조그만 물건 하나를 꺼내 들었다. 흡사 목걸이에 매달린 보석처럼 가느다란 은사銀絲 가운데 매달린 그 물건의 정체는 새카만 광택으로 반들거리는 호각 하나였다.
　"잘 보세요, 조 총탐."
　교방이 조명무를 향해 살짝 눈웃음을 치더니 호각을 입에 물었다. 새빨간 입술 사이에 끼워진 새카만 호각이 묘하게도 선정적인 느낌을 자아냈다. 다음 순간.
　"음!"
　조명무는 저도 모르게 얼굴을 찡그렸다. 아무 소리도 듣지 못했는데 뭔가 고막을 콕 찌른 기분이 든 것이다.
　그 기분의 정체가 대체 무엇이었을까 조명무가 궁금해할 즈음, 놀라운 일이 벌어졌다. 분홍 안개에 휩쓸려 쓰러져 있던 사람들이 뭔가에 끌린 듯 부스스 몸을 일으키기 시작한 것이다. 그렇게 몸을 일으킨 사람들은 하나같이 미소 비슷한 것을 입가에 매달고 있었다. 어른은 어른대로, 아이는 아이대로. 백 명에 가까운 사람들이 허깨비처럼 흐느적거리며 입술을 비죽이는 모습은 기이함을 넘어 괴기스러운 광경이라 아니할 수 없었다.
　"몽중인들이 깨어났사옵니다. 어찌할까요?"
　교방이 묻자 군조는 전방 사자강 쪽을 가리키며 근엄히 말했다.
　"그들로 하여금 본 좌의 역사를 증언케 하라."

"알겠사옵니다."

교방이 호각을 입에 물고 사뿐사뿐 걸음을 옮겼다.

슷— 스으읏—.

인간의 가청 경계를 넘나드는 소리 아닌 소리가 다시금 울리고, 사람들은 끈으로 조종당하는 인형처럼 교방의 뒤를 따라 비척비척 움직이기 시작했다. 흡족한 표정으로 그 모습을 지켜보던 군조가 손가락 하나를 들어 앞으로 까딱거렸다.

"가자꾸나."

이 명을 받아 팔대야차의 우두머리인 인주야차가 목청을 높이 뽑아 올렸다.

"행차아아! 앞으로오오 추우울!"

범인에 불과한 금동옥녀, 육정육갑, 삼구지악이 교방이 만들어 낸 분홍빛 안개 속에서도 몽중유곡에 들지 않은 까닭은 그들의 재주가 남달라서가 아니었다. 오늘 새벽 출행하기 직전 반강제로 마시게 한 몇 종류의 쓰디쓴 액체가 그 종수만큼의 독들로부터 그들의 신지와 육신을 보호해 주었기 때문이다. 두려운 마음이야 오죽하랴마는 그래서라도 더욱 명에 따르지 않을 수 없을 터였다.

풍악이 다시 울리고 깃발이 다시 펄럭이고 노랫소리가 다시 울려 퍼졌다. 신선, 혹은 요괴의 행차는 그렇게 재개되었다.

천천히 나아가기 시작한 운두교 위에서 군조가 입을 떼었다.

"본래 한잠이 두 시진이라고 했던가? 저들은 두 시진 동안 저런 상태로 있다가 깨어날 걸세. 그리고 두 시진이면 본 좌가 역사를 이루는 데 부족하지 않겠지. 어떤가, 이 몽중유곡 몽중인의 재주가?"

방금 전 목격한 충격적인 광경에 넋이 빠져 있던 조명무가 운두교의 전진에 재빨리 보조를 맞추며 머리를 조아렸다.
 "이 짧은 시간에 어찌 저 많은 사람들을……. 견문이 짧은 소생으로선 놀라고 또 놀랄 따름이옵니다."
 놀랐다기보다는 고맙다는 표현이 더 옳지 않을까? 어쨌거나 뒤탈 걱정을 덜게 되었으니 말이다. 때문에 조명무의 감탄에는 진심이 담겨 있었고, 그래서인지 군조는 탐스러운 수염을 출렁이며 기분 좋게 웃었다.
 "대수롭지 않은 재주를 가지고…… 허허허!"
 조명무가 다시 표정을 공근히 하여 물었다.
 "하온데 저들로 하여금 역사를 증언케 하신다는 말씀은 무슨 의미인지?"
 군조가 웃음을 뚝 그치곤 보료에 파묻었던 상체를 조명무 쪽으로 슬쩍 기울였다.
 "비몽사몽이라는 말이 있지 않은가. 지금 저들의 혼백은 사몽似夢이되 비몽非夢인 세계를 거니는 중일세. 사몽이니 어떠한 두려움도 없고, 비몽이니 보고 듣는 모든 것을 기억할 수 있지. 하여 본 좌는 저들로 하여금 오늘의 일을 낱낱이 보고 듣게 함으로써, 후일 세상에 나아가 본 좌의 광대한 도력을 널리 알리는 산증인이 되게 할 생각이네."
 자신의 질문에 자상한 훈장님처럼 상세하게 설명해 주는 군조를 보며 조명무는 등골이 오싹해지는 것을 느꼈다.
 세상에 광인은 부지기수였다. 그러므로 군조가 두려운 까닭은 단지 미쳐서만이 아닐 터였다. 군조가 두려운 진정한 까닭은 자신의 광증을 마음껏 구현할 수 있는 가공할 능력을 지녔다는 데에 있었다. 광인은 광인이되 불세출의 광인. 그것이 바로 독중선 군조였다.

한데 단지 오싹하기만 한 것이 아니었다.

쿵! 쿵!

조명무는 어느 결엔가 고막을 울려 대는 자신의 심장 소리를 들을 수 있었다.

행차의 새로운 선두가 된 몽중인들은 이미 사자강의 계단에 발을 올려놓은 뒤였다. 비척거리는 걸음으로도 용케 계단을 오르고 있는 몽중인들. 저들로 하여금 증언시킨다던 살육의 '역사役事'는 이미 목전에 다가와 있었던 것이다.

조명무는 자신도 모르게 목덜미를 긁기 시작했다.

군조, 이 불세출의 광인은 자신에게 또 어떤 놀라운 광경을 보여 줄 것인가?

(2)

사자강은 이름 그대로 사자 모양을 한 언덕이다. 멀리서 보았을 때 전체적인 모양새가 한 마리 엎드린 사자를 닮았다 하여 그렇게 불리는 것이다.

아침 해를 향해 절을 올리듯 동서로 길게 엎드린 이 거대한 사자는 꼬리에 해당하는 서쪽 사면은 완만하고 머리에 해당하는 동쪽 사면은 가파른데, 등 부분이라 할 수 있는 언덕 상부로는 사천오백 평에 달하는 너른 평지가 형성되어 있다. 이 평지 중 동쪽으로 치우친 부분, 사두암獅頭巖이라 불리는 높다란 바위를 빙 둘러 군청색 기와를 올린 높다란 담장이 이어진다. 이곳이 바로 강동삼수의 첫째 냉면무정검 방령이 일군 사자검문이다.

사자검문의 현 문주 방기옥은 숨을 멈추고 선친의 유산을 천천히 둘러보았다.

 자신이 태어나기도 전인 사십 년 전, 여남은 명의 제자들로 출발한 작은 검술 도장이 지금은 검을 하사받은 수검제자들의 수만 해도 백오십 명, 그러지 못한 무기명제자들까지 합치면 사백 명이 넘는 명문 검파로 자리 잡아 있었다. 초라하던 건물 외관 또한 증축을 거듭하여 부지 면적만 이천오백 평에 달하는 거대 장원으로 탈바꿈하였으니, 방령이 한평생 흘린 땀과 노력이 바로 저 안에 담겼다 할 것이다.

 "후우!"

 멈췄던 숨을 길게 뱉어 낸 방기옥은 자신의 왼손을 내려다보았다. 그의 왼손엔 평소 짚고 다니던 지팡이 대신 한 자루 장검이 들려 있었다. 그는 가슴 앞으로 장검을 들어 올렸다. 두 마리 금빛 사자가 장식된 호수護手 쇠테를 엄지손가락으로 지그시 밀어 올리자 스릉, 소리와 함께 드러난 검날 위로 새파란 칼 빛이 잔물결처럼 어른거렸다. 한눈에 보아도 단금절옥斷金切玉의 예리함을 알 수 있는 이 검이 바로 방령이 살아생전에 분신처럼 여기던 금사신검金獅神劍이었다.

 칼날을 갈무리한 방기옥은 고개를 들어 다시 한 번 주위를 둘러보았다. 사자검문의 정문 앞에는 이미 한 식경 전부터 사자검문과 석가장의 무사들이 질서 정연하게 도열한 채 한바탕 악전을 위한 만반의 태세를 갖추고 있었다. 효과야 있든 없든 해독약은 일찌감치 복용한 상태. 목에는 이번 싸움을 위해 특별히 준비한 방독건防毒巾이 언제든지 코와 입을 가릴 수 있도록 감겨 있었고, 드러난 살갗마다 덕지덕지 바른 피독유避毒油가 아침 햇살 아래 누렇게 번들거리고 있었다. 마치 그들이 끌어 올린 결연한 전의처럼.

선친의 기업.

선친의 애검.

그리고 선친의 사람들.

방기옥의 파리한 얼굴 위로 회의가 일렁거렸다. 과연 지킬 수 있을까, 제대로 걷지도 못하는 이 몸으로?

"이상합니다. 적들의 행차가 너무 순순히 올라오는군요."

총관 유태성이 다가와 말을 걸었다. 지금 유태성은 평소 입던 비단옷 대신 거친 삼베로 짠 회백색 무복을 입고 있었다. 능숙한 일 처리와 원만한 인간관계로 주위에 덕망이 높은 유태성이지만, 이처럼 무복을 입고 검을 패용하니 난분군자검亂分君子劍이란 별호로 강동 강호를 질타해 온 검객으로서의 예기가 약여했다.

"그러게 말일세. 호가 매복한 지역을 이미 지난 듯한데 저들은 아무런 타격도 입지 않은 것 같지 않은가."

곁에서 거든 사람은 사자검문의 총교두이자 방기옥에겐 외삼촌이 되는 당맹벽. 몌袂(소매의 불룩한 부분) 없는 착수의窄袖衣 차림에 양쪽 어깨 뒤로 자모쌍검子母雙劍을 멘 그는 심중의 우려를 감추지 못한 표정이었다. 그의 아들 당호는 반 시진 전부터 삼십여 명의 궁수대를 이끌고 사자강 남쪽 사면으로 오르는 돌계단 부근에 매복해 있었다. 고지의 이로움을 십분 활용, 사병射兵을 통한 기습으로써 군조의 예봉을 꺾는다는 계획에서인데, 군조의 행차를 알리는 노랫소리는 그런 계획을 비웃기라도 하듯 오히려 드높아지며 언덕을 올라오고 있었던 것이다.

점차 또렷해지는 노랫소리에 귀를 기울이던 방기옥이 유태성에게 말했다.

"사람을 보내 확인해⋯⋯ 아, 저기 오는군요."

방기옥의 시선이 향한 곳, 돌계단이 깔린 사면 위를 추수 날 메뚜기 떼처럼 후드득후드득 뛰어올라 공터를 가로질러 달려오는 이들은 당호와 그가 이끄는 궁수대였다. 그들은 못 볼 것이라도 본 사람들처럼 하나같이 질린 얼굴을 하고 있었다.

"왜 계획대로 공격하지 않았는가?"

유태성의 질책에 당호가 받은 숨을 누르며 대답했다.

"공격할 수가 없었습니다. 적의 선두가 아는 사람들이었습니다."

"뭐라고?"

"아랫마을 주민들이었습니다. 게다가 그중에는 문도들의 가족도 포함되어 있었습니다."

당호의 보고는 듣고 있던 모든 사람들을 아연실색하게 만들었다. 당맹벽이 급히 물었다.

"대체 무슨 소리냐? 하면 그 노독물이 아랫마을 주민들을 인질로 앞세웠단 말이냐?"

"그, 그게…… 누군가에게 강제당하여 올라오는 것으로 보이지는 않았습니다. 그런데도 똑바로 걷지 못하고 흐느적거리는 품이 꼭…….”

당호는 마른침을 꿀꺽 삼킨 뒤 뒷말을 붙였다.

"꼭 뭔가에 홀린 눈치였습니다."

믿기 힘든 말이지만 잠시 후 믿을 수밖에 없게 되었다. 당호가 올라온 계단 머리를 디디며 문제의 아랫마을 주민들이 사자강 언덕 위로 속속 모습을 드러냈기 때문이다. 대열 곳곳에서 불안한 웅성거림이 잔불처럼 피어올랐다.

"저, 저거…… 진 씨네 안사람이 아닌가?"

"책방 이 수재도 있어. 빌어먹을! 그 노모도 함께야."

그러나 이 정도는 약과였다.

"여보! 당신이 왜 거기에……!"

"아버지? 아버지!"

비척비척 다가오는 사람들 속에서 가족들의 얼굴을 발견한 이들은 경악에 찬 외침을 터뜨리고 말았다.

'낭패다!'

방기옥은 침음을 삼킬 수밖에 없었다. 공동체로서의 성격이 강한 세가와는 달리 사자검문은 문파 내에 살림을 차린 이들의 수가 그리 많지 않았다. 자연 고용 무사나 일반 제자는 물론 간부들 중 일부도 문파 인근에 가택을 얻어 생활하는 경우가 다반사인데, 그들 중 이번 사안의 위급함을 절감하지 않은 몇몇이 가족들을 사자강 아래 처소에 남겨 두는 우를 범한 것이다.

낯익은 아랫마을 주민들에다가 동료의 가족들까지.

그러니 몇 대의 화살을 통해 적의 예봉을 꺾겠노라는 계획은 보기 좋게 무너진 셈이었다. 진정한 적은 아직 얼굴도 내비치지 않았건만 예봉이 꺾인 것은 오히려 이쪽이었다.

그때 방기옥의 바로 뒤에서 바위처럼 딴딴한 외침이 울렸다.

"사자물겁獅子勿怯! 사자부동獅子不動! 사자무적獅子無敵!"

뒤를 돌아보니 사제인 관룡봉이었다. 관룡봉은 검집을 쥔 왼손을 번쩍 치켜 올리며 다시 한 번 외쳤다.

"사자물겁! 사자부동! 사자무적!"

나를 따르지 않고 무엇 하느냐! 관룡봉의 서슬 퍼런 눈빛은, 핏줄 돋은 목은, 내지르는 팔은 이렇게 웅변하고 있는 듯했다. 그러자 반향이 뒤따랐다.

"사자물겁! 사자부동! 사자무적!"

방령의 네 제자 중 막내인 석대전이었다. 이에 힘을 얻은 듯, 관룡봉이 치켜 든 검집으로 바닥을 내리찍으며 더욱 크게 외쳤다.
 "사자물겁! 사자부동! 사자무적! 사자물겁! 사자부동! 사자무적!"
 파문처럼 시작된 외침이 금방 밀물로 퍼져 나갔다. 쿵! 쿵! 쿵! 사자검문 측 무사들은 물론 석가장에서 지원 나온 무사들까지도 들고 있던 병기로 바닥을 힘차게 찍으며 '사자는 겁먹지 아니하고 사자는 흔들리지 아니하며 그러므로 사자에겐 적이 없다'는 열두 자를 외쳐 대기 시작했다. 흔들리는 군중을 안정시키는 방법으로 가장 간단하면서도 효과적인 것이 바로 구호의 반복. 입문과 동시에 배운 십이자계명十二字誡命이 자칫 위축될 뻔한 문도들의 마음을 다시금 북돋아 세웠다. 그들은 그 열두 자를 한목소리로 외치며 하나의 용기, 하나의 각오, 하나의 전의를 공유할 수 있었다.
 바로 그때였다.
 "그만."
 나직한 한마디가 십이자계명의 합창 속으로 떨어져 내렸다. 그것은 마치 설산을 구르는 눈덩이처럼 합창의 울림에 부딪히고 또 부딪히며 점차 강대해지더니, 이내 모든 이들의 고막을 뒤흔드는 굉음으로 변했다. 사자검문 측 무사들은 외침을 멈추고 안색을 굳힌 채 전방을 바라보았다.
 흐느적거리며 다가오던 사람들은 돌계단이 끝나는 부근에 길게 퍼져 있었다. 그리고 그들 한가운데를 뚫고서 호화로운 운두교 한 채가 천천히 앞으로 나왔다. 운두교 위에 높이 올라앉은 이는 일신에 새하얀 학창의를 걸친 신태 비범한 노인이었다.
 '왔구나!'
 노인을 향한 방기옥의 눈에 잔떨림이 일었다. 설명이 따로

필요할까?

"독중선 군조!"

사마四魔의 일인이자 독문의 대조종이 삼십 년이란 긴 세월을 뛰어넘어 마침내 원수의 후손 앞에 현신한 것이다.

"가마에서 내릴 것이니라. 인주야차는 준비하라."

방기옥으로부터 삼십 장쯤 떨어진 곳에서 운두교 위의 노인, 군조가 말했다. 그러자 칙칙한 암녹색 장포를 걸친 사내 하나가 제 몸뚱이보다 커다란 붉은 두루마리를 어깨에 둘러메고 앞으로 나섰다.

"인주야차, 명을 받들겠나이다."

사지가 거미처럼 길쭉길쭉한 그 사내는 붉은 두루마리를 운두교 아래에 내려놓고는 바닥에 개처럼 엎드렸다. 그런 다음 두 손을 이용해 앞으로 굴리니, 보기만 해도 밟고 싶은 마음이 일 만큼 폭신한 융단이 사자검문 측 진영을 향해 주르륵 펼쳐지는 것이었다. 폭이 석 자에 길이는 자그마치 아홉 장. 대체 저런 거창한 물건을 가지고 다닌다는 발상부터가 납득이 가질 않았다.

"하교下轎하소서."

인주야차라 불린 사내가 바닥에 엎드린 채 고하자 운두교에서 일어선 군조가 그 등을 밟고서 융단 위로 내려섰다. 학처럼 하얀 노인이 해당화처럼 붉은 융단을 밟고 섰으니 이야말로 한 폭의 신선도라. 하지만 그런 풍취를 느낄 수 있는 자는 이 주위에 아무도 없었을 것이다.

"누가 방령의 후손인고? 누가 석안의 후손인고?"

붉은 융단 위를 뒷짐 진 채 우아하게 걸어오던 군조가 어느 순간 걸음을 멈추고 물었다. 흡사 옛 친구의 후손이라도 찾는 듯한 친근한 음성이었다. 군조의 행태를 지켜보던 방기옥이 어금니를 지그시 깨물었다. 그의 몸이 움찔거리는 찰나 누군가의 전음이 귓전을 파고들었다.

―사형은 그냥 계시오.

그러면서 그를 지나쳐 앞으로 나서는 사람은 둘째 사제인 관룡봉이었다.

"사……."

소리 내어 관룡봉을 부르려는 방기옥의 입술이 다물렸다. 옷소매를 당기는 유태성의 손길 때문이었다.

―노독물이 어떤 궤계를 감추고 있는지 모릅니다. 일단 관대주에게 맡겨 보십시오.

처음에는 고마움에, 다음에는 자괴감에 몸이 떨렸다. 방령의 적자嫡子이자 사자嗣子이기도 한 자신은 원수의 호명에도 당당히 나서지 못하는…… 폐인이었다.

군조의 부름에 호응한 것은 관룡봉 한 사람만이 아니었다. 석가장 무사들의 선두에 서 있던 석대전 또한 두 눈을 빛내며 성큼성큼 걸어와 관룡봉과 어깨를 나란히 하였다. 군조의 시선이 오 장 남짓한 거리를 건너 두 사람에게 얹혔다.

"자네들인고?"

두 사람은 아무 대답도 하지 않았다. 다만 차가운 눈으로 군조의 얼굴을 노려보기만 할 뿐.

"무례한지고. 선장仙長의 물음에 대답을 않다니."

군조의 신선 같은 얼굴에 설핏 노기 비슷한 감정이 스쳤다. 그의 왼쪽 동공에서 뿜어지던 청광이 한층 더 요요해졌다. 기세가 변하자 두 사람이 동시에 반응했다. 자세를 두 뼘쯤 낮추며 오른손으로 왼손에 쥐고 있던 검의 손잡이를 잡아 간 것이다. 검날이 아직 검집 안에 담겨 있음에도 두 줄기 예리한 검기가

두 사람의 주위로 어른거리는 듯했다. 검과 사람이 하나가 된다는 이른바 무인검無刃劍의 경지.

"흐으응."

무슨 의미일까? 군조가 묘한 콧소리를 내며 뒷짐 진 손을 천천히 풀었다.

'좋지 않다.'

그 모습을 지켜보던 방기옥은 미간을 찌푸렸다. 물론 사제들의 실력을 폄하하는 것은 아니다. 하지만 덜 여문 날개로는 높은 재를 넘기 힘든 법. 수십 년 전부터 악명을 떨쳐 온 군조를 맞상대하기에는 아무래도 모자람이 있었다. 평소 냉정을 잃지 않던 사제들이 저토록 순식간에 달아오른 것도 그러한 열세를 보여 주는 단적인 증거라 할 터인데, 그렇다면 결국 수적 우위를 바탕으로 한 전면전밖에는 답이 없다는 얘기였다.

그러나 슬쩍 뒤를 돌아본 방기옥의 안색은 더욱 어두워질 수밖에 없었다. 십이자계명의 힘을 빌렸음에도 불구하고 이쪽의 예봉은 아직 회복되지 못했다. 군조의 요란한 행사에 얼이 빠지기도 했거니와, 무엇보다도 운두교 뒤편으로 죽 늘어선 아랫마을 주민들은 여전히 이쪽의 발목을 묶는 단단한 올가미로 작용하고 있었다. 이대로 전면전에 돌입한다면 가진바 전력을 십분 발휘하기 힘들 터. 자신들에겐 기세를 가다듬을 시간이 조금 더 필요했다.

비슷한 생각을 한 것일까? 대열로부터 누군가 앞으로 나섰다.

"군조 선배, 잠시만 기다려 주시오."

당당한 걸음으로 나아가 관룡봉과 석대전의 앞을 가로막은 사람은 사자검문 측 무사들 중에서 가장 연배가 높은 당맹벽이었다.

왕림 173

"자네들도 잠시 진정하게."

당맹벽의 한마디에 관룡봉과 석대전이 일촉즉발로 끌어 올린 검기를 천천히 누그러뜨렸다. 하기야 심중이야 어떻든 간에 따르지 않을 도리가 없었을 것이다. 방령이 사망한 뒤로 이 사자강 위에서 가장 배분 높은 어른의 말이었으니까.

두 사람이 칼자루로부터 손을 뗀 것을 확인한 당맹벽은 몸을 돌려 군조를 향해 천천히 걸음을 옮겼다. 군조는 아무런 반응도 없이 그가 다가오는 모습을 지켜보고만 있었다.

융단 두어 발짝 앞에서 걸음을 멈춘 당맹벽이 군조를 향해 두 주먹을 모아 보였다.

"사자검문의 당맹벽이 선배에게 인사 올리겠소."

지나치게 정중하지도, 그렇다고 비굴하지도 않은 당맹벽의 예도를 보며 방기옥은 작게나마 안도할 수 있었다. 지금 당장은 검보다는 혀가, 무공보다는 경륜이 요구되는 시점이었다. 강호 경험이 풍부한 당맹벽이라면 그런 혀와 경륜을 지닌 적임자. 게다가 과거 독문과익 일전을 통해 군조를 상대한 경험마저 있었으니 어느 정도의 시간은 벌어 줄 수 있지 않을까?

그러나 군조는 방기옥의 기대에 부응해 주지 않았다. 당맹벽을 향한 군조의 눈이 실처럼 가늘어졌다.

"누구라고?"

당맹벽의 어깨 위로 보일 듯 말 듯한 경련이 스쳤다. 늙어 귀 어두워지는 것은 어디까지나 범부들의 얘기. 군조만 한 위인이 잘못 들었을 리는 없었다. 당맹벽은 조금 더 땡땡한 목소리로 다시 한 번 이름을 밝혔다.

"당, 맹, 벽! 예전에 한 번 뵌 적이 있는데, 기억 못 하시겠소?"

군조의 고개가 왼쪽으로 천천히 기울어지더니 다시 오른쪽으

로 기울어졌다. 이어 풍성하게 갈래진 콧수염 사이로 흘러나온 것은 조롱 같은 한마디였다.

"글쎄……."

이는 당맹벽의 노련한 혀, 풍부한 경륜으로도 이겨 내기 힘든 수모였을 터. 당맹벽은 목청을 높이며 한 걸음 성큼 내디뎠다.

"삼십 년 전 선배가 처음 강호에서……!"

군조는 더 이상 듣지 않고 왼손 중지를 슬쩍 튕겼다. 그러자 마치 보이지 않는 얼음벽에 갇혀 버린 듯, 당맹벽이 한 발을 내디딘 자세 그대로 우뚝 멈춰 버렸다.

도력일까? 혹은 요술일까?

방기옥을 포함한 모든 사람들은 손가락 하나 까닥할 수 없었다. 시간마저 정지해 버린 듯한 괴이한 위화감이 그들 모두를 얼어붙게 만들었다.

"우악한 자로다."

군조의 이 말로부터 멈춘 시간이 다시 흘렀다. 보이지 않는 얼음벽이 온데간데없이 사라지고 당맹벽의 몸은 천천히 뒤로 넘어갔다.

쿵!

부릅뜬 눈 그대로, 노한 얼굴 그대로. 하늘을 향한 당맹벽의 미간 한가운데엔 푸른 점 하나가 문신 바늘로 찌른 듯 조그맣게 찍혀 있었다. 그것은 도력도 요술도 아니었다. 다만 염라대왕이 찍은 죽음의 도장일 뿐.

이름 하여 염왕날인閻王捺印.

그 죽음이 너무도 간단하여, 너무도 허망하여 사람들은 눈으로 직접 보았음에도 현실로 쉬 받아들이지 못했다.

(3)

"사숙!"

 현실을 가장 먼저 받아들인 사람은 그 죽음을 가장 가까이서 지켜본 석대전이었다. 세 발짝도 안 되는 거리에서 사문의 존장을 잃었으니 그 참괴함이야 오죽할까. 어깨를 나란히 한 관룡봉도 그 점에 있어선 마찬가지일 터. 부릅뜬 두 눈에 노화가 타오르고 칼자루를 잡아 가는 손등 위로 힘줄이 도드라졌다. 그러나 그들이 움직이기에 앞서 뒤쪽 대열로부터 뛰쳐나온 사람이 있었다. 졸지에 부친을 잃은 당호였다.

"아버지이!"

 군조의 시선이 당호 쪽으로 슬쩍 옮아갔다. 채 내리지 않은 그의 왼손이 시선 방향으로 돌아갔다. 그 순간 그의 앞에 서 있던 석대전과 관룡봉은 약속이나 한 것처럼 바닥을 박차고 몸을 날렸다. 석대전은 당호에게, 관룡봉은 군조에게. 당맹벽의 시신을 향해 달려오던 당호가 석대전의 어깨에 세차게 들이받혔다.

"쌋!

 한 몸으로 얽혀 바닥을 뒹구는 두 사람의 머리 위로 모골 송연한 한기가 스치고 지나갔다. 대열을 이루고 있던 사자검문 무사 한 사람이 부르르 몸을 떨더니 지푸라기 인형처럼 풀썩 무너졌다. 인중 옆에 찍힌 조그만 푸른 점. 그리고 절명. 앞선 당맹벽의 경우와 마찬가지로 한 토막 단말마조차 허락지 않는 죽음이었다. 대저 독중선으로부터 비롯된 죽음은 이렇듯 갑작스럽고 무자비했다.

 바닥을 한 바퀴 굴러 몸을 세운 석대전은 갑자기 터져 나온 쩡, 하는 금속성에 급히 전방을 바라보았다. 그의 시선이 향한

곳에는 검날과 맨손, 상식적으로 볼 때 맞상대할 수 없는 두 가지가 아교를 칠해 놓은 것처럼 찰싹 달라붙어 있었다. 정면으로 치고 들어간 관룡봉의 일격을 군조가 오른손을 들어 막아 낸 것인데, 그렇게 맞부딪친 두 사람의 기색이 무척이나 딴판이었다. 관룡봉은 귀신처럼 일그러진 얼굴이 된 반면 군조는 오히려 여유 있는 미소까지 짓고 있는 것이다.

'저 손!'

코흘리개 시절에 들은 이야기지만 석대전은 똑똑히 기억하고 있었다. 지금 관룡봉의 검을 받아 낸 군조의 저 오른손은 이미 오래전 부친 석안에 의해 잘려 나갔다는 사실을. 그렇다면 잘린 꼬리가 다시 자라나는 도마뱀이 아니고서야 그 이후 만들어 단 의수라는 얘기인데, 군조 정도 되는 위인이 범상한 물건으로 수족을 대신할 리는 없었다. 이는 저 손을 상대로 검날의 예리함을 자랑하는 것이 무의미함을 의미한다.

"사형! 물러나세요!"

석대전은 크게 외침과 동시에 왼손 손바닥을 쭉 뻗었다. 진흙 덩이처럼 묵직하게 뭉쳐 나가 군조의 측면을 때린 것은 석가 비전의 태을장太乙掌. 방령의 금사검법을 각고하는 중에도 짬짬이 익혀 낸 가전 무공으로서, 가형인 석대문의 성취에는 비할 바 못 되지만 피육으로 버텨 낼 만큼 가벼운 재주 또한 결코 아니었다.

그러나 그 태을장이 한 일이라곤 군조가 걸친 학창의 아랫자락을 펄럭이게 만든 것에 불과했다. 한 가지 더 있다면 오연하기만 하던 군조의 시선에 잠시 이채를 담게 만든 정도랄까. 하나 그마저도 장력 본연의 위력 때문은 아닌 듯했다.

"석안의 장법이로고! 자네가 바로 석안의 삼자로다."

석대전은 아무 대답도 하지 못했다. 쏘아 낸 회심의 장력이 강물에 던진 돌멩이처럼 흔적도 없이 소멸된 것에 적잖은 충격을 받은 탓이다. 잠시 석대전 쪽을 바라보던 군조의 눈이 정면에 대치하고 있던 관룡봉에게로 향했다.
"하면 자네가 방령의 독자?"
질문과 함께 얼굴 위로 내민 군조의 오른손 손바닥이 가볍게 접혔다.
그드득!
공기가 접히는 듯한 기묘한 소음과 함께 관룡봉이 답답한 숨을 토해 내며 뒷걸음질을 쳤다.
쿵! 쿵! 쿵!
단단한 바닥에 선명히 찍히는 세 개의 족적은 잠깐 사이 관룡봉에게 쏟아진 압력이 얼마나 무거운 것인지를 보여 주었다. 그나마 다행스러운 점은 중독의 기미가 보이지 않는다는 것. 독중선과 손 속을 나누고도 중독되지 않았다는 것은 실로 천운이라고밖에 표현할 수 없겠지만, 그게 반드시 운 때문일까?
"호부에 견자 없다고, 비록 재주는 용렬하나 기백만큼은 부친들 그대로로다. 허허허!"
수염까지 출렁이며 기꺼워하는 군조를 보니 애당초 관룡봉에겐 독을 쓸 의사가 없었던 것 같았다.
"후안무치한 늙은것아! 부친을 살려 내라!"
피를 토하는 듯한 외침이 석대전의 등 뒤에서 터져 나왔다. 당호였다. 군조는 웃음을 멈추고 당호를 바라보았다.
"방금 본 좌가 후안무치하다 했는고?"
"명색이 선배 된 자로서 어찌 싸울 준비도 갖추지 않으신 부친께 독수를 쓴단 말이냐!"

군조는 어이없다는 듯이 허허 웃더니 부드러운 목소리로 말했다.

"아이야, 너는 네 집에 기어들어 온 벌레를 밟아 죽이는 것도 싸움이라고 표현하는고?"

"……!"

"보아라, 저 우악한 물건이 무슨 짓을 하려 했는지를."

사람들의 시선이 바닥에 널브러진 당맹벽의 시신으로 향했다. 군조는 더러운 벌레를 바라보듯 눈살을 찌푸리며 말을 이었다.

"천하고 속된 몸뚱이로 감히 본 좌와 한자리에 서려 했도다."

군조의 말대로 길게 누운 당맹벽의 신발 한 짝은 군조가 오른 붉은 융단의 끝자락 바로 앞에 놓여 있었다.

"본 좌는 수고로움을 무릅쓰고 그것을 막았을 뿐, 저 우악한 물건과 싸울 마음 따위는 추호도 없었느니라."

당호가 전신을 와들와들 떨었다. 저 말은 죽은 당맹벽에게나 산 당호에게나 참기 힘든 모멸일 터. 그런데 더욱 참기 힘든 점이 있었다. 저 말이 단순한 조롱이나 도발이 아닌, 정말로 진심처럼 들린다는 점이었다.

"으아아악!"

당호는 결국 참지 못했다.

"안 돼!"

대경한 석대전이 당호를 막으려 했으나 이번에는 한발 늦고 말았다. 당호는 뽑아 든 검을 머리 위로 치켜 올린 채 군조를 향해 몸을 날린 뒤였다.

"쯧쯧, 섭리로다."

군조가 오른손 손바닥을 슬쩍 내밀었다. 그 장심에서 시작된 자줏빛 광채가 눈을 까뒤집고 달려드는 당호를 그물처럼 덮어 버렸다.

마치 물속에 들어간 소금 덩어리처럼, 태양빛에 노출된 눈사람처럼, 당호의 육신은 자줏빛 그물 속에서 빠르게 줄어들었다. 단단하지 못한, 또 보호받지 못한 외곽부터 진행된 이 용해는 당호가 붉은 융단 앞에 이를 즈음에서야 멈췄다.

"악……적……."

방금 전까지만 해도 당호였던 고깃덩어리가 치켜 올린 검을 내리쳤다. 그러나 녹은 살과 해진 힘줄로는 그 의지를 제대로 수행할 수 없었다.

덜그럭.

검을 쥔 오른쪽 팔이 동체로부터 분리되고, 곧이어 녹은 잇몸으로부터 빠져나온 이빨들을 듬성듬성 매단 아래턱이 융단의 끝자락 위로 떨어졌다.

그러나 군조는 그 무엇도 자신의 융단 위에 올라오는 것을 용납하지 않았다. 자줏빛 그물을 회수한 그가 왼손을 가볍게 흔들자 융단 위로 떨어지던 당호의 조각들이 정체 모를 힘에 휩쓸려 산산이 흩날렸다.

"호랑이는 호랑이를 낳고 벌레는 벌레를 낳는다. 이는 자연의 섭리요 우주의 섭리."

군조의 말이 끝난 순간, 융단 앞에 서 있던 팔 빠지고 턱 떨어진 당호가 철퍼덕 무너졌다. 건장한 청년 하나가 이렇듯 잠깐 사이에 더럽고 냄새나는 흙탕으로 변한 것이다. 공교롭게도 아비 되는 당맹벽의 시신과 지척인 곳. 바닥을 따라 퍼지는 자식의 잔해는 아비의 시신을 검붉은 빛깔로 적시고 있었다. 고약한 냄새, 그 위에 실린 공포가 청명한 공기 속으로 번져 나갔다.

"으으……."

앞 열에 서 있던 사자검문 무사 하나가 부지불식간에 뒷걸음질을 치다가 뒷전에 선 동료에 부딪쳤다. 깜짝 놀라 돌아본 무사의 얼굴, 그리고 그 얼굴을 쳐다보는 동료의 얼굴이 한가지로 창백했다. 잠깐 사이 그들을 엄습한 공포는 그 어떤 강인한 결의로도 끊어 내기 힘들 만큼 억세고 질긴 듯했다.

"참으로 긴 세월이었도다."

한숨 같은 읊조림과 더불어 군조의 왼쪽 눈이 다시 한 번 요요한 청광을 발하기 시작했다. 변화는 그것만이 아니었다. 군조가 딛고 있는 융단으로부터 아지랑이와 같은 붉은 연기가 피어오르기 시작한 것이다.

후우우우―.

청명한 하늘, 우거진 녹음 아래 서서히 몸집을 불려 가는 붉은 연기는 무척이나 신비로운 분위기를 풍겼다. 그러나 선 자리에서 망연히 얼어붙은 채 그 광경을 바라보는 사자검문 측 무사들에겐 오로지 불길해 보이기만 할 뿐이었다.

"그 세월을 한마음으로 기다렸느니, 천도의 드높은 뜻을 거역하는 범속한 자들이여! 본 좌가 하늘을 대신하여 그대들에게 가르침을 내리노라."

군조가 위엄에 찬 목소리로 꾸짖으며 오른발을 내디뎠다.

쿠웅―!

바위산이 무너지는 듯한 둔중한 울림이 사자강 위를 메아리쳤다. 융단으로부터 떠오른 붉은 연기가 군조의 주위를 소용돌이치기 시작했다. 처음에는 느리게, 그러나 갈수록 빠르게. 그러던 어느 순간, 보이지 않는 커다란 손이 공간 전체를 틀어쥔 듯 붉은 소용돌이가 뚝 멈췄다.

붉은 공간 한가운데 서 있던 군조가 양팔을 허공으로 치켜 올렸다.
 "독문의 제자들은 본 좌의 뜻을 받들어 저들을 징계하라!"
 후아앙!
 압축되었던 공기가 한순간에 폭발하며 군조의 주위에 모여 있던 붉은 연기가 사자검문 측 무사들이 서 있는 곳으로 몰아닥쳤다.

명일불취탄 明日不醉歎

(1)

 활인장주 구양정인에게는 여생지락餘生之樂을 기꺼이 나눌 만한 묵은 친구가 몇 있는데 그중 하나가 강호오괴 중 첫 손가락에 꼽히는 기광 과추운이었다. 강호와는 불가근불가원의 거리를 유지하려 애쓰는 구양정인이 강호인, 그것도 무척이나 이름이 알려진 백도 명숙을 친구로 두게 된 데에는 강호인답지 않게 속티를 멀리하는 과추운의 성정도 일정 부분 작용했겠지만, 그보다 더 큰 이유는 구양정인이 즐기는 유일무이한 취미, 흔히 오로지쟁烏鷺之爭이라고도 불리는 바둑에서 찾을 수 있을 것이다. 제세구인의 의술에 평생을 바친 구양정인이 천하제일의 바둑광 과추운에 버금가는 기력을 지닌 강자라는 사실은 그와 수담을 나눠 본 극소수의 기객들만이 아는 비밀이었다.
 각설하고, 지난해 말 구양정인은 아들 구양현의 약혼식을 치르기 위해 신무전을 찾았다. 그곳에서 해를 넘기고 맞이한 원소절元宵節(음력 정월 보름) 밤, 신무전주 소철의 진심을 엿볼 수 있는 성대한 약혼식을 모두 마치고 숙소로 돌아왔을 때 그는 숙소 앞에서 자신을 기다리고 있는 상복 차림의 아이 하나를 볼 수 있었다. 스스로를 과추운의 손자라 밝힌 아이는 나이에 걸맞지 않은 담담한 목소리로 조부의 부고를 전해 주었다. 그는 상심했고, 또 자책했다. 조부를 치료하기 위해 활인장으로 사람을 보냈으나 그가 자리를 비워 헛걸음을 하였다는 아이의 말 때문이었다.

천하제일의 의술을 가지고도 큰아들 부부의 생명을 구하지 못한 것을 평생의 한으로 품고 살아온 구양정인이었다. 다시는 그런 일을 당하지 않으리라 다짐했건만 일신상의 문제로 의원으로서의 본분을 잠시 외면하는 바람에 몇 남지 않은 친구 중 하나를 그렇듯 허무하게 보내고 만 것이다.

그래서 활인장으로 돌아온 구양정인은 스스로에게 약속했다. 손자 구양도경이 장성하여 의업을 물려받기 전까지는 병동을 오래 비우는 일이 일절 없도록 하겠노라고. 실제로 그는 이 약속을 지키기 위해 연례로 즐기던 청명절淸明節(춘분과 곡우 사이의 절기) 답청踏靑 행사까지 물리쳤으니, 환자를 긍휼히 여기는 신의의 아름다운 약속은 모든 이들의 마음을 감동시키기에 부족함이 없었다.

하나 세상 이치란 게 볕이 성하면 그늘도 짙어지는 법.

사람들을 감동시킨 그 아름다운 약속으로 말미암아 다 늙은 나이에 생각지도 못한 고생길에 내몰린 이도 있었으니, 활인장의 안살림을 도맡아 하는 유 당사가 바로 그였다.

"히익! 헤엑! 히이이익!"

웃는 것도 아니고 우는 것도 아닌 괴상망측한 소리를 내면서도 유 당사는 혹여 깍지 낀 양손이 풀릴까 죽을힘을 다했다. 천지를 울리는 말발굽 소리는 여름날 뇌성벽력처럼 혼백을 뒤흔들고, 귓가를 후리는 바람 소리는 사납고 드세기가 굶주린 승냥이 같았다. 이는 지난 며칠 반복된 지긋지긋한 고난이기도 한데, 끝물이라 그런지 오늘은 유독 심했다.

그렇게 버티기를 얼마나 했을까. 유 당사의 입에선 기어이 앓는 소리가 터져 나오고 말았다.

"조금만, 조금만 쉬고 갑시다아아!"

이 갈라진 읍소는 바로 앞자리에 앉아 말을 몰던 사절검의 대형 이철산에게 전해졌고, 그는 공력이 실린 우렁우렁한 목소리로 선두를 향해 외쳤다.

"석 가주, 잠시 쉬었다 갑시다!"

"워어어!"

"워! 워어!"

관도를 무인지경으로 질주하던 십여 마리 말들이 일제히 앞다리를 들고 긴 목을 젖히며 투레질을 쳤다.

말이 멈추기가 무섭게 유 당사는 굴러떨어지듯이 안장에서 내려와 길섶을 향해 네발로 기었다. 관도를 채 벗어나기도 전, 숯불이라도 매단 듯 귓가가 후끈 달아오르는가 싶더니 목구멍을 통해 시큼한 덩어리가 치올라 왔다.

왝! 왝!

그렇게 배 속에 있던 것을 남김없이 쏟아 놓고 나자 눈앞에 까만 모기들이 떼거리로 명멸하기 시작했다. 비문증飛蚊症이 아닌가 싶어 덜컥 겁이 났지만 곧 가라앉는 걸 보니 단순한 현기

증 같았다.

"헥, 비문증이 아니면…… 헥, 간장은 아직 괜찮은 게야. 죽을 때는…… 헥, 헥, 아직 아닌 게야."

유 당사는 걸쭉한 침을 질질 흘리는 입으로도 스스로를 안심시킨 뒤 근처 나무에 등을 붙이고 앉았다. 죽을 때는 아직 아니라도 고생스러운 때는 지나지 않았는지 멀쩡한 땅바닥이 좌우로 출렁거리고 있었다. 꼬인 신경이 흔들림과 멈춤을 제대로 인지하지 못할 때 생긴다는 이른바 상상멀미. 그는 왜소한 상반신을 덮다시피 한 커다란 가죽 복대를 더듬어 휴대용 침통을 꺼냈다. 통에서 빼낸 침 끝을 바라보노라니 헛웃음이 절로 나왔다.

"살다 살다 보니 내 손으로 내 몸뚱이를 찌르는 날이 다 오는구먼."

바지를 둘둘 걷어 올린 유 당사는 무릎 바깥쪽 삼 촌 아래 족삼리足三里와 복사뼈 안쪽 삼 촌 위 삼음교三陰交에 시침하여 위장의 막힌 기운을 풀고 허해진 비장을 보하였다. 그렇게 약간의 시간이 지나자 불쾌한 울렁거림이 서서히 가라앉았다.

"괜찮으십니까?"

얼굴 반쪽이 화상으로 일그러진 체격 좋은 장년인, 석대문이 유 당사에게 다가와 물었다. 생각 같아서는 침이 줄줄이 꽂힌 다리를 내보이며 네 눈엔 이게 괜찮아 보이냐고 쏴붙이고 싶지만 저 반쪽짜리 얼굴을 보니 차마 입이 떨어지지 않았다. 유달리 걱정이 많아 잔소리꾼 소리를 달고 사는 처지일망정 근본만큼은 비단결처럼 고운 유 당사가 아니던가. 제집이 풍비박산 날 판국이라는데 말채찍 좀 재게 휘두른 일 가지고 타박하고 싶지는 않았다.

"토했으니 또 가야지. 나 좀 일으켜 주구려."

유 당사는 다리 줄기에 꽂은 침들을 수습하며 말했다. 그러자 석대문이 흉악한 얼굴에 어울리지 않는 친근한 눈빛을 보내며 고개를 저었다.

"조금 더 쉬셔도 됩니다."

"진짜?"

"예, 말들도 쉬어야 하니까요."

이 말에 힐금 돌아보니 관도 아래 개울가에 고개를 박고 있는 말들의 모습이 보였다.

"짐승 팔자가 사람 팔자보다 낫구먼. 에구구!"

누구 팔자 덕이면 어떠랴. 조금 더 쉴 수 있다는 사실에 행복해진 유 당사는 앓는 소리를 내며 맨바닥에 벌렁 드러누웠다. 시야 속 세상이 가벼운 울렁증과 함께 뒤집히더니 그렇게 드러난, 진녹색 울창한 나뭇잎 너머로 솟아 있는 하늘은 구름 한 점 찾아볼 수 없는 쪽빛 일색이었다. 태호가 멀지 않다더니만 코끝을 스치는 바람에는 물 냄새가 배어 있는 듯했다.

"아아, 살겠다."

말 타면 경마 잡히고 싶은 게 사람이라고, 이대로 한잠 잤으면 원이 없을 것 같았다.

"말 타기란 거 말일세, 부자지가 뻐근한 게 사람 할 짓이 못 되는구먼."

손바닥으로 사타구니 안쪽을 문지르며 어기적어기적 걸어오는 사람이 있었다. 유 당사는 흙바닥에 대자로 누운 채 눈알만 굴려 그 얼굴을 쳐다보았다. 작년에 죽은 사자검문의 노문주 덕분에 안면을 트게 된 우근. 천하제일방이라는 개방의 방주라니 강호에 나가면 행세깨나 할 테지만, 강호인에 대한 선입견이 과히 곱지 않은 유 당사에겐 멀쩡한 사지 달고서도 빌어먹고 사는 한심한 인생일 뿐이다. 왕초든 신참이든 거지는 거지 아니겠는가.

"고생하셨군요. 조금만 더 가면 소주 경내로 접어듭니다."

석대문의 말에 우근은 뭔가를 떠올리듯 허공에 붙들어 맨 눈을 반짝거리다가 벙긋 웃었다.

"그러고 보니 소주 땅을 밟는 것도 딱 일 년 만일세. 자네, 기억하는가?"

"기억하다마다요. 형님을 처음 만난 때인데요. 일조령이었던가요? 그때 그 고개 위에서 비각 놈들과……."

"아니, 그딴 거 말고 잉어 요리 말일세."

"예?"

"왜, 사품 요리로 나온 거 기억 안 나나? 찜과 회와 튀김과 어죽. 난 그중에서 회가 제일로 맛나더군. 고릿한 민물 맛이 살짝 밴 게 생파에 싸서 먹으니까 아주 기똥차더라고. 근데 한 가지, 양이 좀……. 모름지기 물고기란 큰 놈일수록 맛좋은 법인데 말이지."

때마침 다가온 이철산이 둘의 대화에 끼어들었다.

"진미로 유명한 태호 잉어라면 우리도 빠질 수 없지요. 이번 일만 잘 끝나면 이 사람이 한잔 거하게 살 테니 다 함께 그 집을 찾아가 봅시다."

"정말이오?"

우근이 눈이 동그래져서는 반색을 했다.

"세상천지 어디에 손님이 주인을 대접하는 풍습이 있답니까. 당연히 제가 사야지요. 비록 마누라 눈치 보며 사는 공처가 신세지만 그만한 술값쯤 변통할 주변머리는 있습니다."

석대문의 말까지 더해지자 우근은 그야말로 양손에 떡을 쥔 아이가 되어 금방이라도 덩실덩실 춤을 출 것 같았다.

'예의 없는 것들! 그렇게 진미라면서, 빈말로라도 한자리 권하면 입술이 부르트기라도 한다더냐.'

유 당사가 서운하고 괘씸한 마음에 한마디 해 주려고 늘어진 몸을 일으켜 앉히는데, 저만치 관도 앞쪽에서 누군가 급히 달려오는 바람에 뜻을 굽히고 말았다.

"방주님을 뵙습니다."

덩실거리기 직전의 우근 앞으로 달려와 깍듯이 인사를 올리는 사람은 중키에 회초리처럼 호리호리한 체격을 지닌 장년 사내였다. 콧날이 우뚝하고 귓불이 두툼해 딴에는 귀상貴相이라 할 수도 있으련만, 이곳저곳 기워 댄 남루한 옷차림은 사내의 현실이 관상과는 거리가 한참 떨어져 있음을 말해 주고 있었다.

"근묵자흑近墨者黑이로다."

유 당사가 눈살을 찌푸리며 입속말로 중얼거렸다. 거지들과 다니니 만나는 게 거지였다.

장년 사내를 본 우근이 눈을 크게 떴다.

"잉? 아우가 여긴 웬일인가?"

장년 사내가 빙긋 웃으며 되물었다.

"잊으셨습니까, 제가 작년부터 이 소주에 거적 깐 일을?"

"그랬나? 그딴 거 외우는 일은 제자 놈에게 맡겨 놓는 통에……. 음, 우선 인사들이나 나누시게."

우근이 이철산과 석대문에게 장년 사내를 소개시켰다.

"막운래莫雲來라고 합니다."

장년 사내가 두 사람에게 포권을 올리자 두 사람도 마주 포권하며 말했다.

"뉘신가 했더니 개천봉蓋天棒 막 대협이셨구려. 사절검의 첫째인 이철산이라 하오."

"석대문입니다. 폐가의 일로 두루 누를 끼치는 것 같아 면목이 없습니다."

 조금 떨어진 곳에서 숨을 돌리던 사절검의 나머지 셋도 다가와 대명을 익히 들었다느니 협심을 앙모해 왔다느니 따위의 빤한 소리들을 늘어놓더니만, 우근이 막운래의 어깨를 두드리며 석대문을 향해 말했다.

 "철군도에서 돌아가신 삼각풍 위 형님 알지? 그 양반 후임으로 소주 분타주가 된 친굴세."

 석대문이 "아!" 하며 알은체를 하자 막운래가 담담한 목소리로 덧붙였다.

 "자칫 더럽혀질 뻔한 위 선배의 명성을 지켜 주셨다고 들었습니다. 소주 분타의 모든 방도들이 석 가주의 은혜를 잊지 않고 있습니다."

 "감당하기 힘든 말씀을……. 함께 간 몸으로 홀로 살아 온 것 같아 송구스러울 따름입니다."

 누가 죽었다는 둥 뭘 지켜 주었다는 둥 꽤나 비장하게 들리시만 유 당사로서는 도통 모를 얘기들. 등덜미 땀이 마르고 나니 짜증만 솟구치는 그였다. 다행히 그 언저리에서 우근이 화제를 돌렸다.

 "소주에서 만나기로 약속한 아우가 예까지 직접 달려온 걸 보니 노독물이 무슨 짓을 저지른 모양이군."

 막운래는 안색을 굳히고 고개를 끄덕였다.

 "그렇습니다. 그 일로 인해 지금 소주 전체가 발칵 뒤집혀 있는 상태지요."

 유 당사는 석대문의 눈치를 슬쩍 살폈다. 본가가 있는 소주의 일이라고 하니 애가 탈 법도 하건만 석대문은 별다른 내색

없이 두 거지의 대화를 경청하고 있었다. 수양이라면 참으로 대단한 수양이 아닐 수 없었다.

"어서 말해 보게. 노독물이 대체 뭔 짓을 저질렀는가?"

"어제 경내에 있던 기업 두 곳이 액화厄禍를 입었습니다. 마장 한 곳과 전장 한 곳인데, 두 곳 모두 사자검문과 관련이 있는 기업들입니다."

"뭐야? 아무리 관련이 있기로서니 일반인들이 태반인 마장, 전장 같은 데까지 손을 댔단 말인가?"

"손댄 정도가 아닙니다. 사람은 물론이거니와 개 한 마리, 닭 한 마리조차 살아남지 못했으니까요."

더 이상 듣고만 있을 수 없었던지 석대문이 대화에 끼어들었다.

"마장과 전장이라면 동풍마장과 금사전장이겠군요."

막운래가 석대문을 향해 고개를 끄덕였다.

"말씀대로입니다."

"지금 군조는 어디 있습니까?"

"마지막으로 들어온 보고에 따르면 오늘 아침 일찍 문도들을 거느리고 사자검문으로 향했다 합니다. 보고를 받고서 곧바로 이리로 출발했기 때문에 이후의 일에 대해선 저도 아는 바가 없습니다."

석대문은 화상으로 뒤틀린 입술 사이로 묵직한 신음을 흘렸다. 그런 그에게 우근이 말했다.

"노독물이 첫 번째 목표를 사자검문으로 잡은 모양이군."

"그러리라 예상은 했습니다. 거리상으로도 가깝거니와 강동삼수의 첫째는 누가 뭐래도 백부님이니까요. 아래위 따지기를 좋아하는 노독물이니 당연히 그곳부터 도모하려 들겠지요."

"아무리 그래도 그렇지, 무공을 모르는 일반인들에게까지 독수를 펼칠 줄은 몰랐네. 우라질 늙은이 같으니라고."

우근이 주먹을 움키며 노여워할 때 석대문이 굳은 표정으로 말했다.

"아침 일찍 움직였다면 지금 한창 싸움이 벌어지고 있을지도 모릅니다. 이러고 있을 때가 아니군요."

"맞아. 서둘러야겠어."

그때 막운래가 석대문에게 말했다.

"아우 되는 분들의 소식도 있습니다."

막 몸을 돌리려던 석대문이 우뚝 굳었다. 그는 막운래를 돌아보며 물었다.

"아우……들이라고요?"

"그렇습니다. 석가장에 있던 석 소협은 이미 이틀 전에 지원군을 이끌고 사자검문으로 들어가셨습니다. 아마 지금쯤 노독물과 싸움을 벌이고 있지 않을까 싶군요. 그리고……."

"둘째의 소식도 있단 말입니까?"

석대문이 진중한 성격에 걸맞지 않게 채근하자 막운래가 고개를 끄덕였다.

"예, 사흘 전 무양문을 출발하여 강동으로 오고 있다 합니다."

"둘째가 어떻게 이 일을 알고……?"

"자세한 내막은 저도 잘 모릅니다. 다만 본 방의 후개인 황 아우가 아우분과 동행하면서 노중에 지나는 분타들을 통하여 소식을 전해 오는 모양입니다."

그러자 우근이 손뼉을 치며 탄성을 터뜨렸다.

"아하! 그 영감이 찾아간 사람이 바로 자네 아우였구먼."

석대문이 우근을 돌아보았다.

"그 영감이라니요?"

"오지랖 넓기로 유명한 순풍이 모용풍 영감 말일세. 왜, 군조의 행적을 알려 준 것도 바로 그 노인네라고 하지 않았던가. 나더러는 자네를 찾으라고 하면서 자기는 따로 만나야 할 사람이 있다고 황우 놈을 내 달라더군. 뭔 꿍꿍인가 싶었는데, 그놈을 데리고 자네 아우가 머무는 무양문으로 간 모양이야. 허! 그 영감, 생긴 것하고는 다르게 신통한 짓도 할 줄 아네그려."

우근의 설명을 듣는 동안 석대문의 반쪽짜리 얼굴은 괴상한 꿈틀거림을 멈추지 않았다. 나머지 반쪽이 멀쩡하다면 어떤 감정인지 읽을 수 있으련만 지금 상태로는 그저 보기 거북할 따름이었다. 그러나 우근은 네 마음 다 안다는 듯 그의 어깨를 툭툭 두드린 뒤 막운래에게 지시를 내렸다.

"아우는 소주 분타로 돌아가 방도들을 인솔하여 사자강으로 지원 오도록 하게."

"알겠습니다. 이미 전체 소집령을 내려 둔 상태이니 그리 오래 걸리지는 않을 겁니다."

"빠릿빠릿한 것이 위 형님보다 훨씬 낫구먼. 역시 조직은 적당한 때에 물갈이를 해 줘야…… 어? 어이! 물을 너무 먹이면 고기 맛이 싱거워진다고! 휴식 시간 끝났으니 그만 먹이고 당장 이리로 끌고 와!"

우근이 말들에게 물을 먹이고 있는 수하들을 불러 모으는 동안, 석대문은 곁자리에 앉아 귓구멍만 열어 두고 있던 유 당사를 내려다보며 말했다.

"저는 지금 움직여야겠습니다. 힘드시다면 막 분타주님과 뒤따라 오셔도 됩니다."

유 당사는 대답 대신 오른손을 불쑥 내밀었다. 석대문이 의아해하는 눈빛을 보내 왔다.

"뭐 하오, 어서 일으키지 않고?"

한마디 툭 지르자 석대문이 솥뚜껑 같은 손을 뻗어 유 당사의 내민 손을 잡고는 끌어당겼다. 아비 손에 끌린 어린아이처럼 홀러덩 일으켜진 유 당사는 엉덩이를 털며 석대문을 흘겨보았다.

"내 그럴 줄 알았지. 석 가주도 이 늙은이를 짐으로 여겼구먼."

석대문이 잠깐 당황한 눈치를 보이다가 말했다.

"별말씀을 다 하십니다. 환자들을 돌보기 위해 불원천리로 오신 분께 어찌 그런 망령된 마음을 품겠습니까."

그것은 강호 어디에 내놔도 꿀리지 않을 이 쟁쟁한 일행이 무공 한 초식 알지 못하는 의원 나부랭이를 달고 다니는 이유이기도 했다. 그러나 그게 전부일까? 유 당사는 느슨해진 복대 끈을 단단히 조여 묶으며 말했다.

"입 발린 소리 할 것 없고, 어서 앞장이나 서시게. 이 늙은이가 짐인지 아닌지는 곧 알게 될 터이니."

잠시 후 유 당사는 지난 닷새 내내 그러했듯이 이철산의 등을 필사적으로 끌어안은 채 말발굽 소리, 바람 소리와 사투를 벌여야만 했다.

(2)

만병통치약이 존재하지 않듯 만독을 풀어 주는 해독약 또한 존재하지 않는다. 일례로 음독을 푸는 데엔 양기를 보하는 약을, 열독을 푸는 데엔 음기를 보하는 약을 써야지, 반대로 썼다간 독성에 앞서 약성으로 말미암아 사람이 상하는 경우도 생기는 것이다. 삼을 잘못 먹은 감기 환자가 갑자기 오른 열 때문에 장님이 되었다는 얘기도 같은 맥락이라 볼 수 있다. 그러므로

사자검문 측이 오늘 새벽 무사들에게 배급한 해독약은, 사실은 정신을 맑게 하고 마음을 안정시키는 청신정심환清神定心丸에 지나지 않았다. 불안함과 두려움을 가시게 할 요량으로 먹였을 뿐, 독에 대한 저항력이라는 측면에서는 별다른 효과를 기대할 수 없었던 것이다.

사자검문 측에서 오히려 기대를 건 것은 살갗에 바른 피독유와 코와 입을 가린 방독건이었다. 이곳 소주가 위치한 강동은 까마득한 오, 월 시대부터 공방工房 기술이 발달한 지역. 피독유와 방독건 또한 그러한 기술의 산물이라고 볼 수 있었다.

삼나무 진액과 뱀 기름을 만 하루 동안 중탕으로 좋여 만든 것이 피독유, 두 겹으로 된 면포 피막 사이에 야자열매 껍데기를 태워 만든 활성탄 분말을 채운 것이 방독건인데, 실제로 시험해 본 결과 피독유는 부식성이 강한 산성액에 대한 저항력이 우수했고, 방독건은 썩은 목재를 태워 피운 유독한 연기 속에서도 일정 시간 활동을 보장해 주었다. 군조가 온다는 소식을 접한 소주 경내의 의방들이 전부 문을 닫아 의술적인 도움을 받지 못하게 된 상황에서 이 두 가지 이기利器를 입수할 수 있었던 것은 그나마 다행한 일이었다.

적의 침공을 막기 위해 사자검문 측에서는 이렇듯 많은 준비를 갖추었다. 만일 적의 수준이 어지간하였다면 그들의 준비는 분명 빛을 발하였을 것이다.

그러나 독문은, 나아가 군조는 결코 어지간한 적이 아니었다. 진인사대천명盡人事待天命의 역설이랄까. 최선을 다하여 준비한 자들에게 하늘이 언제나 희망적인 운명만을 내려 주지는 않는 것이다.

후우우웅!

열두 자 계명으로 새롭게 다진 결의는 융단에서 피어오른 붉은 연기가 덮쳐 온 시점부터 뒤틀리고 말았다. 인간의 넋을 빼놓는 연출도 만점이거니와 연기에 실린 위력 또한 그에 못지않았으니, 독중선의 악명을 강호에 떨쳐 올리게 한 청, 홍, 백 삼대 극독 중 홍에 해당하는 홍갈단장분紅蝎斷腸粉이 바로 그것이었다.

아무리 잘 벼린 검으로도 쪼갤 수 없는 죽음의 분말!

단장이란 이름에서 알 수 있듯 승독이 가져다주는 고통은 이루 말할 수 없이 지독했다. 독기에 저항할 만큼 내공이 심후하지 못한 무사들 중 방독건 착용에 뒤처진 이들은 저주처럼 몰아닥친 단장의 고통을 피할 길이 없었다.

"끄아악!"

팔다리가 잘려 나가도 웃을 수 있다던 강골의 무사 하나가 손에 쥔 검을 떨어트리며 비명을 내질렀다. 푸들푸들 경련하는 볼살과 엉망으로 뒤틀린 입술은 그가 느끼는 고통의 강도를 말해주고 있었다.

때를 같이하여 서너 자리 건너에서 대열을 유지하고 있던 또 다른 무사가 아랫배를 움켜쥐고 바닥을 구르기 시작했다. 장기가 상하기라도 했는지 채 올려 쓰지 못한 그의 방독건은 잠깐 사이에 불그죽죽한 피거품으로 더럽혀져 있었다.

"방독건을 단단히 써!"

"내공을 운용해 독의 침습을 막아라!"

여기저기서 고함이 터져 나오지만 붉은 연기에 휩싸인 전열은 이미 눈에 띄게 흔들린 뒤였다. 그렇게 흔들린 전열 속으로 군조의 수족인 독문사천왕을 위시하여 인주, 백사白蛇, 팔교叭鮫, 나섬懶蟾의 네 야차들과 일백팔십에 가까운 독살들이 위풍당

당하게 들이쳐 왔다.

"으하하! 모조리 쓸어버렷!"

붉은 연기를 헤치며 광란을 펼치는 암녹暗綠의 무리. 그토록 무섭다던 홍갈단장분의 독성도 해약을 미리 복용한 그들에게는 별다른 장애가 되지 못했다. 아니, 뭉클거리며 떠다니는 붉은 연기가 그들에게는 오히려 살기를 북돋는 응원의 깃발이 되어 주는 것 같았다.

"물러서면 안 돼! 대열을 유지해라!"

관룡봉 등 사자검문 측 수뇌부들이 목이 터져라 외쳤다. 이에 흔들리는 전의를 필사적으로 다잡은 사자검문 측 무사들은 어금니가 부서져라 악물며 적들에게 부딪쳐 갔다. 그러나 상궤를 벗어난 독병, 독암기 들을 상대하기에 그들이 수련한 정종 검법은 너무도 고지식하기만 했다.

쩡! 차차창! 깡! 끼잇!

전열의 일선을 따라 소름 끼치는 쇳소리들이 연속하여 터져 나왔다. 비명과 신음이 어지러이 울리고 허공으로 솟구친 선혈들은 붉은 연기를 더욱 붉게 물들였다.

—사형!

혼전을 뚫고 날아든 석대전의 전음에 관룡봉이 시선을 돌렸다. 삼 장 거리를 두고 마주한, 칙칙한 방독건 위로 드러난 두 사람의 눈이 하나의 뜻으로 차갑게 빛났다. 빼앗긴 기선을 되찾기 위해 지금 그들이 취할 수 있는 최선의 방책. 그것은 바로 적당의 머리를 치는 일이었다.

씨이잇!

이심전심으로 뻗어 나간 두 사람의 검이 날카로운 검명을 토해 냈다. 자욱하던 붉은 연기가 매서운 와류에 휘말려 흩어지고, 두 사람의 진로를 가로막고 있던 녹포인 둘이 각각 목덜미와 가슴에서 피를 뿜으며 쓰러졌다. 당한 자로 하여금 단말마조차 삼키게 만드는 이 깔끔한 일격필살의 수법은 방령의 금사검법 중 예기가 일품이라는 척로험지拓路險地의 일 초. 그렇게 열린 공간은 금세 다른 녹포인들로 채워졌지만, 맹렬한 의지로 재차 내질러진 일진쇄벽—進碎壁의 검세 앞에 목숨과 진로를 함께 내줄 수밖에 없었다.

하지만 핏물로 진로를 열며 융단이 있던 곳까지 이른 관룡봉과 석대전은 그만 허탈해질 수밖에 없었다.

"……!"

천도까지 들먹이며 개전을 선포한 적당의 수괴는 이미 전장을 뜬 뒤였다. 군조는 처음 타고 온 운두교로 돌아가 마치 개미들 간의 싸움이라도 구경하는 듯한 여유로운 기색으로 발아래 펼쳐진 아비규환을 굽어보고 있었던 것이다. 심지어 딛고 있던 붉은 융단—이제는 탈색되어 회백색 융단이라 해야겠지만—마저 깔끔히 말려 운두교 아래에 고이 모셔져 있었으니.

목표를 잃고 잠시 망연해진 관룡봉과 석대전에게 암녹색 물결이 와락 덮쳐들었다.

"개새끼!"

발작처럼 터져 나온 관룡봉의 욕설이 병장기 부딪치는 금속성에 묻혔다.

개전 후 반 각이 숨 가쁘게 지나갔다.

전장을 악마처럼 지배하던 홍갈단장분의 붉은 연기는 이 시점에 이르러 대부분 가라앉은 뒤였지만 그사이 사자검문 측이 입은 피해는 실로 막대했다. 가장 두려운 존재일 것에 분명한

군조는 운두교 위에 고고히 앉아 손가락 하나 까딱하지 않고 관전만 하는데도 이미 오십 명에 가까운 무사들이 속절없이 목숨을 잃은 것이다.

한 가지 다행스러운 점은 관룡봉, 석대전을 위시한 절정 검수들의 분전 덕분에 전열이 완전히 붕괴되지는 않았다는 것. 하지만 하나를 죽일 때마다 두셋씩 목숨을 잃는 손실의 불균형은 시간이 갈수록 누적되고 있었다.

이대로 시간이 조금만 더 지나면 사자검문 측에서 그나마 기대고 있던 수적 우세마저도 무너질 것이 불 보듯 뻔했다. 그렇게 된다면……?

방기옥은 이 대목에서 막막해지고 말았다. 분노와 비탄, 그것들을 뛰어넘는 짙은 무력감이 그의 판단력을 흐리게 만들고 있었다. 그때 두 걸음쯤 앞쪽에 서 있던 유태성이 그를 돌아보았다. 같은 전장을 목격하고도 별다른 동요를 보이지 않는 총관의 얼굴이 그렇게 반가울 수 없었다.

"독연으로 인한 초반 피해가 너무 큽니다. 이쯤에서 병력을 건물 안으로 물리고 두 번째 대비책을 시행해야 할 것 같습니다."

정문 앞 공터에서 정면승부를 벌여 독문을 물리친다는 것이 강동의 백도 명문 사자검문 측이 사전에 세워 둔 첫 번째 대비책. 그렇게만 될 수 있다면 무엇을 더 바라랴. 하지만 상황이 그렇게 낙관적이지 않다는 점을 잘 알기에 그들은 두 번째, 그리고 세 번째 대비책을 마련해 두지 않을 수 없었다. 건물 안으로 병력을 물려 지형지물의 이로움을 최대로 활용한다는 것이 그들이 준비한 두 번째 대비책이었다.

"그렇게 하지요."

문주의 허락이 떨어지자 유태성이 짧게 말했다.

"징을 쳐라."

방기옥의 뒷전에 시립해 있던 소년이 징채를 쥔 오른손을 힘껏 휘둘렀다.

돠우우오오옹!

수검제자 중 가장 어리다는 이유로 후방에서 신호수를 맡게 된 소년이었다. 희로애락을 함께 나누던 동문 사형들이 눈앞에서 처참하게 죽어 나가는 광경을 구경하고만 있을 수밖에 없다는 것은 청춘의 끓는 피로 견디기 힘든 고역이었으리라. 그래서일까. 난전의 수라장 위로 울려 퍼진 징 소리에는 소년의 비분강개가 흠뻑 실려 있었다.

"궁수대는 담장 위로 올라가 아군의 퇴각을 원호하라."

유태성의 이어진 지시에 앞서 당호와 함께 사자강 계단에 매복했던 궁수들이 사자검문 정문 안으로 바삐 달려 들어갔다.

불리하게 흘러가는 전황에도 냉철함을 잃지 않고 꼭 필요한 지시를 적기적소適期適所에 내리는 것을 보면 세간에 나도는, 사자검문이 누리는 성세의 절반은 유능한 총관 덕이라는 이야기가 헛말이 아님을 알 수 있었다.

"문주님께서도 어서 들어가시지요."

유태성의 권유에 방기옥은 비장한 목소리로 대답했다.

"사제들이 전장에서 무사히 빠져나오는 것을 확인하기 전까지는 몸을 피할 수 없습니다."

"지금은 사제 간의 우애를 따지실 때가 아닙니다. 문주님의 일신에 무슨 변고라도 생기면 아군의 사기는 걷잡을 수 없이 무너지고 말 겁니다."

"하지만……!"

"문주님."

이전과는 다른, 마치 땅바닥을 뚫고 들어갈 것처럼 착 가라앉은 목소리. 그 목소리의 주인인 유태성이 방기옥의 두 눈을 똑바로 쳐다보았고 있었다. 표정만큼이나 흔들림이 없는 새까만 눈동자. 그러나 그 주위 흰자로는 실핏줄이 빽빽이 뒤덮여 있었다.

 그 순간 방기옥은 깨달았다. 냉철함을 잃지 않고 있긴 하지만, 그래서 전황을 똑바로 판단하고 필요한 지시를 내리고 있긴 하지만, 이 사람도 힘들게 참고 있었구나. 동료들이 죽어 가는 저 전장으로 당장이라도 달려가려는 자신을 죽을힘을 다해 억누르고 있었구나.

 난분군자검 유태성의 능력이면 전력에 큰 보탬이 될 게 분명했다. 그럼에도 왜 그는 이 후방에 머무는 것일까? 목숨이 아까워서? 주장으로서 전체를 지휘하느라? 아니다. 그 진실한 까닭은 스스로를 지킬 능력이 없는 다리병신 문주를 보호하기 위해서였다.

 또…… 나 때문이구나.

 배 속 깊은 속에서 뜨거운 덩어리가 울컥 치밀어 올랐다. 자신도 모르게 고개를 떨구고 만 방기옥은 눈물을 흘리지 않기 위해 손바닥에 피가 배이도록 주먹을 움켜쥐어야만 했다. 그런데…….

 이번에는 뭔가 달라진 것이 있었다. 층층이 쌓여 있던 비루한 자책감이 극한의 상황을 맞이하여 무엇인가를 만들어 내려 하고 있었다. 그것은 오랫동안 끈을 놓지 않아 이제는 당위처럼 되어 버린 어떤 '결심'이었다.

 "총사님의 말씀을 따르겠습니다."

 고개를 치켜든 방기옥이 무겁게 말했다.

유태성의 호위를 받으며 자리를 뜨기 직전 바라본 전방에는 악전의 피로함 속에서도 분기를 이기지 못해 악귀처럼 일그러져 버린 낯익은 얼굴들이 달려오고 있었다.

사자검문 정문 앞 공터에서 난전이 벌어지는 동안 조명무는 사자강으로 오르는 계단 머리 부근을 떠나지 않았다. 홍갈단장 분의 마수로부터 안전할 만큼 전장과는 충분히 떨어진 거리. 그의 바로 뒤에는 군조가 몽중인이라 명명한 행시주육行尸走肉의 꼭두각시들이 곯은 계란처럼 탁한 눈을 한 채 일렬로 늘어서 있었다.

"돠우우오오옹!"

어느 순간, 전장 건너편에서 굵은 징소리가 울리더니 적아가 난마로 뒤엉켜 돌아가던 전황에 변화가 생겼다. 그 추이를 유심히 관찰하던 조명무는 고개를 갸웃거렸다. 대체 무슨 속셈이지? 궁금함을 참지 못한 그는 결국 군조가 있는 앞쪽으로 걸음을 옮겼다.

"선장의 흥취를 깨는 일이 얼마나 무엄한 짓인지는 잘 압니다만 속인의 호기심이란 게 그 무엄함도 무릅쓰게 만드나 봅니다."

운두교 아래에 당도한 조명무가 입 발린 서설을 늘어놓았다. 전방에 고정되어 있던 군조의 시선이 그를 향해 천천히 돌아왔다. 좌우 색이 다른 군조의 눈동자에는 첫봄에 피어난 꽃송이처럼 작고 선명한 희열감이 맺혀 있었다. 그 희열감이 무엇에서 연유하는지는 묻지 않아도 알 것 같았다. 전장 곳곳에 널린, 일견하기에도 아군의 것보다 훨씬 더 많은 수를 차지하는 적의 시신들.

조명무를 내려다보던 군조가 느릿하게 말문을 열었다.

"조 총탐이 무엇을 궁금해하는지 알 것 같으이. 사기가 꺾인 적이 퇴각하는데 왜 곧바로 추급하지 않는지가 궁금하겠지?"

조명무는 대답 대신 허리를 깊이 굽혔다. 군조가 말한 대로 독문사천왕을 위시한 독문의 무리는 징소리가 울리고 사자검문 측 무사들이 퇴각을 시작하자 뒤를 추격하는 대신 곧바로 전장을 벗어나 운두교 앞에 집결했다. 문주에 대한 절대적인 충성을 유일무이한 문규로 떠받드는 독문의 성격상 군조의 지시 없이 행해진 일일 리 없었다.

"궁지에 몰린 쥐가 어떤 행동을 하는지 아는가?"

뜻밖의 질문이지만 의도는 대충 짐작이 갔다. 그래서 조명무는 공손하지만 자신 있는 목소리로 대답할 수 있었다.

"궁지에 몰린 쥐가 고양이에게 덤빈다는 얘기는 들었습니다만."

한데 짐작이 빗나간 것 같았다.

"정말로 그런 쥐를 봤는가?"

"예?"

"정말로 그런 쥐를 봤느냐고 물었네."

"……."

조명무가 뭐라 대답하지 못하자 군조는 의미심장한 미소를 지었다.

"아마도 예닐곱 살 무렵의 일로 기억하네. 그때 본 좌는 자네가 방금 한 말과 비슷한 소리를 누군가에게서 들었지. 그래서 쥐 한 마리를 붙잡아 실험을 해 보았다네. 놈이 뛰어넘을 수 없는 높이의 상자에 가둬 놓은 다음 막대기로 상자 바닥을 마구 두들겨 보았어. 그때 놈이 본 좌가 휘두르는 막대기를 향해 덤

벼들었을 것 같은가? 후후, 아닐세. 처음에는 막대기를 피해 상자 이곳저곳을 부산히 돌아다니다가 조금 지나자 구석진 곳에 몸을 웅크린 채 숨소리도 내지 않더군. 심지어 막대기로 몸통을 쿡쿡 찌르는데도 꼼짝하지 않았어. 알겠나? 그게 진짜 궁지에 몰린 쥐라네."

 말을 멈춘 군조는 시선을 돌려 저만치 앞쪽에 서 있는 사자검문 정문을 바라보았다. 남부 지방 특산의 철목鐵木으로 만들어진 그 정문은 지금 이 순간, 마치 그 안으로 숨어들어 간 인간들의 심정을 대변하듯 굳게 닫혀 있었다.

 "본 좌가 이번에 만들고자 하는 상자는 그때의 것보다 훨씬 더 높고 넓다네. 그리고 쥐의 몸통을 찌를 막대기도 더욱 길고 단단하지. 본 좌는 아주 천천히 지켜볼 생각일세. 이번에 궁지에 몰린 쥐들은 과연 무슨 짓을 하는지 말이야."

 군조는 말을 끝내며 가슴 위에 드린 수염을 가볍게 털어 올렸다. 탐스러운 수염이 미풍에 쓸린 깃발처럼 부드럽게 출렁거렸다.

 "……입니다."

 쉬고 메마른 목소리로 보고를 마무리한 사람은 석가장이 자랑하는 숭검당 서른여섯 호걸 중 우두머리인 철심검객鐵心劍客 오유은吳裕恩이었다. 오십을 훌쩍 넘긴 나이에도 여느 청년 못지않은 활력과 건장함을 뽐내던 그가 지금은 소나기 만난 늙은 거지처럼 축 처져 있었다.

 "알겠습니다."

 보고를 받은 석대전은 오유은이 저런 딱한 꼴로 처져 있는 까닭을 잘 알고 있었다. 사망 다섯에 부상 아홉. 오유은의 보고에

담긴 숭검삼십육걸의 피해 상황이었다. 친동생처럼 아끼던 수하들이 무더기로 죽고 반병신이 되었으니 제아무리 무쇠 같다는 철심검객의 심장도 깨지지 않을 도리가 없는 것이다. 그리고 그 점에 있어서는 석대전도 별반 다르지 않았다. 승승장구하던 명가의 후예로서 한 번도 경험해 보지 못한 지독한 열패감이 석대전의 심장을 파고들고 있었다. 마치 군조가 뿌려 놓은 지독한 독처럼.

'지치는군.'

석대전은 곁에 있는 석등에 등을 기대고 주저앉았다. 고개가 절로 아래로 떨어졌다. 피곤이 모든 관절을 찍어 누르고 있었다. 군조가 모습을 드러낸 지 반 시진도 채 지나지 않았는데 이 지경이라니. 어린 시절부터 각고한 수련이 다 헛것이었나 싶은 생각마저 들었다.

"그쪽 피해 상황은 어떤가?"

고개를 들어 보니 유태성이었다. 석대전은 자신도 모르게 고소를 흘렸다. 혈맹에 대한 예의를 갖추는 의미에서 요 며칠간 깍듯이 존대해 주던 유태성이 아니던가.

'난분군자검마저 예의를 잊어버릴 만큼 상황이 안 좋다는 뜻이겠지.'

뭐, 그렇긴 해도 익숙하지 않은 존대를 받는 것보다는 대하기에 훨씬 편했다. 석대전은 기대고 있던 석등을 짚고 몸을 일으켰다.

"숭검삼십육걸 중 열넷이 상했습니다. 그밖에 무사들도 삼분의 일 정도는 상했고요."

"우리 쪽과 비슷하군."

유태성이 씁쓸한 목소리로 대꾸했다.

석대전은 머릿속으로 현재 남아 있는 아군 전력을 헤아려 보았다. 석가장은 스물 조금 넘는 숭검삼십육걸에 일반 무사 오십여 명, 사자검문은 고수 하수 뭉뚱그려 백오십여 명. 머릿수만 놓고 따질 때 아직 절망할 단계라고까지는 할 수 없었다. 하지만…….

"으아아아!"

"차라리! 차라리 날 죽여 줘! 제에바알!"

이제껏 의식 바깥을 맴돌던 비명이 어느 순간 또렷하게 인지되었다. 석대전은 고개를 돌려 세가 소속 무사들이 대기하는 장소 한쪽에 모아 놓은 부상자들을 쳐다보았다.

혼전 중 날붙이에 베이거나 찔린 이들은 차라리 나았다. 응급처치라는 게 그런대로 통하는 상황이니까. 그들을 제외한 부상자들의 대다수는 마치 개구쟁이가 오줌을 묻혀 놓은 지렁이처럼 몸뚱이를 마구 뒤틀며 비명을 질러 대고 있었다.

'홍갈단장분이라고 했던가.'

독중선이 자랑하는 삼대극독 중 하나라는 그 분말독의 독성은 매우 괴이했다. 일반인은 중독 즉시 목숨을 잃지만 내공을 수련한 무인은 최장 삼 일 가까이 버틸 수 있다고 한다. 그래서 더욱 고약했다. 오랜 시간 단장의 고통을 겪어야 하고, 그 뒤로도 해약을 구하지 못하면 죽긴 마찬가지일 테니까.

각설하고, 베이거나 찔린 부상자든 홍갈단장독에 당한 부상자든 곧이어 닥칠 두 번째 전투에 도움이 안 되기는 거기서 거기였다. 독문의 무서움은 바로 여기에 있었다. 경미한 상처 하나만 입어도 가진바 전투력을 송두리째 상실하고 마는 것이다.

"우선 부상자부터 대피시켜야 합니다."

동료들이 내지르는 처절한 비명 속에서 전열을 정비한다는

것은 요원한 일이 아닐 수 없다. 석대전은 무엇보다도 그 점을 우려했다.

"대피? 어디로 대피시킨단 말인가?"

유태성의 물음에 석대전은 말문이 막혔다. 대피시킬 곳이 없었다. 기껏해야 더 안쪽 건물로 옮기는 정도일 텐데 그것은 결코 대피가 될 수 없었다. 말 그대로 방기. 어차피 전력으로 못 쓸 인원, 거치적거린다고 치워 버리는 꼴이었다.

"정문에 버틸 것을 가져와! 빨리!"

그런데 이 와중에도 기가 꺾이지 않고 분주히 돌아다니는 사람이 있었다.

"곽표郭標! 적의 움직임은 없나?"

"아직 그 자리에 머물러 있습니다!"

"뭔가 움직임이 보이면 즉시 보고해!"

관룡봉은 휘하 대원들을 부려 정문 안쪽에 버팀목을 괴는 한편, 담장 위에 올라가 있는 궁수대에 적의 동정을 살피도록 지시했다. 앞선 악전의 피로 따위는 나와 무관하다는 양 활기를 잃지 않은 그의 모습은 감탄을 넘어 경이롭기까지 했다.

"노독물의 머릿속이 궁금하군요. 마치 일부러 시간을 주려는 것 같지 않습니까."

오유은의 물음에 유태성이 또 한 번 쓴웃음을 지었다.

"아마 오 형의 말씀이 맞을 겁니다. 노독물의 광오한 성정에 그냥 들이쳐서 끝내기엔 싱거울 테니까요."

오유은의 얼굴이 보기 흉하게 일그러졌다. 누군가로부터 노리개 취급을 당하기에는 강동제일가 가신으로서 품고 살아온 자부심이 너무 높은 것 같았다.

"노독물의 꿍꿍이가 무엇이든 간에 우리 입장에서는 다행입니다. 이어질 상황에 대비할 여유를 얻었으니까요. 대책을 의논하러 문주님께 갑시다. 석 현질, 자네도."

차분한 목소리로 말하는 유태성은 그래도 냉정을 유지하는 것처럼 보였다. 그나마 다행이라는 생각에 석대전의 표정이 조금 밝아졌다.

애당초 새로운 대책이란 게 나오기 힘든 상황이었다. 오늘 아침 작전 회의 자리에서 결정한 대로 건물 내 익숙한 지형지물을 끼고 각개전各個戰을 전개한다는 것 외에는. 그런데 유태성이 이견을 제시하고 나섰다.

"방독건은 앞선 전투에서 이미 기능이 다했습니다. 오히려 위험물이나 마찬가지여서 이리로 후퇴한 직후 담 밖으로 던져 버리라고 지시해 두었습니다. 살갗에 바른 피독유 또한 다 벗겨진 뒤고요. 재차 보급할 물량은 없습니다. 앞선 전투에 거의 전량을 투입했으니까요. 이런 마당에 통기가 원활하지 못한 건물 사이사이의 공간에서 또다시 독연 공격을 받는다면 속수무책으로 당할 수밖에 없습니다."

자리를 함께한 사람들은 묵묵히 유태성의 말을 경청했다.

"해서 저는 곧바로 세 번째 대책으로 넘어갈 것을 제안합니다."

사람들의 얼굴이 약속이라도 한 것처럼 일그러졌다. 그들이 사전에 논의한 세 번째 대책은 매우 간단했다. 무조건 도주.

"노문주의 피와 땀으로 이룩한 이 기업을 적들에게 송두리째 내주고 개처럼 달아나자는 말이오? 불가! 불가하오! 죽은 당 형님이 저승에서 통곡하실 거요!"

고리눈을 부릅뜨고 불가를 외친 사람은 사자검문 열두 교두 중 두 번째 서열인 곤마검 도춘이었다. 그가 지금 걸친 회색 무

복은 검붉은 핏자국으로 온통 뒤덮여 있었다. 앞선 전투에서 그가 얼마나 치열하게 싸웠는지 능히 짐작할 만했다.

"안 그러면 모두 죽을지도 모르네."

유태성의 말에 도춘의 얼굴이 삶은 문어처럼 보랏빛으로 달아올랐다.

"죽는 게 두렵소?"

"두렵네."

"……"

"개처럼 달아나기 싫다고 했나? 여기서 몰살당하면 그것이야말로 개죽음이야. 난 그렇게 될까 두렵네. 누군가는 살아남아 오늘 죽은 사람들의 복수를 해야지."

"그래도, 그래도 무조건 도주는 절대 안 되오! 그건…… 최악이오!"

도춘은 최악이라고 부르짖었다. 사실 심장이 뛰는 무인이라면 누구라도 저렇게 부르짖고 싶었을 것이다. 그러나, 불행히도, 무조건 도주는 최악의 대책이 아니었다. 때문에 유태성은 진짜 최악의 대책을 입 밖에 꺼내기 위해 엄청난 노력을 들여야 했다.

"탈출로는 아침에 결정한 대로 사두암입니다."

사두암은 정문 반대편에 위치한 사자 머리 모양의 커다란 바위였다. 바위 너머로 낭떠러지와도 같은 급경사면을 내려가면 울창한 수림이 펼쳐져 있었다. 거기까지만 피신할 수 있다면 탈출에 큰 문제는 없을 것이다.

"문제는 부상자입니다. 그들을 데리고 사두암을 내려가는 일은 결코 간단하지 않을 겁니다."

사람들은 저마다 고개를 돌려 부상자들이 모여 있는 곳을 쳐다 보았다. 솔직히 말한다면 세상에 저들보다 더 부담되는 짐은 없을 터였다. 그러나 멀쩡한 사람을 두고 갈 수는 있을지언정 부상자를 두고 갈 수는 없다. 그것이 정파와 사파, 백도와 흑도를 가르는 기준이다. 그들은 그래서 약하고, 또 그래서 강하다.

"부상자들까지 안전하게 탈출할 만한 시간을 누군가 벌어 주어야만 합니다."

유태성의 입술 사이로 착 깔려 나온 이 최악의 대책 앞에 아무도 대꾸하지 못했다. 이런 상황에서 무엇으로 시간을 벌 수 있겠는가? 오직 하나, 목숨뿐이다.

무거운 침묵을 깨트린 것은 정문 방향에서 울린 누군가의 외침이었다.

"놈들이 움직입니다!"

바닥에 앉아 회의를 하던 사람들이 벌떡 일어섰다. 담 위에 올라간 궁수들이야 그렇다 쳐도, 높다란 담 안쪽에 있는 그들이 자리에서 일어섰다 한들 어찌 적의 움직임을 알 수 있겠는가. 그런데 알 수 있었다. 어느 순간부터 울리기 시작한 간드러진 풍악 소리 때문이었다. 이어진 동남동녀의 앳된 노랫소리.

진인의 도력은 광대하고도 놀랍도다.
하늘 아래 풍운조화가 내민 소맷자락에 달렸네.

바깥을 살피던 궁수대 하나가 담 안쪽을 내려다보며 비통한 얼굴로 외쳤다.

"화살을 쏠 수 없습니다! 놈들이 또 아랫마을 주민들을 앞세웠습니다!"

지금까지 봐 온 노독물의 행실로 미루어 충분히 예상할 수 있

는 일. 하지만 욕설이 튀어나오는 것만큼은 어쩔 수 없었다. 유태성은 목구멍 너머로 솟구쳐 오르는 욕설을 애써 억누르며 사람들을 둘러보았다.

"머뭇거릴 여유가 없습니다. 저는 본 문의 금사대가 이곳을 지켰으면 좋겠습니다."

목숨은 누구나 가지고 있지만 시간은 아무나 벌 수 없다. 시간을 벌 만한 능력을 갖춰야 하는 것이다. 그런 의미에서 볼 때 최적의 후보는 사자검문의 금사대와 석가장의 숭검삼십육걸이었다. 유태성은 그중 금사대를 버리기로 마음먹었다. 지원 나온 혈맹에 대한 배려 차원에서 내린 결정이 아니었다. 이 사자강에서 벗어난 아군이 전력을 재편할 피신처가 바로 석가장이었다. 석가장에서 벌어질 최후의 일전을 감안할 때 아무래도 석가장 측 전력을 남기는 쪽이 유리하다고 판단한 것이다.

다행히 이 구구한 설명을 생략하도록 도와준 사람이 있었다.

"예."

관룡봉이 딱 부러지는 대답 한마디로 감연히 죽음을 떠안았다. 그런 그의 어깨에 도춘이 오른팔을 척 걸치며 말했다.

"아무렴! 사자검문의 문제는 당연히 사자검문이 해결해야지. 단, 지휘는 내가 한다."

"착각 마십시오. 금사대주는 접니다."

관룡봉이 싸늘히 받아쳤지만 도춘은 귓구멍을 후비적거리며 그의 시선을 외면했다.

"도 교두님!"

도춘은 관룡봉을 상대하는 대신 유태성을 쳐다보며 말했다.

"시간 없다고 하지 않았소. 빨리 결정해 주시구려."

두 사람이 다투어 가겠다는 길이 죽음의 길이라는 사실을 잘 아는 유태성은 선뜻 결정을 내릴 수 없었다. 결정은 전혀 다른 사람에게서, 전혀 다른 방식으로 내려졌다.

"둘째, 자네에게 할 말이 있네."

정문 안으로 대피한 뒤 이제껏 한마디 말도 없이 굳은 표정으로 침묵하던 방기옥이 절룩거리는 걸음걸이로 관룡봉에게 다가왔다. 그를 향한 관룡봉의 미간이 좁아졌다.

"나더러 가야 한다고 말할 작정이면…… 웃!"

방기옥의 허리춤에서 금빛이 번뜩이더니 관룡봉의 하의 왼쪽 허벅지가 예리하게 갈라졌다. 지켜보던 사람들은 놀라 헛바람을 들이켰지만 정작 당사자인 관룡봉은 아무 말 없이 방기옥을 노려보기만 했다.

"문주 자리를 넘겨주겠다고 했을 때 자네가 내게 말했지? 나까지 절름발이로 만들고 싶냐고 말일세."

관룡봉의 하의 갈라진 틈 사이로 핏물이 배어 나오기 시작했다. 그러나 핏물의 양으로 미루어 거죽만 얇게 베인 듯했다.

"지금 내 심정을 말하라면, 자네를 절름발이로 만들어서라도 문주 자리를 넘겨주고 싶네. 하지만…… 차마 그럴 수는 없군. 돼 보니 알겠는데, 절름발이란 게 생각보다 불편하더라고."

방기옥은 뽑아 든 금사신검을 검집에 집어넣은 뒤 관룡봉에게 내밀었다.

"오늘 나는 절실히 깨달았네. 내겐 선친의 유업을 이어받을 자격이 없다는 것을. 제자들이 죽어 가는 동안 나는 뒷전에 숨어 줄곧 떨기만 했네. 이 다리가 멀쩡하다고 달라졌을까? 아마도 아니었을 걸세. 내게는 강단도, 의지도 부족하니까. 하지만 자네는 달랐어. 오직 자네만이 이 사자검문의 주인이 될 자격이 있네."

말을 멈춘 방기옥이 도춘을 돌아보았다.

"공석인 금사대주 자리는 도 교두님께서 맡아 주십시오."

"이, 이게…… 도대체 무슨……."

얼이 빠진 도춘이 할 말을 찾지 못하고 우물거리는데, 관룡봉이 거칠게 고함을 질렀다.

"사형!"

사문의 존장인 도춘에다가 문주 방기옥까지, 관룡봉으로서는 정말로 환장할 지경이었을 것이다. 말도 안 되는 소리 집어치우라고 그가 소리치려는 순간, 방기옥이 금사신검의 호수 쇠테를 받친 왼손 엄지를 밀어 올렸다. 짤깍 소리와 함께 일 촌가량 드러난 검날이 햇빛을 받아 차가운 광채를 뿌려냈다.

"내가 선친의 유품으로 목숨을 끊는 꼴을 보고 싶은가?"

지금 이 순간 관룡봉의 얼굴에 고정된 방기옥의 두 눈은 그가 내민 금사신검의 검날처럼 차가운 광채를 뿌리고 있었다. 절름발이가 된 이후 유약한 면모만 보이던 그로서는 참으로 드물게 보여 주는 정기精氣 충만한 눈빛이었다. 관룡봉은 이를 악물었고, 유태성은 크게 탄식했다.

'결국 이렇게 되고 마는가!'

방기옥의 저 결심은 단순한 결심이 아니었다. 절망의 밑바닥을 헤매던 무인이 죽을힘을 다해 끌어 올린 마지막 자존심의 다른 모습이었다. 그러므로 지금 방기옥을 설득할 수 있는 사람은 아무도 없었다. 관룡봉이 끝내 거절하면, 방기옥은 진짜로 제 목을 벨 것이다.

모든 사람들의 시선이 집중된 가운데 관룡봉이 천천히 왼손을 내밀었다. 그의 손이 향한 곳에는 금사신검을 내민 방기옥의 손이 있었다. 두 개의 손이 맞닿는 순간 방기옥이 말했다.

"힘든 시기에 무거운 짐을 넘겨줘서 미안하네."

관룡봉이 악다문 입술을 떼었다. 꺼칠하게 갈라진 그 입술이 가늘게 떨리고 있었다.

"죽을 때까지…… 사형을 저주할 거요."

"그 저주, 부디 오래오래 받을 수 있길 빌겠네."

방기옥이 금사신검에서 손을 떼며 말했다.

그때 정문 너머에서 울리던 노랫소리가 뚝 그쳤다. 그러더니 실처럼 가느다란 목소리가 사방을 진동시키며 울려 퍼졌다.

"존귀하고도 존귀하신 문주님께서 명하시느니라. 방령과 석안의 자제는 즉시 문을 열고 오체복지五體伏地하여 존귀하신 성체聖體를 영접할지어다."

"아주 단체로 지랄들을 하는구나, 미친 새끼들!"

욕설을 내뱉는 도춘에게로 방기옥이 다가갔다.

"대주님, 제가 갑자기 할 일이 없어져서 그러는데 금사대에 남는 자리 하나 있습니까?"

버거운 짐을 벗었다는 홀가분함 때문일까. 방기옥은 허리를 다친 이후 보여 주지 못하던 활기찬 얼굴을 하고 있었다. 그것은 무인의 얼굴, 검객의 얼굴이었다.

도춘은 실핏줄로 가득 돋은 눈으로 방기옥의 얼굴을 뚫어져라 쳐다보다가 양손을 들어 얼굴을 벅벅 문질렀다.

"노독물! 이 개도 안 물어 갈 쌍놈의 자라 새끼! 절대로 혼자 죽지 않겠다!"

군조에 대한 원색적인 욕설을 입대 승낙으로 받아들인 방기옥은 유태성을 돌아보며 말했다.

"총관님이 얼마나 유능한 분인지를 이번 기회에 똑똑히 알게 되었습니다. 신임 문주를 잘 부탁드리니 사자검문을 반드시 일

으켜 세워 주세요."

"문주님……."

그러나 방기옥은 유태성의 뒷말을 들으려 하지 않고 곧바로 석대전에게 시선을 돌렸다.

"석가장에서도 많이 도와줘야 할 걸세. 자네 형님께 잘 좀 말씀드려 주게."

군조의 마수는 이들이 작별 인사를 제대로 나눌 시간조차 허락하지 않았다. 석대전이 붉어진 눈으로 뭐라 말하려 할 때 정문에서 둔중한 폭음이 울렸다.

쿵!

정문을 가로지른 세 개의 빗장들이 으지직 비명을 질러 댔다. 도춘이 금사대가 모인 곳으로 뛰어가 소리쳤다.

"너희들, 제일 잘하는 검진劍陣이 뭐냐?"

"하하! 신임 대주께서는 대원들이 어떤 검진을 수련했는지도 모르십니까?"

대원 중 누군가 웃으며 대꾸하자 도춘이 그쪽을 돌아보며 인상을 험악하게 구겼다.

"망할 놈, 싸움이 끝난 다음 똥통에 처박아 주마. 하여튼 금사대는 제일 잘하는 그 검진을 준비해라! 저 잘난 척하는 늙은 자라 새끼에게 뜨거운 맛을 보여 주자!"

"옛!"

금사대원들이 한목소리로 대답했다. 지휘자로 누가 남든 자신들은 이미 죽은 목숨과 다르지 않음을 모르지 않을 텐데도 그들의 얼굴은 앞서 정문 안으로 피신할 때와는 비교할 수 없을 만큼 밝아져 있었다. 조금 전까지만 해도 그들의 직속상관이었던 관룡봉은 그 이유를 짐작할 수 있었다. 그가 그들을 아끼듯 그들도 그를 아낀다. 그가 살아남아 복수해 줄 것이라 믿어 의심치 않기에 그들은 저리 밝은 얼굴로 죽음을 받아들이고 있는 것이다.

관룡봉은 뜨거워지려는 눈가에 필사적으로 힘을 주며 사자검문의 새로운 문주로서 첫 번째 명령을 내렸다.

"금사대를 제외한 전원은 사두암으로 이동한다."

금실로 만초蔓草 문양을 수놓은 가죽신은 그 위로 부드럽게 늘어뜨려진 학창의만큼이나 새하얀 빛깔이었다. 그 가죽신이 우아한 걸음걸이에 사뿐 실려 서너 걸음 앞까지 다가오더니 멈춰 섰다. 이어진 말소리.

"아까 천한 주둥이를 함부로 놀려 본 좌의 위엄을 더럽힌 물건이 바로 이자인가?"

사방에서 "그러하옵니다."라는 대답이 한입으로 울려 나오는 것을 들으며 도춘은 피식 웃음을 흘렸다. 싸움이 벌어지기 직전 작심하고 퍼부은 온갖 상스러운 욕설들을 당사자가 줄곧 마음에 담아 두고 있었다는 사실이 몹시도 기꺼웠기 때문이다. 하지만 열없는 그 웃음은 금세 일그러지고 말았다. 양쪽 허벅지에 이어 이제는 사타구니까지 후끈거리고 있었다. 그런데 지금의 이 느낌을 단지 후끈거린다는 표현으로 대신할 수 있을까? 살과 뼈가 한 덩이로 녹아 질질 문드러지고 있음에도 뭉근한 뜨거움 외에는 감지되지 않는 이 더러운 느낌을?

"젠장, 거기는 안 되는데."

자신의 허리 아래쪽을 슬쩍 내려다본 도춘이 입속말로 중얼거렸다. 두 다리까지는, 그래, 두 다리까지는 봐줄 수 있었다. 그러나 바로 위에 자리 잡고 있는 양물까지 곤죽으로 변하는 일

만큼은 정말이지 사양하고 싶었다.

어디 큰길을 가로막고 물어보라지! 소항蘇杭의 유곽에 뿌려 놓은 사생아들의 수가 검으로 찔러 죽인 도적들의 수보다 많다고 알려진 강동 제일의 풍류남, 천하 제일의 정력가가 바로 나, 도춘 님이시다! 그런 내가 양물이 문드러진 고자로 죽는다고? 지난 세월 배꼽 맞춤을 나누었던 수많은 유녀遊女들이 포복절도하다 숨넘어갈 일이 아닐 수 없었다. 그런데…… 그게 현실이었다. 젠장! 제엔자앙!

"어떠냐? 부골용기腐骨溶肌油에 당해 산 채로 몸뚱이가 녹아 죽어 가면서도 주둥이를 놀릴 수 있겠느냐?"

머리 위로 내리깔리는 목소리에는 그 주인이 품은 양양한 마음이 그대로 드러나 있었다. 도춘은 뿌드득 이를 갈았다. 생각 같아서는 당장이라도 뛰쳐나가 저 목소리의 주인, 군조의 머리통을 날려 버리고 싶었다. 아니, 하다못해 그 거만한 얼굴에 침이라도 뱉어 주고 싶었다.

그러나 지금의 도춘에게는 그럴 만한 능력이 없었다. 두 다리는 물론이거니와 사타구니까지 녹기 시작한 사람이 할 수 있는 일은 지극히 제한적일 수밖에 없기 때문이다. 지금의 도춘에게 그나마 위안이 되어 주는 것은 두 가지였다. 하나는 바닥에 거꾸로 박아 넣고 두 손으로 악착같이 부여잡은 장검의 손잡이 덕분에 벌레처럼 누워서 군조를 올려다보는 추태는 보이지 않아도 된다는 점. 그리고 다른 하나는…….

'진짜로 멋졌소, 문주.'

제 발로 문주 자리에서 내려오긴 했지만 도춘을 포함해 이 자리에서 죽어 간 금사대원들에게는, 아니 후일을 기약하기 위해 이 자리를 벗어난 모든 문도들에게까지도 문파를 위해 스스로를 희생한 위대한 문주로 똑똑히 기억될 방기옥이 조금 전 전투에서 장렬히 전사했다는 점. 거기에 한 가지 덧붙인다면, 그러한 사실을 군조가 전혀 눈치채지 못하고 있다는 점이었다.

온갖 모욕을 주기 위해 불원천리로 찾아온 원수의 피붙이가 자신의 눈앞에서 영웅적인 최후를 맞이했다는 사실을 알아차린다면 저 잘난 체하기 좋아하는 군조는 과연 어떤 표정을 지을까?

생각이 여기에 미친 도춘은 자신도 모르게 군조의 얼굴을 올려다보다가 고개를 갸웃거렸다.

'어라?'

예상과는 다르게 군조는 도춘을 쳐다보고 있지 않았다. 지금 이 순간 군조의 시선이 향한 곳은 도춘의 머리 너머 먼 곳. 각도로 짐작건대 사자검문 건물 군# 너머에 위치한 사두암 정상쯤인 것 같았다.

도춘은 의아함을 느꼈다. 신임 문주 관룡봉이 이끄는 문도들이 벌써 사두암 정상까지 피신한 것일까? 시간을 벌 목적으로 자리를 지킨 사람의 입장에서는 그보다 더 좋은 일이 없겠지만, 그들이 떠메고 간 부상자들의 수를 감안하면 도저히 불가능한 일이었다. 그렇다면 지금 군조는 대체 무엇을 보고 있는 것일까?

"정말 이상한 일이군."

군조가 중얼거렸다. 시선을 여전히 사두암 정상 쪽에 붙박아 둔 것을 보면 도춘에게 한 말은 분명 아니었다. 그래서 도춘은 슬슬 불쾌해지기 시작했다. 어이, 어이, 난 아직 안 죽었다고.

"누가 그러더군. 천하에 다시없이 무서운 게 노독물의 독이라고. 다 개소리였어. 이거야 원, 하품이 나올 정도로 시시하잖아."

군조의 시선이 그제야 도춘에게로 내려왔다. 도춘은 그 얼굴을 향해 히죽 웃으며 말했다.

"이따위 독으로는 내 입에서 한 토막의 비명도 끌어내지 못할 게다."

강동 일대를 호령하던 사자검문의 곤마검이 최후로 끌어 올린 호기였다. 군조의 얼굴 위로 얼음장 같은 기운이 내리깔렸다.

깡!

한 줄기 경풍이 도춘이 지탱하고 있던 장검을 부러뜨렸다. 졸지에 지지대를 잃어버린 도춘은 그대로 흙바닥에 엎어지고 말았다.

"부골용기유는 이래서 마음에 들지 않는다니까. 신경을 마비시키는 성분 때문에 몸뚱이가 녹아 죽어 가면서도 주둥이를 나불거리는 종자들이 간혹 나오거든."

표정만이 아니었다. 아까와는 말투와 음색, 모두 달라져 있었다. 비유하자면 요괴가 쓰고 있던 신선의 탈을 벗어던졌다고나 할까. 그 탈피가 자신이 던진 도발 때문이라면 또 한 번 기꺼울 수 있으련만, 왠지 그 때문은 아니라는 생각이 들었다. 아마도 사두암 정상 쪽에서 본 무엇 때문이겠지. 뭐 아무려면 어때, 이젠 정말로 끝인걸.

군조가 흙바닥에 엎어진 도춘을 향해 왼손 장심을 내뻗었다.

"약속하마. 네놈은 벌레처럼 버둥거리다가 죽을 것이다."

기다리시오, 문주. 이 도춘이 뒤따라가오. 도춘은 흙바닥 위로 펼쳐진 두 손을 부지런히 놀리기 시작했다.

결과적으로 군조는 자신이 한 말을 지켰다. 하체를 잃은 몸뚱이로 바닥에 엎어져 있던 도춘은 잠시 후 뒤집힌 바퀴벌레처럼 우스꽝스럽게 버둥거리다가 숨이 끊어졌으니까.

그러나 도춘 또한 자신이 한 말을 지켰다. 숨이 끊어지기 전까지 도춘의 입에서 흘러나온 것은 고통을 견디기 위해 스스로 쥐어 먹은 흙덩이, 잡초 쪼가리뿐이었으니까.

몇 발짝 앞쪽에 서 있는 군조가 어깨 너머로 세운 오른손 집게손가락을 까딱거렸다. 누구를 부르는 걸까 주위를 둘러보던 조명무는 표정 관리에 뛰어난 사람답지 않게 오만상을 찡그리며 혀뿌리에 힘을 주어야만 했다. 이제껏 시선의 초점을 맞추지 않으려 애쓰던, 일단 망막에 담겨 머리로 인지된 다음에는 욕지기가 솟구치지 않고는 못 배길 불쾌한 광경을 보고 말았기 때문이다.

사자검문 정문 안쪽 너른 마당 여기저기에 흩어져 있는 물건들.

일각 전만 해도 의복이라 불렸을 각양의 헝겊 쪼가리들을 제외하면 그 물건들의 색깔은 대체로 한 계열이라 할 수 있을 것이다. 연분홍, 분홍, 선홍 그리고 진홍. 그 모든 붉은 것들이 하나의 광경으로 어우러져 보는 사람의 비위를 쥐어짜고 있었다. 거기에 더운 공기 속으로 빠르게 스며 배는 지독한 비린내까지 더해지고 있었으니.

주인의 성정을 알고 싶다면 그 집에서 기르는 개를 살피라는 말은 그래서 나온 모양이었다. 독중선이 지휘하는 독문은, 조명무가 판단하기로 주인에 버금갈 만큼 독했다. 손 속도 그리고 마음도.

이런 생각을 하며 조명무는 군조가 서 있는 곳을 향해 총총히 걸음을 옮겼다. 사실 군조가 저런 식으로 부를 만한 사람은 자신밖에 없었다.

"찾으셨습니까."

군조의 뒷전에 이른 조명무가 공손한 목소리로 아뢰었다.

군조는 사자검문의 건물 군 너머 사두암 정상 부근에 두었던 시선을 거두며 천천히 돌아섰다. 그 얼굴에 떠오른 기색이 조금 전, 정확히 말하면 도춘이라는 이름을 가진 사자검문의 검술 교두를 죽이기 위해 운두교에서 내려올 때 지었던 것과는 어딘지 모르게 다르다는 것을 발견한 조명무는 내심 긴장하며 고개를 깊이 조아렸다. 눈앞에 등을 보이고 서 있는 광인의 심기가 그다지 편치 않다는 사실을 알아차린 것이다.

이윽고 군조가 느릿하게 운을 떼었다.

"본 좌는 조 총탐, 자네라고 기억하는데······."

군조의 화법을 익히 겪어 본 조명무는 굴신한 자세 그대로 뒷말을 기다렸다.

"모용풍이라는 커다란 쥐새끼가 태원부의 뇌옥에서 죽지도 살지도 못하는 처지가 되었다고 본 좌에게 고한 사람 말일세."

갑자기 모용풍에 관한 얘기는 왜 꺼내는 걸까? 이 점이 몹시 의아했지만 조명무는 얌전히 대답했다.

"제가 그렇게 아뢰었습지요. 구강九江으로 노신선을 찾아뵈었을 때였던 것으로 기억합니다."

숙인 뒤통수 위로 떨어지는 군조의 시선이 점점 밀도를 더해 갔다. 외기外氣의 변화를 바로바로 파악해 낼 만큼 숙달된 무인은 아니지만 그 외기가 살기라면 얘기가 다르다. 살기에 관한 한 그 어떤 고수보다 민감하다고 자부해 온 조명무로서는 지금 군조가 보이는 반응이 수상하고 또 가슴 떨릴 수밖에 없었다.

그렇게 얼마나 시간이 지났을까.

"후."

짧은 한숨과 함께 조명무의 감각을 무겁게 짓누르던 살기가 씻은 듯 자취를 감췄다. 조명무는 그제야 조심스레 고개를 들어 올렸다. 잠깐 사이 받은 심리적 압박감이 얼마나 컸던지 그의 이마에는 좁쌀 같은 땀방울들이 알알이 돋아 올라 있었다.

"본 좌도 늙었나 보군. 눈으로 본 것보다 자네의 말을 더 믿는 것을 보니 말이야."

눈으로 본 것?

조명무는 아까 군조가 쳐다보던, 그러니까 사자검문 건물 군 너머로 솟아 있는 사두암 정상 쪽으로 급히 시선을 돌렸다. 같은 사자강 위라지만 보통 사람이라면 사물의 윤곽조차 제대로 분간할 수 없는 먼 거리였다. 그러나 군조가 어디 보통 사람이던가. 수십 걸음 떨어진 돌비석 위에 새겨진 비문의 필획까지도 능히 감평해 낼 만큼 뛰어난 안력을 지닌 절정의 고수가 바로 군조였다. 이 얘기는 곧…….

'설마 모용풍이 저곳에 있었단 말인가?'

하지만 이 생각은 곧바로 강하게 부정되었다. 그럴 리가 없었다. 물론 모용풍을 생포해 태원부로 압송시킨 뒤 그 마무리까지 확인한 것은 아니다. 하지만 아무리 그렇다고 해도 모용풍을 압송하는 일에 어떤 변수가 개입할 여지는 전혀…….

그 순간 조명무의 눈가가 파르르 떨렸다. 예상할 수 있는 변수는 전혀 없었지만 결과로 드러난 변수는 분명히 있었다.

개방의 움직임!

군조의 행차를 사전에 감지한 개방이 사자검문과 석가장이 있는 이곳 강동에 그 소식을 미리 알려 대비토록 한 것이다. 모용풍과 개방, 일견하기에는 별다른 연관성이 없을 것 같은 이 두 가지 인자 사이에 어떤 연결점이 있었다면?

문득 건평현健坪縣의 지현知縣이 마련해 준 별장에서 모용풍과

나눈 대화가 떠올랐다.

함정인 줄 알면서도 찾아왔다는 모용풍. 이유를 묻자 알고 싶은 것이 있기 때문이라고 했다. 그물에 걸린 물고기 주제에 허세를 부리고 있다는 생각에 조명무는 웃으며 말했다. 알고 싶은 게 있으면 얼마든지 물어보라고. 그때 모용풍이 던진 질문.

—독중선 군조는 지금 어디로 가고 있소?

만에 하나 모용풍이 허세를 부린 것이 아니라 정말로 군조의 행적을 알아내기 위해 자신을 찾아온 것이라면, 놈은 이후 조명무가 취할 일련의 조치로부터 몸을 빼낼 수 있는 안배를 사전에 마련해 두었을 것이 분명했다. 그 안배가 바로…… 개방?

생각을 이어 나가던 조명무는 누군가의 시선을 느끼고 화들짝 놀라고 말았다. 금광과 청광으로 요요히 빛나는 그 시선은 헤아리기 힘든 묘의妙意를 품은 채 그의 얼굴을 뚫어져라 쳐다보고 있었다.

"뭐 생각나는 일이라도 있는가?"

그 시선의 주인, 군조가 물었다. 평소와 다름없는 느긋한 음색이지만 조명무는 멱살을 틀어 잡힌 것 같은 갑갑함에 사로잡혔다. 그는 급히 고개를 조아리며 대답했다.

"아, 아닙니다. 잠시 다른 생각을 하느라고 그만……."

"흐음, 본 좌를 앞에 두고서 잡생각을 하다니, 자네가 문 선생이 보낸 사람이 아니었다면 그냥 넘기지 않았을 게야."

"노신선의 관대하심에 황송할 따름이옵니다."

여느 때처럼 가식으로 내뱉는 말이 아닌, 진심에서 우러나온 감사의 인사였다.

"천도란 본시 관대한 법이지, 허허허."

군조가 흘린 기분 좋은 너털웃음에 조명무는 조금 밝아진 기분으로 고개를 들었다. 그러나 이어진 군조의 말에 그의 얼굴은 또다시 창백해질 수밖에 없었다.

"하지만 꼭 기억해 둬야 할 걸세. 천도가 언제나 관대하지만은 않다는 사실을."

(3)

누군가 자신을 지켜보는 것 같은 기분이 들었다. 화비정華非淨은 작업을 멈추고 웅크리고 있던 허리를 천천히 폈다.

볕 따가운 여름날이지만 우거진 나무 그늘에 파묻힌 곳이라 덥다 하기는 힘들 터. 그러니 얇은 베잠방이에 밑단을 둘둘 걷어 붙인 하의 차림인 화비정이 땀으로 흠뻑 젖어 있는 것은 더위와 무관했다. 화비정이 땀에 젖은 이유는 동 트기 전부터 시작해 세 시진 가까이 진행한 작업에서 찾을 수 있었다. 육체적으로 고된 것은 아니지만 심력의 소모만큼은 어떤 육체노동에도 뒤지지 않을 만큼 극심했다. 아차 하는 순간 모든 것이 끝나고 마는 위험천만한 작업. 그러니 긴장하지 않을 수 없는 것이다.

몸을 바로 세운 화비정은 땀방울이 뚝뚝 떨어지는 얼굴로 한 방향을 쳐다보았다. 그의 시선이 향한 곳, 비탈 위쪽으로 열 걸음쯤 떨어진 수풀 사이에는 한 사람이 망부석처럼 우두커니 서서 그를 바라보고 있었다. 놀랍게도 아는 사람, 그것도 그의 일생을 통틀어 친구라 부를 수 있는 몇 안 되는 사람 중 하나였다.

신기하다는 생각이 들었다. 십오 년이면 결코 짧은 시간이 아닐진대 그사이 한 번도 만나지 못한 친구가 어떻게 이 자리에 나

타날 수 있는지에 관해서는 조금도 궁금하지 않았다. 그저 어제 저녁 헤어진 것처럼 친숙하기만 했다. 그래서 친구라는 건가?

"모용풍, 자네였군."

화비정이 먼저 말문을 열었다. 그러자 수풀 사이에 서 있는 사람, 모용풍이 대답했다.

"그래, 날세."

화비정은 팔뚝을 들어 턱수염에 맺힌 땀방울을 훔쳤다. 술기운에 찌든 땀 냄새가 스스로에게도 역하게 느껴졌다. 오랜만에 만난 친구에게 누추한 모습을 보이는 것 같아 마음이 언짢았지만, 수풀 사이로 걸어 나오는 모용풍의 모습을 보고는 그런 생각을 접었다. 모용풍의 모습도 예전과는 많이 달라져 있었다. 외팔이. 사두암 정상에서 불어 내려온 산바람에 모용풍의 왼팔 소맷자락이 힘없이 나풀거리고 있었다.

"어쩌다 그리되었나?"

화비정이 물었다. 모용풍은 팔뚝 자락 속으로 아무것도 들어 있지 않은 자신의 좌반신을 일별한 뒤 대수롭지 않다는 투로 대답했다.

"음불양이란 놈이 잘라 갔네."

음불양淫不讓 유붕兪棚이라면 오직 파렴치한 음행 한 가지만으로 강호사마의 말석을 비집고 들어간 희대의 색마요, 상대 못 할 악종이었다. 화비정은 낮게 혀를 찼다.

"개새끼에게 뜯어 먹혔군."

"괜찮아. 그 개새끼는 지금쯤 뼈다귀만 남았을 테니까."

"잘됐군."

주정뱅이들은 대개 말수가 많다. 화비정도 누구 못지않게 말수가 많은 사람이었다. 하지만 그것도 다 과거의 일. 강호를 떠나 신분을 감추고 살기 시작한 십오 년 전부터 그의 말수는 칠십 노인의 허파처럼 쪼그라들었고, 그렇게 쪼그라든 말수는 이제 아무리 술을 마셔도 부풀어 올라 주지 않았다.

화비정의 주위를 잠시 두리번거리던 모용풍이 감탄한 목소리로 물었다.

"대체 얼마나 요란하게 놀아 보려고 이런 준비를 해 놓은 건가?"

화비정은 실망한 표정으로 반문했다.

"그렇게 눈에 잘 띄나?"

"그건 아니야. 잘 숨겨 놓았어."

"한데 어떻게 그리 빨리 알아차렸나?"

모용풍은 하나 남은 손을 들어 사두암 정상을 가리켰다.

"방금 전까지 저 위에 있었거든. 원래는 노독물이 무슨 짓을 하는지 살펴볼 생각이었는데 이곳에 자네가 있는 게 보여 깜짝 놀랐지. 자네에겐 미안한 말이네만 제법 오랫동안 지켜보고 있었다네."

화비정은 열린 나뭇가지들 사이로 드러난 사두암 정상부를 쳐다보았다. 아래쪽만 주의했지 위쪽으로는 별로 신경 쓰지 않았는데, 누군가 저곳에서 자신을 지켜보리라고는 생각하지 못했다.

"잘 숨겼다니 다행이군. 새벽부터 나름 고생했는데 금방 눈에 띄면 곤란하지 않겠나."

"저기만 마저 덮으면 안심해도 좋을 걸세."

모용풍은 조금 전 화비정이 웅크리고 있던 자리를 쳐다보며 말했다. 파헤쳐진 토피 밑으로 사두암에서 흔히 찾아볼 수 있는 화강암과는 확연히 구별되는 인공물이 드러나 있었다.

"그런데 생김새가 어째 낯설지 않군. 내 기억이 맞다면 이 형님의 물건 같은데······."

모용풍이 말한 이 형님이 강호오괴의 한 사람인 화인火人 이개李介임을 아는 화비정은 묵묵히 고개만 끄덕였다.

"이 형님은 작년 이맘때 무양 문도들과 싸우다 돌아가셨네. 그 일은 알고 있는가?"

"아네. 그리고 과 형님이 가신 것도."

과 형님, 강호오괴의 첫째인 기광碁狂 과추운過秋雲의 이름이 나오자 모용풍의 얼굴에 그늘이 깔렸다.

"내가 과 형님과 각별했듯이 자네는 이 형님과 죽이 잘 맞았지. 이 형님께 만드는 법을 배운 모양이군."

"비슷하게 만들어 보려고 애는 썼는데, 어깨너머로 배운 솜씨라서 생각대로 작동해 줄지 걱정일세."

"후후, 그 양반이 어디 허투루 가르치실 분인가. 걱정하지 않아도 좋을 거야."

화비정은 모용풍과 이렇게 마주하고 대화를 나누는 일이 싫지 않았다. 아니, 오히려 즐겁다고 해야 할까. 그로서는 무려 십오 년 만에 맛보는, 그리운 시절의 추억이 녹아 있는 교감의 시간이었으니 말이다. 그러자 아쉬워졌다. 자신에게는 이 즐거움을 누릴 여유가 그리 넉넉하게 주어지지 않았기 때문이다.

"하던 일이 남아서 그러는데 잠시 기다려 줄 수 있겠나?"

모용풍은 '얼마든지'라는 듯 어깨를 으쓱거린 뒤 언덕 아래 사자검문이 내려다보이는 적당한 바위 하나를 골라 그 위에 엉덩이를 얹었다. 화비정은 토피가 파헤쳐진 자리에 쭈그리고 앉아 아까 하던 작업을 이어 나갔다.

본래 마무리 단계에 접어든 작업이라 끝내는 데에는 그리 오랜 시간이 걸리지 않았다. 다시 덮은 토피 위를 발로 꼼꼼히 다진 뒤 양손에 달라붙은 젖은 흙덩이를 바지에 쓱쓱 문지르는 것으로 작업을 마무리한 화비정은 모용풍이 앉은 바위 쪽으로 걸어갔다.

고개를 빼고 아래쪽 동정을 살피고 있던 모용풍이 뭔가 생각난 듯 화비정을 돌아보며 물었다.

"주가周哥 놈이 소주에 둥지를 튼 일은 아는가?"

화비정은 고개를 끄덕였다. 주가라면 강호오괴의 하나인 신안자神眼子 주두진周斗眞을 가리켰다. 모용풍과 달리 속물 냄새를 짙게 풍기는 탓에 좀체 곁을 내주지 않던 사이였는데, 몇 해 전 소주에 나갔다가 사업장을 시찰하고 다니는 그를 먼발치에서 본 적이 있었다. 물론 알은체는 하지 않았다.

"도박장 주인에다가 뒷구멍으로 장물아비 노릇까지 하는 것도 아는가?"

화비정은 콧등을 찡그렸다. 제법 큰 도박장을 운영하는 것은 봐서 알지만 장물아비까지? 그러나 잠시 생각하니 수긍이 갔다. 은퇴한 강호제일의 감식가에게 장물아비처럼 어울리는 일이 또 있을까?

"고기가 물을 만난 격이로군."

화비정의 대꾸에 모용풍이 코웃음을 치며 말했다.

"그래서인지 아주 잘 살아. 마누라도 넷씩이나 거느리고 말일세."

"말하는 품을 보니 놈을 만나 본 모양이군."

"초봄에 찾아가 만나 봤지."

모용풍은 잠시 머뭇거리다가 덧붙였다.

"자네를 찾기 위해서였어."

"나를?"

"과 형님과 약속했거든. 날씨가 풀리거든 함께 자네를 찾아보자고. 그런데…… 봄이 오는 걸 기다리지도 않고 그냥 가시더군. 원체 성질이 급해, 그 양반이."

말을 잠시 끊은 모용풍은 다시금 우울해지려는 기분을 바꾸려는 듯 언성을 높였다.

"한데 그때 주가 놈이 뭐라고 지껄였는지 아는가? 자네가 이미 죽었을 거래. 그게 아니면 자기 눈에서 그리 오래 벗어나 있을 수 없을 거라나. 웃기지 않나? 코앞에 자네가 사는 줄도 모르는 놈이 신안자는 무슨 얼어 죽을 신안자. 주가 그놈이 사기꾼인 것은 내 진작부터 알아봤다고."

웃기지 않느냐고 묻지만 전혀 웃기지 않았다. 화비정은 모용풍이 한 말을 곰곰이 되씹다가 물었다.

"내가 소주에 사는 것은 어떻게 알았는가?"

모용풍은 고개를 저었다.

"몰랐지. 오늘 아침까지만 해도 정말 몰랐어. 그런데 저 위에서 자네가 하는 양을 쭉 지켜보고 있노라니 그동안 까맣게 잊고 있던 얘기 하나가 떠오르더군. 언젠가 술자리에서 자네가 막냇누이 동생에 관해 했던 얘기 말일세."

오랜 세월 볕에 그을리고 술에 찌들어 검게 변한 화비정의 안색이 더욱 어두워졌다.

사실 과거 화비정이 모용풍과 가진 술자리 말미에서 토해 놓은 이야기는 대다수 취담醉談이 그러하듯 흔하디흔한 넋두리에 지나지 않았다. 그러나 그게 전부가 아니었다. 그게 전부였다면 상취거사常醉居士라는 이름으로 구주천하를 활보하고 다니던 화비정이 무슨 까닭으로 십오 년이란 긴 세월 동안 신분을 감추고 대륙의 동남쪽 구석에 숨어 살았겠는가. 그날 토해 놓은 넋두리의 이면에는 화비정이 세상을 저버릴 수밖에 없는 끔찍한 죄업이 감춰져 있었다.

화비정은 곁에 앉은 친구의 얼굴을 물끄러미 쳐다보았다. 순풍이 모용풍. 강호 밑바닥에 감춰진 온갖 내밀한 사정들에 가장 정통한 천하제일의 정보 상인. 모용풍은 과연 '그 일'에 관해 어디까지 알고 있는 것일까? 과거에 들었던 넋두리 한 토막, 그리고 지금 이 자리에 자신이 있다는 사실만 가지고 말이다.

모용풍은 화비정의 시선을 피하지 않았다. 그 눈빛은 우울하게 가라앉아 있었다. 덕분에 화비정은 확신하게 되었다. 모용풍이 과거 자신이 저지른, 단지 떠올리는 것만으로도 스스로의 목을 조르고 싶어지는 그 끔찍한 죄업을 시작부터 끝까지 모두 알고 있다는 사실을.

수치심이 북받쳐 올랐다. 그 수치심이 화비정의 귓가에서 마귀처럼 속삭였다.

―'그 일'을 아는 사람이 이제 둘이나 됐어. 운 사부와 모용풍. 운 사부야 어쩔 수 없다지만 모용풍은 아니잖아? 차라리 이 자리에서 죽여 버려. 그러면 비밀을 지킬 수 있어.

화비정은 어금니를 악물었다. 속삭임에 실린 유혹이 너무도 강렬해 그렇게라도 하지 않으면 자신이 무슨 짓을 저지를지 알 수 없었기 때문이다.

만일 그때 언덕 아래쪽으로부터 무슨 소리가 들리지 않았다면 두 사람 사이에는 과연 어떤 일이 벌어졌을까?

그 소리는 두 사람이 자리 잡은 곳에서 아래 방향, 정확하게는 사자검문에서 사두암으로 올라가는 좁은 비탈길 아랫녘에서 울려오고 있었다. 퍼뜩 정신을 차린 화비정은 아래쪽을 살펴보

았다. 제법 많은 수의 사람들이 비탈길을 따라 사두암을 올라오고 있었다. 그들이 누구인지는 어렵지 않게 짐작할 수 있었다. 사자검문과 석가장의 패잔병들. 그보다 조금 아래로 암녹색의 길쭉한 덩어리가 비탈길에 접어드는 모습도 보였다. 물론 군조가 이끄는 독문의 무리였다. 이동 속도로 본다면 독문 쪽이 월등했다. 당장은 아니지만 정상에 이르기 전에는 따라잡힐 것 같았다.

화비정은 멈추고 있던 숨을 천천히 뱉었다. 격해져 있던 감정이 서서히 식어 가며 문득 스스로가 어리석다는 생각이 들었다. 아무리 순간적이라고는 해도 십오 년 만에 만난 옛 친구에게 살의까지 품다니. 하나의 죄업을 또 다른 죄업으로 덮으려는 것은 오직 인간만이 저지를 수 있는 어리석기 짝이 없는 습속이리라.

화비정은 한결 개운해진 기분으로 모용풍에게 말했다.

"헤어질 시간이 된 것 같군."

모용풍은 이 말에 가타부타 대답하지 않고 화비정의 얼굴을 빤히 바라보기만 했다. 이제는 그 시선이 부담스러워진 화비정이 몸을 돌렸다.

그때 모용풍이 불쑥 물었다.

"그 아이는 알고 있는가?"

화비정은 대답 없이 걸음을 옮겼다. 그러고는 오늘 새벽부터 공들여 이 일대에 배설해 놓은 각종 장치들을 점검하기 시작했다.

모용풍이 다시 물었.

"그 아이가 알아야 하지 않을까?"

화비정이 손길을 멈추고 모용풍을 돌아보았다.

"그 아이가 알아서는 안 되네."

"하지만…….”

"나를 친구로 여긴다면 누구에게도 나와 그 아이의 관계를 발설하지 말아 주게.”

지금 이 순간 화비정이 보여 주는 눈빛은 사납거나 강압적이지 않았다. 단지 절박할 뿐이었다.

세상에는 많은 비밀들이 있었다. 또 모용풍에게는 그런 비밀들을 거래함으로써 생계를 유지하던 시절도 있었다. 하지만 어떤 종류의 비밀은 너무도 크고 무거워서 당사자로 하여금 그 비밀을 감추는 일만이 삶의 유일한 목적인 것처럼 만들기도 했다. 지금 모용풍의 눈에 비친 화비정은 그런 사람만이 보여 줄 수 있는 눈빛을 하고 있었다.

"그렇게 하겠네.”

"정말인가?”

"맹세하지.”

모용풍의 입에서 맹세란 말까지 나오자 화비정은 그제야 마음을 놓은 듯 몸을 돌려 하던 일을 이어 나갔다.

"도와주겠다고 하면…… 거절하겠지?”

뒷전에 실린 모용풍의 물음에 화비정은 잠시 생각하다가 고개를 저었다.

"아니, 자네가 해 줬으면 하는 일이 있네.”

뜻밖의 대답에 모용풍이 반색하며 한 발짝 나섰다.

"뭔가, 그 일이?”

화비정이 왼쪽 수풀을 가리켰다. 모용풍이 고개를 빼고 살펴보니 수풀 그늘 어두운 곳에 두 청년이 의식을 잃은 채 쓰러져 있었다. 입고 있는 의복으로 짐작건대 사자검문의 제자들인 듯했다.

"퇴로를 확보할 목적인지 아침나절 이리로 올라오더군. 마혈을 찍어 놓고 어떻게 처리할까 곤란해하던 참이었네. 가는 김에 데려가 주게나."

모용풍의 얼굴이 일그러졌다. 그가 바란 것은 결코 저런 종류의 일이 아니었다. 생명을 걸어야 할 만큼 위험한 일. 그럼으로써 죽음을 결심한 친구의 마음을 되돌릴 수 있는 일. 그는 화비정이 그런 일을 맡겨 주기를 진심으로 바랐다.

그러나 화비정은 모용풍의 개입을 결코 바라지 않았다. 화비정이 바라는 것은 누구도 개입하지 않는 그 혼자만의 속죄. 어쩌면 화비정은 이 순간이 오기만을 기다리며 지난 십오 년을 연명해 온 것인지도 몰랐다.

"알겠네."

모용풍은 속죄자의 길을 고집하는 친구의 얼굴을 차마 똑바로 바라볼 수 없었다. 재빨리 돌아서서 두 청년이 쓰러져 있는 수풀 아래로 몸을 숙인 그는 못마땅한 목소리로 투덜거렸다.

"하여튼 못된 친구라니까. 내 팔이 어떤 지경인지 두 눈으로 똑똑히 보고서도 이런 허드렛일을 시키다니."

그러나 하는 말과는 다르게 모용풍의 눈가는 어느새 축축이 젖어 있었다. 나이 먹을수록 귀해지는 게 친구라는데, 어떻게 된 게 자신의 주변에는 만나자 이별인 친구들밖에 없는 것 같았다.

청사에 기록할 만한 멋진 복수의 날을 맞이하여 아침부터 내내 기분이 좋던 군조가 처음으로 불쾌해진 것은 사두암 정상 부근에서 모용풍을 닮은 놈이 서 있는 것을 발견한 때였다. 놈은 오래지 않아 사두암 정상 아래 짙은 수림 속으로 모습을 감췄다. 하지만 스스로에 관한 한 그 무엇도 의심해 본 적이 없는 군조이기에 놈이 모용풍일 거라는 생각을 떨쳐 버릴 수 없었다.

군조가 받은 두 번째 불쾌감은 첫 번째 불쾌감과 무관하지 않았다. 놈이 정말로 모용풍인지 빨리 확인하고 싶은 마음에 어렵사리 준비해 온 금동옥녀니 삼구지악, 거기에 자신의 위업을 증거해 줄 몽중인들까지 모두 사자검문에 내버려 둔 채 독문의 제자들만을 이끌고 사두암의 가파른 비탈길을, 그것도 운두교에 올라서가 아닌 자신의 두 다리로써 오르고 있다는 사실이 그를 두 번째로 불쾌하게 만들었다.

그리고 세 번째는…….

"강호에 오랫동안 모습을 보이지 않던 상취거사가 본 문의 행사를 방해하는 이유가 무엇인지 알 수 있겠소?"

오독수 장광이 볼품없는 체구에 걸맞지 않은 낭랑한 목소리로 물었다. 독문사천왕의 첫째답게 독문의 선두에 서서 사두암 정상으로 이어지는 비탈길을 바삐 달려 오르던 장광은 갑자기 나타나 앞을 가로막은 한 늙은이로 인해 발길을 멈출 수밖에 없었다. 비탈길 옆 나무 그늘에서 불쑥 튀어나온 그 늙은이는 얼굴을 덮은 주름만큼이나 구깃구깃한 베잠방이를 걸치고 있었다. 어깨에다 곡괭이 하나만 걸쳐 놓으면 산골 마을 화전민이라고 해도 누구 하나 이의를 제기하지 않을 누추한 늙은이. 한데 그 정체가…….

"상취거사라고?"

군조가 고개를 갸웃거리며 그 명호를 되뇌자 뒷전에 있던 조명무가 재빨리 나서서 고했다.

"강호오괴의 한 사람이지요. 이름이 아마 화비정이라고 할 겁니다. 강호에서는 오래전에 모습을 감춘 위인인데, 지국천왕과는 안면이 있는 사이로 보이는군요."

강호오괴란 단어는 자연스럽게 모용풍을 연상시켰다. 군조가 지금 받고 있는 세 번째 불쾌감도 따지고 보면 첫 번째 불쾌감의 연장선 위에 있었던 것이다.

"보자 보자 하니까 이것들이······."

귓불까지 늘어진 군조의 긴 백미가 바람을 만난 듯 파르르 떨렸다. 오늘은, 정말로 오늘은 자신에게 있어 너무나도 중요한 날이었다. 그런데 택일에 무슨 잘못이라도 있었는지 온갖 잡것들이 꼬이고 있었다. 군조는 치미는 분노를 참으려 하지 않았다. 그는 이제껏 그 무엇도 참지 않고 살아온 사람이었다.

"밟아."

장광이 군조를 돌아보았다.

"귓구멍이 막혔어! 그냥 밟고 지나가라니까!"

잠깐 머뭇거리던 장광이 별수 없다는 듯 고개를 돌리고는 화비정을 향해 두 주먹을 모아 보였다.

"문주님의 뜻이 저러하시니 화 형이 이해해······."

장광은 말을 잇지 못하고 앞으로 고꾸라졌다. 군조가 거칠게 때려 낸 일 장에 등판을 격타당했기 때문이다. 자칫 생명이 위험할 수도 있는 손 속이지만 군조는 개의치 않았다. 지국천왕은 무슨 얼어 죽을! 주인이 밟고 지나가라는데도 주절주절 사설이나 늘어놓는 되바라진 종놈은 저렇게 죽어 나가도 전혀 아깝지 않았다.

"본 좌의 길을 막고 있는 저 잡것을 누가 치우겠느냐!"

초록은 동색이라고 독문사천왕의 둘째 후종은 움직이지 않았다. 그저 저 앞에 고꾸라져 있는 늙은 사형을 부릅뜬 눈으로 쳐다보기만 할 뿐이었다. 그 대신 앞으로 달려 나간 것은 젊은 노동옥. 앞서 장광에게 내린 징계로부터 큰 교훈을 얻은 듯 노동옥은 일언반구도 없이 화비정을 공격하기 시작했다.

파바박! 파박!

찍고, 차고, 내쏘고, 독수가 아닌 게 없을 만큼 신랄한 공격들이 이어졌지만 화비정은 호락호락 당해 주지 않았다. 온 천하에 널린 게 주정뱅이인데 술 잘 먹는다는 이유만으로 강호 명숙의 반열에 오를 수는 없다. 그럼에도 화비정이 강호오괴의 한자리를 당당히 차지할 수 있었던 까닭은 일신에 쌓은 무공이 그만큼 고절하기 때문이었다. 화비정의 방어는 철벽처럼 견고하기만 했고, 시간이 갈수록 손발이 어지러워지는 것은 공격하는 노동옥 쪽이었다.

그 모습을 지켜보던 군조는 답답함을 느꼈다. 그리고 앞서도 말했다시피 그는 뭔가를 참는 사람이 아니었다.

"모두 달려들어 저 잡것을 갈가리 찢어 버려라!"

군조가 마침내 노성을 터뜨렸다.

화비정은 암녹색의 물결이 거세게 밀려드는 모습을 물끄러미 쳐다보았다.

주마등처럼 스쳐 가는 많은 기억들. 그 기억들 중 하나가 화비정의 입가에 부드러운 미소를 짓게 만들었다. 막냇누이가 앳된 모습으로 그를 향해 웃고 있었다. 이제껏 그를 그토록 괴롭혀 온 증오 가득한 얼굴 대신 환하게 웃는 얼굴이 떠올랐다는 사실이 눈물 나도록 고마웠다.

'그 아이를 위해 이런다고 나를 용서해 주지는 않겠지?'

그래도 마음이 편했다. 지난 십오 년을 통틀어 이렇게 마음 편한 적은 없었던 것 같았다.

다만 한 가지. 주정뱅이로 평생을 보낸 화비정으로서는 내일

취할 수 없다는 사실이 한스러울 따름이었다.
 번쩍!
 새하얀 섬광에 파묻히며 화비정은 중얼거렸다.
 "명일불취탄明日不醉歎이라……."

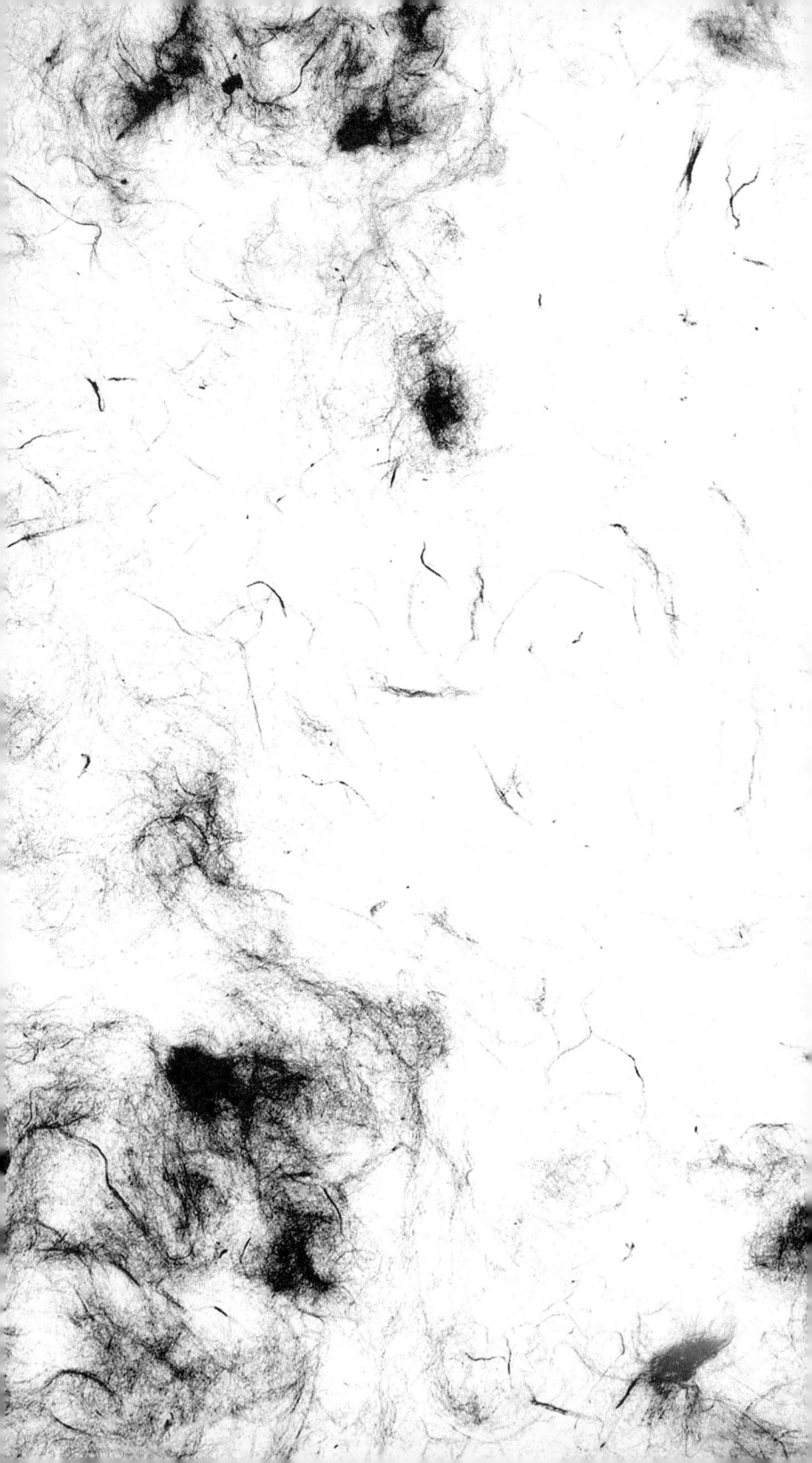

형제 兄弟

(1)

"무슨 휴가가 이따위람."

몇 번인지 세어 볼 마음도 없고 또 실제로 세어 보지도 않았지만, 스무 번이 넘은 것만은 확실했다. 점심밥 먹기 전에 들은 것은 빼놓더라도 말이다.

"이따위가 무슨 휴가냐고."

어순만 바꿔 반복된 그다음 푸념에 송대가 콧숨을 내뿜고는 한 소리 던졌다.

"영감님, 지금 휴가 타령 하고 있을 때가 아니잖아요."

밥자리를 벗어나기가 무섭게 졸졸 따라다니며 비슷비슷한 푸념들만 반복해 늘어놓던 마구간지기 조 영감이 송대를 돌아보았다. 그 궁티 흐르는 얼굴에 떠오른, 마치 '이제야 걸렸구나!'라고 외치는 듯한 기색을 발견한 송대는 즉시 후회했다. 울고 싶은 사람 뺨 때리지 말라고, 못 들은 체 넘겨 버리면 그만인 것을 고 잠깐을 참지 못해 추임새를 넣어 주고 만 것이다.

아니나 다를까, 이어진 조 영감의 푸념은 앞서 나온 것들보다 훨씬 풍성해져 있었다.

"자네는 몰라. 내가 이번 휴가를 얼마나 손꼽아 기다려 왔는지 자네는 모른다고. 마누라 데리고 화소대반점華蘇大飯店에서 근사하게 저녁 먹고, 풍교楓橋 아래로 예쁜 꽃배도 띄울 생각이었다고. 사공하고 가기歌妓도 벌써 예약했는데……."

석가장의 현 가주 석대문은 별호에 '대인' 자가 들어가는 위인답게 아랫사람들에게 무척이나 너그러운 사람이었다. 덕분에 석가장을 일터로 삼는 사십여 명의 일꾼들은 다른 집안 일꾼들은 꿈도 꾸지 못할 달콤한 휴가를 매년 닷새씩 누릴 수 있었다. 쉬는 동안에도 봉급을 따박따박 계산해 주는 것은 물론이거니와 가족들 앞에서 콧대 좀 세워 보라는 뜻에서 넉넉한 진첩津貼(보조금)까지 쥐여 주니, 석가장 일꾼들치고 휴가 날이 빨리 오기를 바라지 않는 이는 한 명도 없을 터였다. 송대도 그 점을 부인할 생각은 없었다.

문제는 그게 아니었다.

"휴가 좋은 줄 누가 모르나요? 근데 지금은 좀 아니잖아요. 목숨이 왔다 갔다 하는 판국인데 그깟 휴가 못 가는 게 뭐 그리 대수겠어요."

송대가 말했지만 조 영감은 도리도리 고갯짓.

"지난달에 찾아먹은 자네야 그렇게 말할 수도 있겠지. 하지만 나는 아니야. 지지리 재수 없게도 하필 오늘부터 휴가라고. 그런데 날 좀 보라고. 이게 대체 무슨 꼴이야. 세상에 이따위 휴가가 어디 있냐고."

마이동풍이란 이런 경우를 두고 나온 말이 아닐까? 애써 짜증을 억누르며 찬찬한 말투로 대거리해 주던 송대가 더 이상 참지 못하고 소리를 빽 내지르고 말았다.

"아, 그렇게 절절하면 당장 휴가 떠나시든가요! 왜요? 차마 진첩 달라는 소리가 안 나와서요? 제가 총관님께 가서 대신 받아다 드릴까요?"

"진첩은 오늘 아침에 받았네. 자네도 알잖나, 정 총관 계산 분명한 거."

송대는 짜증이 불끈거리는 와중에도 진심으로 탄복했다. 세가의 존망이 간당간당한 판국인데도 일꾼들 휴가 진첩까지 꼼꼼히 챙기는 걸 보면 석가장 살림살이를 맡은 정 총관이 계산 분명한 사람인 것만은 틀림없었다.

"그리고 자네도 그러는 거 아니야. 문밖에 나가면 무슨 봉변을 당하는지 잘 알면서 당장 떠나라니. 내가 아무리 늙었다고 해도 나가 죽으란 소리 그렇게 함부로 하면 못 쓰네."

조 영감이 원망 어린 눈길로 송대에게 덧붙였다.

"그, 그게……."

송대는 말문이 막혔다. 조 영감 말이 틀리지 않았다. 지금 휴가 떠나라는 소리는 나가 죽으라는 소리나 매한가지임을 알고 있었기 때문이다. 무안해진 송대가 고개를 외로 꼬며 구시렁거렸다.

"쳇, 그 독문이란 작자들은 대체 이 집에 무슨 억하심정이 있기에 우리 같은 천것들 바깥출입도 막는 거람."

송대가 그 작자들을 처음 본 것은 어제 동틀 무렵이었다.

세상이 어찌 돌아가든 제 할 일만큼은 철저히 하고 사는 사람이 송대이기에 그는 석가장 정문을 활짝 열고 밤기운이 채 가시지 않은 자신의 일터, 정문 앞 공터로 빗자루를 들고 씩씩하게 걸어 나갔다. 그러고는 쓱쓱싹싹. 이슬 젖은 바닥 위로 빗자루가 오가며 울리는 소리는 성실한 문지기에게 언제나 작지 않은 보람을 안겨 주었다.

 넓은 공터를 절반쯤 쓸다 보니 동이 텄다. 송대는 잠시 비질을 멈추고 뻐근해진 허리를 풀며 정문으로 난 큰길을 따라 걸어올 누군가를 기다렸다. 이 무렵이면 커다란 담자擔子(두 개의 바구니를 장대 양끝에 걸어 어깨에 메는 중국식 지게)를 메고 석가장을 찾아오는 두부 장수 오 씨. 주방 아줌마의 먼 친척 오라비이기도 한 그는 송대만큼이나 성실한 사람이어서 거래를 트기 시작한 두 해 전부터 하루도 빠짐없이 뜨끈뜨끈한 아침 두부를 석가장 주방에다 공급해 왔다.

 송대는 어제도 오 씨를 볼 수 있었다. 그러나 어제 본 오 씨는 어느 날과 다른 모습을 하고 있었다. 거무튀튀하게 타들어 간 낯빛에 거품이 허옇게 말라붙은 입가, 손때 묻은 담자는 어디다 팽개쳤는지 빈손으로 비척비척 걸어오던 오 씨가 송대의 발치에 이르러 맥없이 고꾸라졌다. 깜짝 놀란 송대는 오 씨를 급히 부축하려 했다.

 ─두부 영감님! 정신 차려요!

 그 작자들이 모습을 드러낸 것은 바로 그때였다. 머릿수는 스물 남짓 될까. 숲 그늘처럼 짙은 녹포로 전신을 감싼 그 작자들에게선 등 뒤로 밝아 오는 아침 하늘과는 전혀 어울리지 않는 음산하고 충충한 기운이 풍겨 나오고 있었다.

 그 작자들 중 하나가 앞으로 나서더니 듣기 껄끄러운 쇳소리로 말했다.

 ─그자에게 손을 대면 너도 죽을 것이다.

이 말에 기함하여 엉덩방아를 찧은 송대에게 그자가 다시 말했다.
　―존귀하신 문주님의 명이시다. 문주님께서 친림하실 때까지 이 집에 사는 개 한 마리, 닭 한 마리도 담장 바깥으로 나오면 안 된다. 명을 거역한 자는 저 꼴이 될 것이다.
　말이 끝나기가 무섭게, 바닥에 쓰러져 있던 오 씨의 몸뚱이가 마치 석쇠 위에 올린 장어처럼 오그라들기 시작했다. 꾸르륵 꾸르륵. 몸뚱이 곳곳에서 거품 끓는 소리가 울리더니 송대는 자신이 방금 쓸어 놓은 깨끗한 바닥 위로 고약한 냄새를 풍기는 황수黃水가 번져 나가는 모습을 볼 수 있었다. 송대는 비명을 질렀다.
　―으악!
　그 뒤로도 몇 마디 더 들은 것 같기는 한데 제대로 기억나는 내용이 없었다. 두 손 두 발 다 사용해 정신없이 기다 보니 어느덧 정문 안. 그토록 애지중지하던 빗자루까지 잃어버렸으니 당시 송대의 상태가 어떠했는지는 불문가지일 것이다.
　여기까지가 송대와 그 작자들의 첫 대면 장면인데…….
　그 뒤로 진행된 일들은 송대가 생각하기에 납득 안 되는 부분이 많았다. 그 작자들이 성실한 두부 장수에게 저지른 만행을 상세히 고했음에도 석가장의 총관 정효는 그저 "이 시간부로 모든 가솔들―여기에는 그제 저녁 세가에 당도한 사자검문 아녀자들도 포함된다―의 바깥출입을 금한다."는 지시만 내리고 입을 다문 것이다. 설마 그 작자들에게 겁먹은 걸까? 이 강동 땅에서 제일 빠른 칼솜씨를 지녔다는 백의도객白衣刀客 정효鄭曉가?
　백번 양보하여 침착하고 신중한 정효는 그렇다 치자. 벽력권

霹靂拳이라는 별호에서 알 수 있듯 성질 급하기로는 누구도 따를 수 없다는 집법당주 역화歷華마저도 "모든 가원들은 총관님의 지시에 철저히 따를 것!"을 가법까지 들먹이며 강조하고 나섰으니, 석가장을 천하무적으로 믿고 살아온 송대로서는 실로 환장할 지경이 아닐 수 없었다.

어쨌거나 가주 석대문에 이어 이가주 석대전까지 세가를 비운 만큼 총관이 대장이요, 집법당주는 부대장인 셈. 하여 송대를 비롯한 모든 일꾼들은 만으로 하루하고 반나절을 독 안에 갇힌 쥐 신세로 옴짝달싹 못하고 지낼 수밖에 없었다. 그리고 그 일꾼들 가운데에는 스스로 한 말처럼 '지지리 재수 없는' 마구간지기 조 영감도 포함되어 있었다.

송대의 짧은 반추가 끝나 갈 무렵, 조 영감이 지긋지긋한 휴가 타령을 또 한 번 늘어놓았다.

"에구구, 마누라한테 오늘 하루 어느 대갓집 마나님 부럽지 않게 대접해 주겠다고 봄부터 큰소리 뻥뻥 쳐 놨는데, 벌써 해가 뉘엿거리네. 벌써 해가 뉘엿거려. 놀러 가기는커녕 집에도 못 돌아가는 이게 무슨 휴가람. 무슨 휴가가 이따위냐고."

송대는 귓구멍을 틀어막고 싶었다.

'이 노인네 앓는 소리 듣기 싫어서라도 빨리 바깥출입이 풀려야 할 텐데.'

그러나 지금 저 바깥으로 나가 봤자 들을 수 있는 소리가 조 영감이 늘어놓는 것과 비슷한 휴가 타령밖에 없다는 사실을 안다면 송대는 과연 어떤 표정을 지을까?

"무슨 휴가가 이따위냐고!"

오른쪽 갈비뼈가 어긋날 때 들은 소리는 왼쪽 정강이뼈가 부

러질 때 들은 것과 어순만 다르지 의미는 똑같았다. 혈오야차는 허파가 짓눌리는 고통에 몸을 새우처럼 웅크리면서도 단속적으로 떠오르는 몇 가지 의혹 때문에 머릿속이 복잡했다. 너무 궁금했다. 너무 궁금해서 아픔도 제대로 못 느낄 지경이었다.

가장 먼저 궁금한 것은 이자들의 정체였다.

하루 중 제일 덥다는 미시未時(오후 1시~3시)가 끝나 갈 무렵, 석가장 정문으로 난 큰길을 따라 휘적휘적 걸어온 자들은 모두 여섯이었다. 장검에 대도, 거기에 무쇠 채찍 같은 병기들을 지니고 있는 것으로 미루어 소주 근방에서 목에 힘깨나 주고 사는 강호인들이 아닐까 싶은데, 유독 눈에 띄는 것은 가장 젊어 보이는 놈이 끌고 오는 나귀 등에 실린 커다란 짐바리였다.

차일 치기 딱 좋은 광포廣布 꾸러미와 한 아름이 넘는 커다란 철 냄비, 거기에 천렵할 때 쓰는 나무 손잡이 달린 그물까지.

어디 물 좋은 계곡 찾아 피서하러 나온 놈들이 석가장에 사는 친구 누군가를 꼬드기러 오는 것처럼 보였다.

"천둥벌거숭이 같은 놈들이군. 아무리 노는 게 좋다 해도 죽을 자리 정도는 분간할 줄 알아야지."

안에서 바깥으로 나오려는 놈들에게는 손댈 수 없지만 바깥에서 안으로 들어가려는 놈들은 마음대로 처리할 수 있다. 그것이 신 같은 문주님께서 그들에게 내리신 지엄한 명령이었다. 그래서 곁에 있던 규짐야차가 중얼거린 말에 혈오야차는 쿡쿡 웃을 수 있었다. 파수꾼의 무료함을 달래 줄 만한 장난감들이 제 발로 찾아와 주었기 때문이다. 때는 바야흐로 휴가철이라지만, 과연 융피부골독融皮腐骨毒에 온몸이 문드러지면서도 놀고 싶은 마음을 유지할 수 있을까?

그러나 혈오야차의 기대 어린 웃음은 금방 사라지고 말았다.

우두머리로 보이는 탑삭부리 하나를 제외한 다섯 놈이 별안간 속도를 높여 치달려 오는 모습을 보았기 때문이다. 그다음은 일방적인 폭행에 학살. 주먹질 한 번에 머리통이 터지고 칼질 한 번에 가슴팍이 갈라졌다. 노는 데 눈이 뒤집혀 죽을 자리 분간 못 하는 천둥벌거숭이들치고는 강해도 너무 강했다. 대체 뭐 하는 놈들일까?

두 번째로 궁금한 것은 이자들에겐 왜 독이 통하지 않을까 하는 점이었다. 워낙 강한 놈들이라서 독문의 제자들이 회심으로 삼는 독공에 좀처럼 당해 주지 않는 면도 있겠지만, 시종일관 그랬던 것은 아니다. 실제로 혈오야차가 상대하고 있는 저 눈부리부리한 젊은 놈만 해도 그가 장기로 삼는 융피부골독 바른 독가시에 최소 두 방은 찔렸을 것이다.

두 방 찔리고 이 정도 시간이 지났으면 황소라도 거꾸러지련만 무슨 조화인지 놈은 갈수록 펄펄 뛰었다. 맞을 때마다 점점 더 아파지는 놈의 주먹질이 그것을 증명하고 있었다. 대체 이자들에겐 왜 독이 안 통하는 것일까?

그리고 세 번째로 궁금한 것은 주먹을 내지를 때마다 양념처럼 곁들이는 문제의 '휴가 타령'이었다.

"내가 이번 휴가를 얼마나 손꼽아 기다려 왔는데, 그걸 이 꼴로 망쳐 놔? 물어내! 물어내, 이 개새끼들아!"

타령의 길이와 주먹질의 회수는 비례하는 것 같았다. 빠바박! 빡! 정면에 네 방을 연타로 허용한 혈오야차는 눈두덩이 터지고 콧대가 주저앉은 처참한 얼굴로 넘어가며 생각했다. 대체 우리가 이자들의 휴가를 언제 망쳐 놨다고 저 지랄을 부리는 걸까?

이 생각을 마지막으로 혈오야차는 의식을 잃었다.

"청소가 끝났습니다."

부군장 종리관음이 나무 그늘 속으로 들어와 보고했다. 그가 쥔 대도의 칼날 위에는 검붉은 피 떡이 주먹만 한 덩어리로 엉겨 붙어 있었다. 그 모습을 슬쩍 살펴본 제갈휘는 질겅거리던 풀잎을 투 뱉고 물었다.

"생존자는?"

"명하신 대로 하나 남겨 두었습니다."

"다친 사람은 없겠지?"

"철호가 배때기에 두세 방 찔렸나 봅니다. 고루편도 팔뚝을 긁혔고요. 상처 부위가 조금 부어올랐는데 지금 불휘진화가 피를 뽑고 있는 중입니다. 군장님께서 신경 쓰시지 않아도 될 것 같습니다."

"다행히 가져온 피독단避毒丹이 효과가 있었나 보군."

이번 청소에 동원된 인원은 부군장 용형마도를 위시하여 철호, 불휘진화, 소면광자, 고루편 등 다섯 명. 거기에 무양문을 떠나기 전 육군장 천용으로부터 제공받은, 가장 보편적으로 사용되는 세 가지 종류의 독에 효과가 있다는 피독단이 더해졌다.

덕분에 청소 결과는 깔끔했다. 지금 종리관음의 뒤편으로는 암녹색 장포 차림을 한 이십여 명의 사내들이 바닥과 하나로 널브러져 있었다. 당초 제갈휘가 지시한 대로 목숨이 붙어 있는 것은 저쪽 나무 아래로 끌어다 널어놓은 한 놈뿐.

비록 천하에 독한 것이 독문이라고들 하지만, 제갈휘가 판단하기로는 무양문도 결코 그에 못지않았다. 독하지 않고서는 살아남을 수 없는 혹독한 시대를 뚫고 이날 이때까지 버텨 온 만천하 제일 공적이 바로 무양문이었기 때문이다. 그런 무양문에서도 최강의 전력을 뽐내는 일군, 그중에서도 알짜배기들로만 구성된 게 바로 저들이었으니, 청소 결과가 깔끔하지 않다면 오히려 이상한 일이리라.
 "참, 휴가 어쩌고 하는 소리가 들리던데, 철호였나?"
 제갈휘의 질문에 종리관음이 멋쩍게 웃었다.
 "그렇습니다."
 "어렵사리 받은 휴가를 이렇게 때우게 돼서 심통 난 모양이군."
 말을 멈춘 제갈휘는 종리관음의 얼굴을 힐끔 올려다보았다.
 "부군장, 자네도 그런가?"
 "……예."
 독문의 간부급으로 보이는 적 하나를 머리 꼭대기부터 사타구니까지 쪼개 놓은 냉혈한이 얼굴까지 붉히며 기어들어 가는 목소리로 대답하는 데에는 미안한 마음이 일지 않을 수 없었다. 하지만…….
 '누구를 탓할까.'
 행선지조차 알지 못한 채 짐바리부터 챙겨 출발한 저들의 희망찬 휴가를 엉망으로 망쳐 놓은 장본인은 저기 널브러져 있는 독문의 졸개들이 아니었다. 바로 저들의 직속상관인 제갈휘 자신이었다. 그러니 종리관음이 내리찍은 단호한 역벽화산力劈華山의 일 도며 철호가 퍼부어 댄 사나운 노호십팔권怒虎十八拳의 연타는 동문에서 뺨 맞고 서문에다 내지른 성풀이에 다름없었던 것이다.
 "휴가가 뭐 별건가. 저렇게 그늘에서 쉬면 그게 휴가지."
 민망함을 덮고자 부린 얄팍한 허세에 종리관음이 흰자가 하얗게 드러나도록 눈을 흘겼다. 문주보다 군장을 훨씬 더 떠받들고 살아온 그의 평소 행실에 비춰 보면 실로 미증유의 반항이 아닐 수 없어 제갈휘는 쓰게 입맛을 다셨다. 복귀 날짜를 어겨

육건에게 한 소리 듣는 한이 있더라도 일이 끝나는 대로 어디 경치 좋은 곳에 데려가 며칠 퍼먹여야 풀릴 것 같았다.

'그건 그렇고…….'

제갈휘는 북슬북슬한 턱수염을 쓰다듬으며 시선을 돌렸다. 나뭇가지 사이로 웅장한 장원 한 채가 보였다. 그들의 목적지—수정된 목적지라고 해야 정확하겠지만—인 석가장이었다.

이곳에 온 이래로 줄곧 마음에 걸리는 짐 하나.

저 석가장을 감시하던 자들은 방금 전에 무더기로 죽어 나간 독문 졸개 이십여 명이 전부가 아니었다. 숫자는 그 절반에 불과하나 개개의 능력은 비교할 수 없을 만큼 출중할 것으로 짐작되는 정체불명의 괴인들. 그들은 제갈휘 일행이 모습을 드러냄과 동시에 기척을 거두고 은신해 있던 장소를 벗어났다.

독문의 졸개들은 그들의 존재를 까맣게 모르고 있었던 것이 분명했다. 강남 무림의 패자 무양문에서도 고수 소리를 듣는 용형마도 종리관음조차 그들의 존재를 알아차리지 못한 눈치였으니. 그렇다면 개개의 능력이 최소 고루편급, 심지어 한두 명은 종리관음보다도 강할 것 같았다.

제갈휘는 자리에서 일어났다.

"잠시 다녀올 데가 있네. 이곳에서 대기하고 있게나."

"알겠습니다."

"참, 그리고……."

발길을 떼어 놓으려던 제갈휘는 심중의 불만도 제대로 표현 못 하는 우직한 직속 수하를 돌아보며 빙긋 웃었다.

"휴가 망친 것은 충분히 미안해하고 있으니 너무 원망하지 말게."

"예? 아, 예! 아니, 원망 안 했습니다!"

당황한 종리관음이 까끌까끌해져 있던 눈매를 급히 수습했다.

"까끌까끌하군."
운리학은 찻잔에서 입술을 떼었다.
"예전에는 미지근해져도 마실 만했는데 말일세."
찻잔 속에 반쯤 남은 찻물을 잠시 내려다보던 운리학이 한숨을 쉬며 덧붙였다.
"혓바닥까지 이 모양인 걸 보니 이제 갈 때가 다 된 게야."
다탁 맞은편에 앉아 있던 온교穩校는 그제야 말문을 열었다.
"선생께서는 아직 정정하십니다."
그 소리가 무뚝뚝하게 들린 까닭은 비단 얼굴을 가리고 있는 복면 때문만은 아닐 것이다.
"아부하는 솜씨는 여전히 형편없군."
이렇게 촌평한 운리학이 작은 풍로 옆에 놓인 퇴수기退水器에 남은 찻물을 쏟아 버렸다. 그 모습을 쳐다보던 온교가 물었다.
"물을 다시 끓일까요?"
"관두게. 오랜만에 만난 자네에게 그런 하찮은 일을 시킬 수야 없지."
운리학의 사양에도 불구하고 온교는 바닥에 놓인 주전자를 집어 풍로 위에 올려놓고는 새 물을 따라 부었다.
온교는 한때 누구 못지않게 존귀한 사람이었다. 그 시절 그는 말만으로 수많은 사람들을 부릴 수 있었고, 자신이 누군가를 위해 찻물을 끓이게 되리라고는 생각조차 하지 못했다. 그러나 과거는 어디까지나 과거. 지금의 그는 존귀하지 않았다. 지금의 그는 하나의 약속을 지키기 위해 오랜 세월 숨어 살아온 은둔자

에 지나지 않았다.

주전자 밑바닥에서 첫 번째 기포가 올라올 즈음, 운리학이 풍로의 바람구멍에 부채질을 하고 있는 온교에게 물었다.

"고검孤劍 제갈휘가 나타났다고?"

"그렇습니다."

"하면 최당崔當이 말한 미행자들 중에 고검이 포함되어 있었던 모양이군."

"전체적인 인상착의와 머릿수가 최당의 보고와 일치합니다."

온교는 부채를 내려놓고 운리학의 앞에 놓인 찻잔을 집어 깨끗한 베수건으로 닦기 시작했다. 운리학이 그런 온교를 쳐다보다가 말했다.

"용케 고검의 얼굴을 알아보았군."

"젊은 시절 한번 만난 적이 있었습니다."

"맞아, 그런 적이 있었지."

온교와 제갈휘는 젊은 시절 서로 다른 길을 걸었다. 한 사람은 관외關外 사파의 떠오르는 효웅, 다른 한 사람은 관내關內 정파의 촉망받는 영재. 그러니 만남의 자리가 화기애애할 수 없었던 것은 당연했다.

지금은 기억하는 이 드물겠지만, 당시에는 많은 호사가들의 입에서 회자되었던 옥문관玉門關 대결.

천산도법의 패기를 계승한 온교와 화산검법의 경묘함을 재현한 제갈휘는 어느 방면으로 보든 좋은 적수일 수밖에 없었다. 그래서일까. 결과는 불승불패의 무승부로 판명 났고, 상대를 인정한 두 청년 고수들은 후일을 기약하며 헤어졌다. 언제 적인지 떠올리는 것조차 아득한 아주 오래전의 일이었다.

운리학이 눈매를 짓궂게 짜부리며 물었다.

"어떤가, 지금 봐도 피가 끓어오르던가?"

이 말에 온교는 마음속으로 자문해 보았다.

석가장 정문 앞으로 다가오는 여섯 남자들 중 고검 제갈휘가 끼어 있다는 사실을 발견한 순간 자신의 피가 끓어올랐던가?

예전의 자신이라면, 위대한 천산철마天山鐵魔의 후예임을 자부하던 시절의 자신이라면 분명 그랬을 것이다. 치뻗는 호승심을 참지 못해, 돌아보지 않고[不顧] 용서하지 않고[不容] 무자비한[不悲] 삼불도三不刀를 뽑아 들었겠지. 하지만 지금은 아니었다. 천산철마의 후예 자리는 그를 꼭 닮은 다른 이에게 넘어갔고, 칼집 속에 든 삼불도는 제 빛을 잃은 지 오래였다. 온교는 힘없이 고개를 저었다.

"아닙니다."

운리학은 실망한 기색을 감추지 않았지만 그 일에 관해서는 더 이상 언급하지 않았다. 온교로서는 고마운 일이었다.

주전자에서 물 끓는 소리가 울렸다. 팔짱 낀 상체를 양옆으로 흔들대며 그 소리를 음미하던 운리학이 물었다.

"고검이 나타났기 때문에 사람들을 물린 겐가?"

온교는 잠시 생각하다가 대답했다.

"독문도들의 이목이라면 피할 자신이 있지만, 상대가 고검이라면 어려울 것으로 판단했습니다."

"잘했네. 어차피 군조는 자신이 도착하기 전 졸개들이 이 집에 해코지하는 것을 허락하지 않았을 게야. 그러니 자네들이 수고스럽게 나가 있을 필요도 없는 일이었어."

운리학이 고개를 주억거렸지만 온교는 그렇게 생각하지 않았다. 이 석가장에 대해 특별히 아끼는 마음이 있어서가 아니었다. 석가장에는 운리학이 살고 있고, 운리학은 자신을 포함한

모든 은둔자들의 머리와 같은 존재였다. 머리를 보호하는 것은 손발이 해야 할 당연한 의무가 아니겠는가.

문득 무슨 생각을 떠올린 듯 운리학이 합죽하게 웃으며 말했다.

"천하의 고검이 자기 대신 앞마당을 치워 주고 있는 것을 알면 이 집 문지기인 송대가 놀라 자빠지겠군."

순풍이 모용풍이 꼽은 신新오대고수 중 한자리를 차지하는 고검 제갈휘가 이 한마디로 마당 쓰는 문지기로 전락했다. 우스울 법도 하련만 온교는 웃지 않았다.

"고검이 검주劍主를 돕기 위해 왔다고 생각하십니까?"

"그게 아니면 고검이 이 시기에 강동에 올 이유가 없지."

"하지만 최당의 보고에 따르면 검주는 이곳이 아닌 서쪽 길로 올라갔다고 합니다."

무양문이 있는 복건에서 소주로 오다 보면 연수連水라는 이름을 가진 번화한 마을을 통과해야 한다. 그 연수의 한가운데 있는 삼거리 갈림길에서 북쪽으로 가면 석가장, 서쪽으로 가면 사자검문이 나온다. 경신술에 일가를 이루어 과거 양각천마兩脚天馬라는 별호로 불리던 최당은 은둔자들이 강동에 들어온 닷새 전부터 줄곧 그곳에 머물며 삼거리를 오가는 자들의 면면을 살피고 있었다.

"쉽게는 못 오겠지. 자그마치 십이 년이나 떠나 있던 집이니까. 난 그 아이의 심정을 이해할 수 있네."

온교가 주저하다가 말했다.

"한 가지 마음에 걸리는 점이 있습니다."

"뭔가?"

"검주의 상태가 이상해 보였다고 합니다."

"이상하다니?"

"최당의 표현을 그대로 옮기면, 마치 혼백을 빼놓고 다니는 사람처럼 보였다고 하더군요."

운리학은 어리둥절한 표정을 지었다.

"그래? 사람을 잘못 본 것은 아니고?"

"잘못 볼 외모는 아니잖습니까."

"아, 그 아이 몸집이 유별나게 크다고 했지. 옛날 모습만 생각하다 보니 내가 깜빡했네."

"배행한 한자고까지 확인했다고 하니 최당이 사람을 잘못 보지는 않은 것 같습니다."

운리학의 표정이 심각해졌다.

"십이 년 만에 다시 밟은 고향 땅이 감격스러워서 그러지는 않을 테고……. 도무지 영문을 모르겠군."

온교는 운리학을 천하제일의 현자로 믿고 있었다. 그런 운리학이 모르겠다고 하니 당사자 말고는 아는 이가 없을 터였다.

"차를 올리겠습니다."

온교는 찻잎을 우려낸 다관茶罐을 기울여 운리학의 찻잔을 삼 분의 이쯤 채웠다. 무이관음武夷觀音의 은은한 향기가 초옥 안으로 잔물결처럼 번져 나갔다. 운리학은 차를 한 모금 맛본 뒤 주름진 미간을 오므렸다.

"이제 보니 자네, 차 끓이는 솜씨도 아부하는 솜씨만큼이나 형편없는 사람이었군."

"죄송합니다."

온교가 즉시 사과하자 운리학이 혀를 찼다.

"자네는 어찌 된 게 날이 갈수록 딱딱해지는가. 이젠 농담도 못 건네겠군."

비단 윤리학의 앞이라서 딱딱하게 행동하는 것이 아니었다. 이십 년 가까운 은둔 생활은 온교에게서 감정의 대부분을 앗아가 버렸다. 삶의 표지가 극단적으로 단순화된 사람은 이렇듯 딱딱해질 수밖에 없는 것이다.

"그나저나 제갈휘가 이쪽으로 왔으니 그 아이 곁에는 한자고밖에 없는 셈인가?"

자문하듯 흘러나온 윤리학의 물음에 온교는 최당이 보낸 전서를 떠올리며 말했다.

"개방의 제자로 보이는 젊은 거지 하나가 더 있었는데, 그마저도 연수의 삼거리에서 헤어졌다고 합니다."

윤리학이 혀를 끌끌 찼다.

"우근이 아닌 바에야 그깟 거지 하나 붙어 있다 한들 무슨 도움이 되겠는가. 변변한 방수幇手도 없는 마당인데 그 아이의 상태가 정상이 아니라니, 솔직히 걱정되지 않는 것은 아니군."

그러자 온교가 눈을 빛내며 물었다.

"저희들이 돕기를 바라십니까?"

윤리학은 잠시 생각하다가 고개를 저었다.

"내 후임자는 무척이나 신중한 성격의 소유자라네. 여러 경로를 통해 지금의 상황을 관찰하고 있을 게 분명하지."

온교는 윤리학의 말에 등장하는 그 '후임자'가 누구인지 알고 있었다. 비각을 실질적으로 움직이고 있는 이비영 문강. 그 이름을 떠올린 그는 자신도 모르게 무릎 위에 얹어 둔 두 주먹을 꽉 움켜쥐었다. 그로서는 참으로 오랜만에 느껴 보는 이 격렬한 감정의 정체는 바로 살의였다. 반드시 죽이고 싶은 이름 앞에서 떠올리는 선명한 빛깔의 살의.

온교에게서 이런 정도의 살의를 이끌어 낼 만한 존재는 하나

뿐이 아니었다. 그와는 한날한시에 태어난 쌍둥이 형제. 그러나 그의 모든 것—기업, 가족, 나아가 부친으로부터 받은 이름까지도—을 앗아 간 철천의 원수. 그는 이를 갈았다. 복면 눈구멍 속에 자리한 두 눈 위로 섬뜩한 빛이 일렁거렸다.

온교의 이런 마음을 아는지 모르는지, 운리학이 차분한 투로 말했다.

"어차피 군조는 이 집안에서 감당해야 할 몫인 게야. 자네들은 움직이지 말게."

온교는 맥이 탁 풀리는 기분을 느꼈다.

운리학의 부름을 받고 강동으로 달려온 온교의 마음속에는 본래 커다란 기대가 자리 잡고 있었다. 오랜 기다림이 끝날지도 모른다는 기대. 이번 일을 계기로 다시 세상에 나갈지도 모른다는 기대. 그러나 운리학을 만난 순간 그 기대는 여지없이 무너져 버렸다.

운리학이 바란 것은 석가장을 지켜 줄 전사가 아니었다. 최악의 상황이 닥쳤을 때 자기 한 사람만을 석가장에서 벗어나게 해 줄 지극히 개인적인 호위가 필요했을 뿐.

검주가 걱정된다는 운리학의 말에, 그래서 온교는 마지막 기대의 끈을 부여잡아 보았다. 검주는 운리학이 세운 대계에서 핵심이 되어 줄 인물. 그런 만큼 혹시 검주를 위해서라면 자신들을 움직일지도 모른다는 생각이 든 것이다. 하지만…….

"고검이 지키고 있으니 이 집은 별문제 없을 것 같군. 자네들은 그만 각자의 은신처로 돌아가도록 하게."

마지막으로 부여잡은 그 기대의 끈마저도 이제는 놔야 할 것 같았다.

"알겠습니다."

대답은 했지만 자리에서 일어서지 않는 온교를 보고 운리학이 물었다.

"할 말이 남았는가?"

할 말이라기보다는 할 일이 남아 있었다. 그래서 온교가 물었다.

"화비정은 어떻게 처리할까요?"

"어떻게 처리하고 싶은가?"

"죽이겠습니다."

온교는 주저 없이 대답했다. 화비정은 약속을 어겼고, 약속을 어긴 자는 반드시 죽어야 했다. 약속을 대하는 온교의 마음은 이러했다.

"굳이 자네가 손쓸 필요는 없을 것 같군. 화비정은 이미 죽었을 테니까."

운리학이 말했다. 온교는 조금 커진 눈으로 운리학을 쳐다보았다.

"믿기 어려운 모양이군."

"아닙니다."

온교가 재빨리 대답했다. 믿기 어려운 말이지만 운리학의 입에서 나온 이상에는 믿을 수밖에 없었다. 운리학을 대하는 온교의 마음은 이러했다.

"이만 물러가겠습니다. 다시 뵙는 날까지 존체 보중하시길."

온교는 자리에서 일어서서 운리학을 향해 고개를 숙였다. 방문을 나서기 직전, 등 뒤에서 울려온 운리학의 말소리가 그의 발길을 잠시 붙잡았다.

"긴 기다림의 세월도 이제는 끝이 보이는구먼. 힘들겠지만 조금만 더 견디게나."

저 말이 반드시 현실로 이루어지기를 바라며, 온교는 멈춘 발길을 옮겨 놓았다.

노련한 양상군자도 탄복하지 않고는 못 배길 은밀한 몸놀림으로 석가장 담장을 타넘은 제갈휘가 그자를 발견한 것은 탐색을 시작한 지 한 식경쯤 지난 뒤의 일이었다.

수수한 옷차림에 평범한 체구를 하고 있지만 수상한 자라는 사실은 금방 알 수 있었다. 수상한 자가 아니라면 이처럼 밝은 하늘 아래 시커먼 천 쪼가리로 얼굴을 가리고 다닐 까닭이 없었기 때문이다.

복면의 착용 여부만 다를 뿐 소란을 일으키면 곤란한 입장임에는 피장파장인 탓에 제갈휘는 일단 미행만 하기로 마음먹고 복면인의 뒤를 은밀히 따라붙었다. 그러나 그의 계획은 오래가지 않아 깨지고 말았다.

"꽁무니를 졸졸 따라다니는 게 재미있나 보지?"

후원 담장 아래 으슥한 곳에서 몸을 돌린 복면인이 물었다. 얼음장처럼 서늘한 시선이 자신이 몸을 숨긴 가산假山 쪽을 정확히 향하고 있음을 알아차린 제갈휘는 고소를 지으며 바위 그늘에서 걸어 나왔다. 복면인이 팔짱을 끼며 이죽거렸다.

"천하에 이름 높은 고검이 부하들을 데리고 소주까지 와서 기껏 한다는 일이 앞마당 청소에다 강아지 흉내라니. 그렇게 하는 일 없는 줄 알았다면 진작 백련교도가 될 것을 그랬어."

놀랍게도 저 복면인은 제갈휘의 정체는 물론 제갈휘가 석가장에 온 이유까지 정확히 파악하고 있었다. 제갈휘는 짐짓 억울한 양 어깨를 으쓱거렸다.

"나는 그쪽이 누군지 전혀 모르는데 불공평하다고 생각하지

는 않나?"

"세상은 원래 불공평하지."

"나는 그런 세상을 별로 안 좋아한다네. 그래서……."

제갈휘가 움직였다. 그가 걸친 청의의 푸른빛이 햇살 속으로 길쭉이 늘어났다.

"우리 관계부터 공평하게 만들고 싶군."

빳빳하게 세운 인지와 중지로 등에 메고 있는 검을 대신한 까닭은 석가장 사람들의 이목을 의식해서였다. 이 또한 피장파장이었는지 복면인도 허리춤에 매단 칼을 뽑는 대신 손바닥과 주먹으로써 제갈휘를 상대해 왔다.

싸사삿! 휘잇!

두 쌍 네 개의 팔이 석 자 남짓한 공간을 어지러이 오갈 때 울려 나온 소리는 그리 시끄럽지 않았다. 하지만 그 모든 움직임들에는 살을 에는 듯한 매서운 경풍이 실려 있어, 정통으로 격타당하는 날에는 병기에 당한 것에 버금가는 피해를 입을 게 분명했다.

"헛!"

손 속을 교환하기 시작한 뒤부터 한마디도 내뱉지 않던 두 사람인데, 어느 순간 복면인의 입에서 짤막한 외침이 터져 나왔다. 그 외침 밑에 깔린 당혹감을 읽은 제갈휘는 빙긋 웃으며 급류용소急流湧溯의 경신술을 발휘해 뒤로 물러났다. 귀 옆으로 치켜 든 제갈휘의 왼손에는 손바닥만 한 크기의 천 조각이 쥐어져 있었다. 화산파가 자랑하는 죽엽수竹葉手 중 거안제미擧案齊眉의 일 초로써 뜯어낸 복면의 일부였다.

"이제야 공평해진 것 같……."

제갈휘는 하던 말을 맺지 못했다. 상대가 얼굴을 가리고 있던 손을 천천히 내렸기 때문이다. 한결 부드러워진 햇빛 아래로 드러난 상대의 얼굴은 제갈휘의 기억에 똑똑히 남아 있었다. 위로 솟구친 눈초리에 큰 각도로 꺾인 매부리코, 그 밑으로 손가락 하나도 제대로 끼워 넣기 힘들 만큼 비좁은 인중에는 젊은 시절 찾아볼 수 없던 잔주름들이 빽빽이 들어차 있었다.

그 얼굴을 한동안 바라보던 제갈휘가 명호 하나를 낮게 읊조렸다.

"……삼불귀三不鬼."

지금으로부터 백이십여 년 전.

한족과 몽고족의 피를 함께 이어받은 한 사람이 천산의 드넓은 자락 위에 방파를 세웠다. 방파의 이름은 그 사람의 별호를 그대로 딴 천산철마방天山鐵魔幇.

천산철마방은 당시 천하를 지배하던 몽고의 지배 계급에게 협력을 아끼지 않았고, 그 대가로 천산 일대를 호령하는 맹주가 될 수 있었다. 이는 당시 서역과의 유일한 교역로인 천산남북로 天山南北路를 제집 곳간처럼 사용할 수 있다는 말과 동일했다. 방파의 기세가 하늘을 찌른 것은 당연한 일.

그 후 강산이 십여 차례나 바뀌었다. 영원하리라 믿어 의심치 않던 몽고족의 중원 지배 또한 역사의 뒤안길로 사라진 지 오래였다. 하지만 천산철마방만큼은 오늘날까지도 여전히 건재해 천산 일대를 왕래하는 모든 사람들을 두려움에 떨게 만들었다.

지금 제갈휘가 읊조린 삼불귀는 과거 천산철마방을 창건한 천산철마의 적통 후계자이자 현재 천산철마방을 이끄는 방주의 명호였다.

만년설 덮인 천산 봉우리에 올라 동방과 서역을 함께 굽어본

다는 천산의 패자, 삼불귀 온교!

그 온교가 천산과는 수만 리 떨어진 이 강동 땅에 모습을 드러낸 까닭은 무엇일까?

제갈휘의 눈매가 지금까지와는 다르게 진지해졌다. 삼불귀 온교라면 관외 무림에서는 세 손가락 안에 꼽히는 강자 중의 강자. 진지하게 상대할 가치가 충분한 이름이었다.

"옥문관에서 만난 게 엊그제 일 같은데 벌써 귀밑머리가 희끗한 나이가 되었구려. 온 형도 그리고 나도."

이제껏 제갈휘가 쥐고 있던 천 조각을 노려보고만 있던 온교가 굳게 다문 입술을 떼었다.

"그때는 비슷한 수준이었는데 지금은 아닌가 보군. 과연 천재 소리는 아무나 듣는 게 아닌 모양이야."

실제로도 그랬다. 손 속을 나눠 본 결과 제갈휘는 온교가 자신보다 한 수 아래임을 알아차릴 수 있었다. 만일 장기인 검법으로 상대한다면 그 차이는 더 벌어질 터. 제갈휘는 어깨 위로 솟은 검자루로 오른손을 가져갔다.

"명문으로 알려진 이 석가장은 온 형 같은 사람이 함부로 드나들 데가 아닌 것 같은데……."

스앙!

장검이 검집을 긁으며 울려 나온 소리는 드높지 않았다. 하지만 햇살을 점점이 부서뜨리는 검날 빛처럼 맑은 여운을 품고 있었다. 온교의 얼굴에 고정된 제갈휘의 두 눈이 검날 빛처럼 맑게 빛났다. 일점으로 압축되어 뻗어 나가는 기세는 절정에 오른 검객만이 보여 줄 수 있다는 무형검기일진대, 대관절 살기에도 향기가 깃들 수 있는 것일까? 두 사람 사이로 눈에 보이지 않는 매화 길이 피어난 것 같았다.

그 서늘한 살기의 향기에 둘러싸인 채, 제갈휘가 말했다.

"그 시절 못다 한 마무리를 매듭지을 때가 온 것 같소."

먼저 전의를 드러낸 것은 제갈휘 쪽이었다. 만일 저 온교가 예전의 삼불귀였다면 촌각도 망설이지 않고 칼집 속의 삼불도를 뽑아 들었을 것이다. 삼불의 첫 번째 항목이 바로 불고不顧, 그 어떤 것도 돌아보지 않는 저돌성이었기 때문이다. 그런데……

"적수공권으로라면 모를까, 본격적으로 싸우는 거라면 사양하고 싶네."

전혀 삼불귀답지 않은 이 대답에 제갈휘는 미간을 좁혔다. 그런 그에게 온교가 무표정한 얼굴로 부연했다.

"믿어 줄지 모르겠지만, 나는 해를 끼치기 위해 이 석가장에 온 것이 아니네."

제갈휘는 온교의 얼굴을 노려보다가 물었다.

"무슨 속셈이오?"

"속셈 같은 것은 없네. 그저 지금의 내가 내 뜻대로 싸울 수 없는 처지란 것만 알아주면 좋겠군."

이 말에 제갈휘가 코웃음을 쳤다.

"자존자대하기로 소문난 삼불귀가 누구의 명 없이는 싸움도 못 하는 처지가 됐다? 지금 나더러 그 말을 믿으라는 거요?"

"나를 구속하고 있는 것은 사람이 아닐세."

"하면?"

"약속이지. 내 남은 삶의 전부를 주재하는 절대적인 약속."

이 말이 어찌나 쓸쓸하게 들렸는지 제갈휘는 끌어 올린 전의를 자신도 모르게 누그러뜨리고 말았다. 기이한 일이지만, 저 온교가 거짓을 말하는 것 같지는 않았다. 제 뜻대로 싸울 수 없다는 말도, 그리고 이 석가장에 해를 끼치지 않는다는 말도.

제갈휘는 뽑아 든 검을 검집 속으로 되돌리며 말했다.

"이제 친구들을 불러내도 좋소."

"과연……."

짧게 감탄한 온교가 오른손을 치켜들자 주위에서 몇 줄기 기척들이 준동했다. 그러고는 먹물이 흘러내리는 듯한 절묘한 신법으로 속속 모습을 드러내는 여덟 명의 복면인들.

몸집도 다르고 의복도 제각각이지만 복면인들에게는 한 가지 공통점이 있었다. 그들 모두에게선 세상 어느 싸움판에 던져 놓더라도 제 몫은 능히 해낼 만한 고수 특유의 기파가 느껴지고 있었다.

"내가 검을 거둔 까닭은 온 형의 말을 믿어서이지, 저들이 겁나서가 아니오."

사실 이 말은 그리 솔직하지 못했다. 온교 하나라면 몰라도 저들 전부와 싸워야 한다면, 이번에는 이쪽에서 사양하고 싶은 것이 제갈휘의 솔직한 심정이었으니까. 다행히 온교는 제갈휘의 체면을 고려해 주었다.

"천하의 고검이 무엇에 겁먹을까. 누구도 그렇게 생각하지 않을 걸세."

"고맙소."

제갈휘가 씩 웃었다.

석가장을 감시하기 위해 군조가 보낸 독문의 졸개들을 암중에서 역으로 감시하던 복면인들이었다. 그 정체를 파악할 목적으로 명성에 걸맞지 않은 좀도둑 노릇까지 감내한 제갈휘인데, 비록 목적의 전부를 달성했다고는 할 수 없지만 저들이 석가장에 대해 나쁜 감정을 품지 않았다는 점 하나만큼은 확인할 수 있었다. 그러니 싸울 이유 또한 자연히 소멸된 셈이었다.

"한 가지 묻고 싶은 것이 있네."

온교가 말했다. 제갈휘는 어깨를 한 번 으쓱거림으로써 온교의 질문을 허락했다.

"왜 그를 끝까지 따라가지 않고 이리로 온 건가?"

온교의 질문 중에 등장하는 '그'가 누구인지는 어렵지 않게 짐작할 수 있었다. 제갈휘는 새삼스러운 눈길로 온교와 그 일행을 쳐다보았다. 이런 세세한 부분까지 파악하고 있는 것을 보면, 저들은 이번 사태에 대해 자신이 생각한 것보다 훨씬 광범위한 주의를 기울이고 있음이 분명했다.

"머지않은 곳에 삼거리가 한 군데 있는데, 그가 그곳에 거지 하나를 남겨 둔 것을 아시오?"

"아네."

"그 거지가 그의 말을 전하더구려. 자신을 따라오는 대신 자신의 고향 집을 지켜 달라고."

온교가 고개를 끄덕였다.

"그가 비정상적인 상태로 보인다는 얘기를 들었네. 한데 자네 정도 되는 사람의 미행을 눈치챈 것을 보면 꼭 그렇지만은 않은 모양이군."

삼거리에서 황우를 만났을 때 비슷한 생각을 떠올린 제갈휘였다. 별다른 갈등 없이 석가장 쪽으로 진로를 바꾼 것도 그러한 생각 때문이었고. 그래서 제갈휘는 온교를 향해 빙긋 웃어 줄 수 있었다.

"우리는 이만 물러가겠네."

"다음번에 만날 때는 술 한잔 나눌 수 있기를 바라오."

온교의 합죽한 입술이 슬쩍 비틀렸다.

"더 이상 적수가 아니라는 뜻인가? 하긴, 그렇다고 해도 할

말이 없군."

 제갈휘는 애써 부인하지 않았다. 무공 면에서도 적수가 아니거니와 왠지 적대할 이유를 찾기도 힘들 것 같다는 생각이 들었다.

 "이 집을 잘 지켜 주게."

 온교가 말했다. 그러고는 둔적遁迹. 아직은 훤한 시각임에도 온교와 여덟 명의 복면인들은 마치 어둠 속을 활보하는 밤짐승이라도 되는 양 흔적 하나 남기지 않고 사라져 버렸다.

 제갈휘는 주위를 천천히 둘러보았다. 어느덧 석양빛이 시작되는 시각. 명가의 품격이 엿보이는 아치 있는 후원 위로 한낮 때에 비해 훨씬 부드러워진 햇살이 비끼고 있었다. 그 후원에 홀로 서서 제갈휘는 생각했다.

 삼불귀 온교를 비롯한 복면인들은 무슨 목적으로 이 석가장에 온 것일까? 만약 돕기 위해 온 것이라면, 가장 위험하다고도 볼 수 있는 이 시점에 물러가는 것은 무슨 까닭일까?

 해소되지 않은 많은 의혹들이 여전히 남아 있지만, 제갈휘는 무양문을 출발하기 직전 서문숭으로부터 들은 말을 떠올리며 번잡한 생각을 정리하기로 마음먹었다.

 ─자네가 따라가서 도와주라고. 꼴에 자존심은 센 석가 꼬마니까 눈치채지 못하게 은근하게. 알았지?

 그러나 석가 꼬마는 이미 눈치챈 뒤였고, 자신이 은근하게 할 수 있는 일은 이제 하나밖에 남지 않은 것 같았다. 바로 석가장 문지기 일. 그러자 한동안 까맣게 잊고 있던 수하들의 존재가, 보다 정확히 표현하자면 그들이 구구절절 늘어놓을 휴가 타령이 제갈휘의 마음을 짓누르기 시작했다.

"휴가란 걸 대체 어떤 놈이 만들어 이 고생인지, 원."

제갈휘는 만천하 아랫사람들의 공분을 사고도 남을 엄청난 대사를 중얼거리며 담장 너머로 몸을 날렸다.

(2)

황우는 눈을 떴다. 덩굴 잎사귀들 사이로 내려 비친 아침 햇살이 눈가를 간질이고 있었다. 햇살을 피해 고개를 돌리자 손바닥만 한 크기의 연녹색 떡 한 덩어리가 눈에 들어왔다. 어젯밤 먹어 치우고 싶은 욕망을 가까스로 견뎌 내고 머리맡 돌멩이 위에 고이 모셔 둔 아침거리였다. 황우는 자리에 누운 채 오른손을 떡 쪽으로 뻗었다. 누워서 음식을 먹으면 소로 변한다는 소리를 들은 적이 있지만—먹자마자 누우면이었던가?— 얼굴과 별호, 거기에 본명까지도 이미 소인 그에게는 특별히 경계할 필요기 없는 소리였다.

"감사히 먹겠네요."

식전례食前禮로 조사야에게 간단한 인사를 올린 황우는 떡을 입으로 가져가다가 말고 편편한 콧등을 실룩거렸다. 찹쌀가루에 뽕잎을 섞어 반죽하고 백당과 검은깨로 소를 넣은 소주 특산의 당상고糖桑糕가 시큼한 냄새를 폴폴 풍기고 있었다.

하아! 황우의 눈가에 슬픔이 맺혔다. 어제저녁 찜통에서 꺼내는 것을 바로 구걸해 얻었으니 시간으로 따지면 여섯 시진밖에 지나지 않은 셈인데도 벌써 이 모양인 것이다. 굳이 원인을 찾는다면 밤낮을 가리지 않고 푹푹 쪄 대는 남부 특유의 고온다습한 날씨 때문일 터. 하지만 원인을 알아 봤자 달라지는 것은

없었다. 떡은 이미 쉬었고 아침은 반드시 먹어야 했다.

"부탁한다, 배꼽아."

황우는 나직한 독려와 함께 쉰내 나는 떡을 입속으로 우겨 넣었다. 그러고는 우적우적. 본래 개방 방주가 되기 위해서는 많은 덕목을 갖춰야 하는데, 그중 하나가 개돼지도 따라오지 못할 왕성한 소화력이었다. 쉬고 상한 음식으로 허기를 면하는 일은 빌어먹고 사는 거지 인생에 다반사인 탓이었다.

어쨌거나 기상과 더불어 아침까지 해결한 셈. 황우는 하룻밤 몸을 품어 준 덩굴장미 아래에서 기어 나왔다. 숙인 고개를 치켜들자 야트막한 수풀 너머로 관도가 보였고, 그다음에는 관도 건너편에 자리 잡고 있는 두 사람의 모습이 보였다. 그들을 보고 있노라니 밤이슬을 막아 준 덩굴장미에게 고마운 마음이 들었다. 그게 없었다면 자신 또한 저들처럼 이슬 젖은 후줄근한 몰골을 피할 수 없었을 테니까.

황우는 수풀을 헤치고 관도로 걸어 나갔다. 관도 건너편 갈참나무 밑에 웅크리고 앉아 있던 두 사람, 석대원과 한로 중에서 먼저 한로의 시선이 황우 쪽으로 돌아왔다. 쭉 찢어진 눈구멍 속을 굴러다니는 공격적인 눈알. 이 노인네가 사람 쳐다보는 눈길은 주로 이랬다.

"잠은 제대로 주무셨는지 모르겠네요."

째려보는 눈길 외에 돌아온 대답은 없었지만 황우는 변죽 좋게 계속 말을 붙였다.

"안색을 보아하니 두 분 다 그러시지 못한 눈치네요. 이러다가 노독물과 마주치기도 전에 제풀에 지치시지는 않을까 걱정되네요."

이 말이 끝날 무렵 석대원의 시선도 황우를 향했다. 움푹 꺼진 눈두덩 속에 자리한 탁한 눈동자는 열흘 넘게 지켜봐도 익숙해지지 않았다. 황우는 뒤통수를 긁으며 생각했다. 이 반인반귀는 언제쯤에나 사람 눈을 할까? 그때 석대원이 꺼칠한 입술을 들썩거렸다.

"더 이상 이 일에 끼어들지 말라고 했을 텐데."

연수 삼거리에서 들은 게 어제 오전의 일이니 하루에서 두 시진쯤 빠진 시간 만에 듣는 목소리였다. 그러면서 석대원은 웅크리고 있던 허리를 슬쩍 펴 올렸다. 원체 거구라서 그런지 그 작은 움직임만으로도 주변 공간을 강제로 밀어내는 듯한 위협적인 기세가 만들어졌다.

"끼어들려는 게 아니네요."

황우는 비둘기처럼 앞가슴을 내밀며 대꾸했다. 자꾸만 쪼그라들려는 어깨를 의식적으로라도 부풀리기 위해서였다. 그러자 아무 말도 없이 째려보기만 하던 한로가 쨍쨍 울리는 목소리로 제 주인을 거들고 나섰다.

"하면 구경이나 하려고 따라왔단 말인가?"

"정답이네요."

"그러려면 계속 따라올 것이지, 어제 아침에는 왜 떨어져 나갔는데?"

"벌써 까먹으셨나 보네요. 저는 저기 있는 석 대형의 부탁으로 무양문 사람들에게 말을 전해 주기 위해 삼거리에 남아 있었던 거네요."

부탁이란 말에 특별히 힘을 주어서 그런지 한로의 눈초리가 더욱 샐쭉해졌다.

"그래서 그 일이 끝났으니 다시 따라와도 된다?"

황우는 히죽한 웃음으로 대답을 대신했다.

"아니, 그렇게 기를 쓰고 따라와 남의 싸움을 구경하려는 이유가 대관절 뭔데?"

"우리 개방 거지들은 원래 뭘 구경하는 걸 좋아하네요."

한로가 코웃음을 쳤다.

"한가한 놈들이로세. 그러니 빌어먹고 다니지."

"한가해서 빌어먹는 게 아니라 빌어먹어서 한가한 거네요."

켕기는 쪽은 신경질쟁이 노인네가 아니라서 한로를 상대하는 황우의 대거리에는 거침이 없었다. 하지만 상대가 바뀌면 얘기는 전혀 달라졌다. 반인반귀는 뭘 하든 껄끄러운 것이다. 그 반인반귀가 말했다.

"이 일에 끼어들지만 않는다면 당신이 뭘 하든 상관하지 않겠소. 하지만 만일…….'

사람이 하면 경고지만 귀신이 하면 저주였다. 반인반귀가 하면 반반쯤 되려나? 비율이 어떻든 듣고 싶은 마음은 전혀 없었다. 황우는 급히 손을 내둘렀다.

"그다음은 말 안 하셔도 되네요. 두 분이 무슨 험한 꼴을 당하더라도 절대 끼어들지 않을 작정이네요."

"큰 싸움 앞둔 사람한테 좋은 말은 못 해 줄망정 악담을 해!"

한로가 벌떡 일어나 지팡이를 내둘렀다. 황우는 짐짓 겁먹은 체 뒷걸음질을 치며 말했다.

"아침 댓바람에 떡을 먹어서 그런지 목이 메네요. 저는 요 아래 개울에 내려가서 물이나 떠 와야겠네요."

"어허, 저놈이! 어서 이리 못 와!"

하지만 두 사람이 그러거나 말거나 석대원은 이미 시선을 돌린 뒤였다.

태양이 동쪽 산봉우리 사이로 모습을 완전히 드러내자 관도를 오가는 사람들이 하나둘 눈에 띄기 시작했다. 나라에서 관리하니 관도라 부르기는 하지만 그리 넓지도, 그리 잘 닦이지도 않은 야트막한 언덕길이었다. 행인들은 그 길을 가운데 두고 양쪽으로 나눠 앉은 거한과 노인과 거지, 이 기묘한 조합의 세 사람이 신경 쓰이는지 긴장한 표정으로 걸음을 빨리했다. 그러나 세 사람에게는 모두 관심 밖의 일. 점점 달아오르는 대기 속으로 매미 소리만 시끄럽게 울려 퍼지고 있었다.

시간은 흘러 어느덧 사시巳時(오전 9시~11시) 중반.

석대원이 앉아 있던 나무 그늘에서 부스스 몸을 일으켰다. 맞은편 수풀 그늘에 앉아 개미들이 움직이는 모습을 구경하며 무료한 시간을 때우던 황우는 고개를 들어 석대원의 시선을 따라가 보았다. 아랫녘으로 이십여 장 떨어진 곳에 있는 언덕 굽잇길을 돌아 누군가가 급히 달려오는 모습이 보였다. 손차양을 만들어 살펴보니 대나무로 짠 커다란 서궤를 등에 멘 젊은 서생이었다.

"히이익!"

뒤쪽을 연신 흘끔거리며 두 다리를 재게 놀리던 서생이 어느 순간 헛바람을 들이켜며 엉덩방아를 찧었다. 그럴 만한 것이, 산도깨비처럼 커다랗고 시커먼 남자가 관도 옆 나무 그늘에서 슥 걸어 나와 앞길을 가로막은 것이다.

석대원은 관도 가운데 주저앉은 서생을 아무 말 없이 내려다보기만 했다. 서생 또한 부릅뜬 눈으로 석대원을 올려다보며 한마디 말도 못 하고 몸을 떨기만 했다. 그대로 두었다간 언제까지 저러고 있을지 알 수 없는 상황이라 부득불 황우가 나서게 되었다.

"실례지만 궁금한 것이 있네요."

"히이익!"

서생의 두 번째 헛바람 소리를 들으며 황우는 고소를 머금었다. 이번에도 그럴 만한 것이, 산도깨비의 뒤를 이어 나타난 물건이 소 대가리를 한 우두귀牛頭鬼였던 것이다. 저 서생, 오늘 일진이 어지간히 사나운 게 분명했다.

"뒤에서 무슨 일이 벌어졌기에 그렇게 내뛰신 건지 궁금하네요."

황우가 우두귀에 어울리지 않는 사근사근한 말투로 묻자 서생의 낯빛이 조금 살아나는 듯 보였다. 서생은 황우의 허리춤을 손가락으로 가리키며 떨리는 목소리로 물었다.

"거, 거기 든 게 혹시 물이오?"

"그러네요."

"그, 그렇다면 소생에게 조금 나눠 주실 수 있겠소?"

황우는 인상을 구겼다. 마수걸이도 못 했는데 적선부터 해야 하다니. 오늘 일진이 사납기로는 피장파장일 것 같다는 생각을 하며, 황우는 허리춤에 차고 있던 대나무 물통을 서생에게 건네 주었다.

벌컥벌컥, 단번에 물통의 물을 반통 가까이 들이켠 서생은 그제야 조금 진정이 되는지 바닥에서 일어서서 엉덩이에 묻은 흙먼지를 털었다. 그러고는 자세를 바로한 뒤 세 사람을 향해 일일이 공수해 보였다.

"소생은 예서 그리 멀지 않은 율곡栗谷에 사는 장헌張憲이라는 사람이외다."

황우는 코웃음이 나오는 걸 참았다. 누가 먹물 아니랄까 봐 이 와중에도 통성명을 시도하고 있었던 것이다. 어디 사는 아무개라고 대충 응대해 주자 서생이 물었다.

"소생이 예의를 접고 급히 이동한 까닭이 궁금하다 하셨소?"
표현은 복잡하지만 의미는 비슷했다.
"그러네요."
"연수에 개인적으로 볼일이 있어 아침 일찍 길을 떠난 참이었소. 한데 얼마쯤 길을 가다 보니 갑자기 뒤쪽이 시끄러워지는 게 아니겠소. 돌아보니 난데없는 무사들이 떼거리로 몰려오는데, 그 수가 일백을 훨씬 넘기는 것 같았소."
"그 무사들이 겁나서 그렇게 내뛰신 모양이네요."
황우가 지레짐작하여 말하자 서생은 정색을 하고 고개를 저었다.
"공맹지도孔孟之道를 배워 호연지기를 기른 장부가 어찌 머릿수에 겁을 먹겠소이까. 소생이 예의를 접고 급히 이동한 까닭은 무사들 뒤쪽 먼 곳에서 풍악 소리가 들려왔기 때문이오."
"방금 풍악 소리라고 하셨네요?"
황우의 반문에 서생은 그때의 상황을 떠올린 듯 어깨를 부르르 떨었다.
"풍악 소리가 들리자 이상한 일이 벌어졌소. 그 많은 무사들이 하나같이, 마치 그 풍악 소리가 무서운 요괴의 울음소리라도 되는 양 사색으로 변하더니 소생을 향해 달려오는 것이 아니겠소. 그 모습이 어찌나 절박해 보이던지……. 그래서 소생도 예의를 접고 급히 이동하기 시작한 것이오."
서생의 설명을 다 들은 황우는 고개를 갸웃거렸다. 서생이 달려온 아랫녘 굽잇길에서는 아직 아무런 기척도 들리지 않았다. 예의를 접고 급히 이동한 서생이 절박하게 쫓아오는 무사들을 이만큼이나 멀리 따돌렸다는 점이 이상했다.
먹물 티는 내도 눈치만큼은 빠른 듯 서생이 황우의 궁금증을

풀어 주었다.

"절박하다고는 하나 다들 지쳐 있는 데다 부상자도 다수 끼어 있었소. 이동 속도가 더딜 수밖에요. 그리고 소생으로 말할 것 같으면 소시부터 양각兩脚이 강건하다는 얘기를 많이 들어온 사람이오. 힘!"

"대단한 양각이네요."

황우는 감탄하는 눈길로 서생을 쳐다봐 주었다. 아무리 지치고 부상자들까지 끼어 있다 해도 강호인들을 상대로 이만치 앞서 달아날 수 있다면 칭찬 받을 만한 양각임에 분명했기 때문이다.

"궁금증이 해소되셨다면 소생은 이만 퇴하退下하도록 하겠소. 소생의 기갈을 해소시켜 주신 점, 감사드리오."

세 사람을 향해 일일이 공수해 보인 서생은 다시 예의를 접고 급히 이동하기 시작했고, 양각의 강건함을 입증해 보이듯 잠깐 사이에 언덕배기 너머로 모습을 감췄다. 호연지기는 몰라도 언행일치는 하고 사는 것 같으니 요즘 세상에 참으로 보기 드문 선비라 하겠다.

아랫녘 굽잇길 저편에서 사람들의 웅성거림이 들려온 것은 그 무렵의 일.

황우는 내공을 끌어 올려 청력에 집중시켜 보았다. 그러자 웅성거림의 뒤쪽으로 서생이 말한 문제의 '풍악 소리'가 울려오는 것을 들을 수 있었다. 모기 소리처럼 작게 들리는 것으로 미루어 거리는 제법 떨어져 있는 듯. 그때 굵은 목소리 하나가 황우의 청각 속으로 끼어들었다.

"물이 남았소?"

황우는 관도 한가운데 우뚝 서 있는 석대원을 돌아보았다. 석대원은 아무런 감정도 읽을 수 없는 무표정한 얼굴을 하고 있었다. 처음에는 반인반귀처럼 보이더니만 이제는 숫제 바위나 쇳덩어리 같은 무생물이 되어 버린 듯했다. 서생에게서 돌려받은 대나무 물통을 흔들어 본 황우가 대답했다.
"절반쯤 남았네요."
석대원은 말없이 손을 내밀었다. 황우는 대나무 물통을 석대원에게 던져 주었다.
석대원은 물을 마시지 않았다. 그 대신 정수리 위로 콸콸 들이부었다. 황우는 떡 진 머리와 초췌한 얼굴 위로 흘러내린 물방울들이 멋대로 자란 수염을 타고 떨어져 입고 있는 흑의 앞자락에 스며드는 모습을 물끄러미 지켜보았다.
이윽고 빈 물통을 황우에게 돌려준 석대원이 한로를 향해 손을 내밀었다.
"수건을."
한로가 뒤춤에 매단 작은 행낭에서 수건 한 장을 꺼내 석대원에게 건넸다. 석대원은 수건을 펼쳐 얼굴과 목, 드러난 팔뚝을 벅벅 문질렀다. 잠깐 사이에 시꺼멓게 변한 수건을 한로에게 돌려준 석대원이 이번에는 머리끈을 풀어 지저분한 머리카락을 뒤통수 쪽으로 팽팽히 당긴 다음 다시 묶었다.
세수와 머리 정돈. 동행을 시작한 이래 석대원이 처음 보이는 행동이었다. 안 하던 짓을 갑자기 왜 하는 걸까 궁금해하던 황우는 이내 해답을 짐작할 수 있었다. 지금 이곳을 향해 오고 있다는 무사 중에는 석대원의 입장에서 반드시 잘 보이고 싶은 사람이 하나 섞여 있었던 것이다.
황우는 비로소 석대원의 심정을 이해하게 되었다. 인지상정이랄까. 씻기 싫어하는 것으로 유명한 거지라도 저 상황에서는 저런 행동을 보일 것 같았다.

"이제부터 저는 안 보이는 데 숨어서 구경이나 해야겠네요."

석대원은 대답 대신 곁에 있는 한로에게 눈짓을 보냈다. 한로가 허리춤에 달고 있던 비단 주머니에서 잉어 눈알만 한 환약 세 알을 꺼내 황우에게 던져 주었다.

"구경하다가 영문도 모른 채 황천길에 오르고 싶지 않다면 얼른 처먹어라."

신경질쟁이 늙은이 말이지만 그 밑에 깔린 속마음은 살가웠다. 황우는 손바닥 위에 놓인 환약 세 알을 얼른 먹었다. 먹을 때가 왔을 때에는 망설임 없이 먹는다. 그것이 거지의 본분이었다.

"재신의 은덕에 감사드리네요. 부귀영화 누리시고 무운장구 하시기를 빌겠네요."

속마음을 표현하는 방법은 사람마다 달랐다. 신경질쟁이 늙은이는 신경질로, 말로 빌어먹고 사는 거지는 말주변으로.

직업적인 사례 말로 속마음을 표현한 황우는 싸움을 구경하기 적당한 장소를 찾아 관도 옆 수풀 속으로 들어갔다.

세상에서 가장 끔찍한 소리는 무엇일까?

지금 석대전에게 누군가 묻는다면 그는 촌각도 지체하지 않고 대답할 것이다. 바로 저 풍악 소리라고.

원인을 알 수 없는 폭발과 그 폭발에서 비롯된 돌사태와 산불은 사두암 정상으로 오르는 길을 완전히 차단해 버렸다. 그리고 그것들은 군조와의 초전初戰에서 패한 석대전 일행이 사자강을 무사히 벗어나는 데 결정적인 도움을 주었다.

사전에 준비해 둔 밧줄을 타고 사두암 절벽을 내려가 그 아래로 펼쳐진 울창한 수림 속에 몸을 숨긴 것은 그제 저녁 무렵의 일. 그곳에서 석대전 일행은 지친 육신을 달래고 부상자들을 추스르며 하룻밤을 보냈다. 그들이 행선지로 삼을 곳은 오직 한 곳, 이제는 유일한 피신처가 되어 버린 석가장이었다. 그리고 그들이 은신한 수림에서 석가장까지 이동하는 데 걸리는 시간은 마편으로 두 시진, 경신술을 익힌 무인의 속보로 세 시진에 불과했다.

 하지만 그로부터 스무 시진에 가까운 시간이 지난 이 시점까지도 석대전 일행은 여전히 석가장에 당도하지 못한 채 노중을 헤매고 있어야만 했다. 소주 경내에 필시 깔려 있을 적의 이목에 걸리지 않도록 주의해야 한다는 이유도 있거니와, 무엇보다도 시간이 갈수록 악화되어 가는 부상자들의 상태가 그들의 발목을 잡는 가장 큰 요인이 되었던 것이다.

 부상자의 상태는 심각했다. 사자검문을 벗어날 때에는 일 할에도 미치지 못하던 부상자 비율이 이제는 절반을 웃돌고 있었다. 운신에 별 지장을 느끼지 못하던 경상자들이 대거 중상자 대열에 합류한 결과였다. 처음부터 중상자로 분류된 이들의 상태는 그야말로 명재경각命在頃刻. 인근에 의원이라도 있다면 어떻게든 접촉해 도움을 받으련만, 소주 경내에서 의원 씨가 마른 것은 이미 오래전의 일이었다. 몇 곱절로 불어난 부상자들과 한 덩어리로 엉켜 이동과 정지를 반복하는 내내, 석대전은 독문의 행사가 얼마나 잔인하고 치밀한지를 뼈저리게 느낄 수 있었다.

 그리고 저 끔찍한 풍악 소리!

 어제 자정 무렵부터 들리기 시작한 저 풍악 소리는 이동을 멈추면 잠잠해졌다가 이동을 재개하면 귀신같이 살아나 석대전 일행의 뒤를 따라붙었다. 그렇게 반일 가까이 들리고 안 들리기

를 반복하다 보니 이제는 현실인지 환청인지 분간조차 안 될 지경이었다. 사람을 보내 정찰하자는 주장도 있었지만, 두 번에 걸쳐 파견한 무사들이 모두 귀환하지 않자 석대전은 더 이상의 정찰을 포기할 수밖에 없었다.

석대전은 심장을 조여 오는 공포 속에서도 이를 갈았다. 군조는 고양이요 자신들은 쥐였다. 군조는 이 유희를 쉽게 끝낼 생각이 없어 보였다. 이대로 자신들의 목적지인 석가장까지 유유히 몰고 간 뒤, 그 앞에서 또 한 번의 거창한 신선놀음을 벌일 계획인 것이 분명했다. 사자검문 앞에서 그랬던 것처럼.

"이가주님."

일행의 후미를 맡아 후방의 동정을 살피던 석대전에게 누군가 다가와 말을 걸었다. 고개를 돌려 보니 숭검당주 오유은이었다. 대열 중간에서 이동하던 그가 일부러 속도를 늦춰 후미로 처진 모양이었다.

"드릴 말씀이 있습니다."

석대전은 걸음을 멈추고 오유은의 얼굴을 빤히 쳐다보았다. 충혈된 눈과 거뭇한 안색, 거기에 파랗게 질린 입술은 그의 몸 상태가 정상이 아님을 보여 주고 있었다. 그가 그런 몸으로도 굳이 후미로 처져 가면서까지 하려는 말은 뻔했다.

"제가 남겠습니다."

석대전이 오유은의 말을 가로채며 멈춘 걸음을 다시 옮겨 놓기 시작했다. 중독의 기미가 시작된 오유은의 얼굴에 노기가 떠올랐다.

"이 사람을 화나게 만들지 마십시오. 어쩌면 예전의 울보 대하듯 호통을 칠지도 모르니까요."

석대전은 대꾸하지 않고 부지런히 걸음을 옮겼다. 그 울보 시절부터 이어 온 인연 때문에라도 더더욱 안 되는 것이다. 오유은이 그 옆을 따라붙으며 말했다.

"부탁이 한 가지 있습니다."

대꾸는커녕 시선조차 주지 않았지만 오유은의 말은 계속 이어졌다.

"아시다시피 아들 복이 없어 딸만 둘 놓았지요. 그중 큰 년이 언감생심 이가주님을 연모하는 눈치였습니다. 모쪼록 제 얼굴을 봐서라도 매정히 뿌리치지는 말아 주십시오. 아비란 자리가 뭔지, 이런 때에도 못난 소리를 하게 만드는군요."

석대전은 피가 배어 나오도록 입술을 깨물었다. 이 일행이 석가장에 무사히 도착해 전열을 재정비하는 데에는 어느 정도 시간이 필요한 것도 사실이었다. 하지만 더 이상 지인을 잃고 싶지는 않았다. 만일 어떤 탐욕스러운 악신惡神이 있어 방기옥과 도춘을 포함한 금사대로 만족하지 못하고 또 다른 제물을 원하고 있다면, 이번에는 자신이 그 제물이 되어야 한다고 생각했다. 반드시 그래야만 한다고 생각했다.

고개를 홱 돌린 석대전이 오유은에게 완강한 목소리로 불허를 밝히려는 바로 그 순간, 일행의 전진이 갑자기 멈췄다.

"누구냐!"

선두에서 관룡봉의 목소리가 날카롭게 울렸다. 길 앞쪽에서 나타난 누군가를 발견한 것 같았다.

지치고 부상당한 대열 위로 긴장의 기운이 피어올랐다. 지금은 문자 그대로 흉다길소凶多吉少의 상황. 더구나 선한 자는 오지 않고 온 자는 선하지 않는다는 강호의 경구도 있지 않던가.

"큰따님에 관한 부탁은 들어 드리겠습니다. 그러나 오 당주

님이 남는 것은 허락하지 않겠습니다. 부친도 없는 저를 장인까지 없는 사람으로 만들지는 말아 주십시오."

여지를 붙이기 힘든 빠른 말로 자신의 뜻을 밝힌 석대전은 뭐라 대꾸하려는 오유은을 그 자리에 남겨 둔 채 대열을 헤치며 앞쪽으로 재빨리 나아갔다.

그렇게 대열 중간쯤에 이르자 관룡봉이 발견한 누군가의 모습을 석대전 또한 볼 수 있게 되었다. 그자가 서 있는 곳이 오르막길이기 때문만은 아니었다. 그자는 어디서나 잘 보이지 않고서는 못 배길 만한 거구를 지니고 있었다. 일신에 구깃구깃하고 지저분해 보이는 흑의를 걸친 어마어마한 체구의 거한. 옆에 붙어 선 마의 노인은 눈에 잘 들어오지도 않을 정도였다.

"귀머거리인가? 누구냐고 묻지 않는가!"

관룡봉이 다시 소리쳤다. 그러자 언덕길 한가운데 우뚝 서서 일행의 앞길을 가로막은 흑의 거한이 느릿한 말투로 대답했다.

"저 뒤에 오는 군조에게 볼일이 있는 사람."

이 대답은 석대전을 포함한 일행 모두에게 무척이나 이상하게 들릴 수밖에 없었다.

"군조에게 볼일이 있다고?"

"군조도 내게 볼일이 있을 거요."

그러나 군조가 이 강동에서 볼일 있는 사람이란 방령과 석안의 피붙이들뿐이었다. 나머지는 돌멩이나 검불처럼 하찮기만 한 것들. 군조는 그렇게 여기고도 남을 위인이었다.

"믿기 어렵군."

관룡봉이 의심의 기색을 거두지 않자 흑의 거한은 관도 옆으로 성큼 비켜섰다.

"당신들이 믿든 안 믿든 관심 없소. 나는 당신들에게 볼일이 없으니까.”
 상대가 저렇게 나오는 데야 아무리 수상쩍은 구석이 있다 한들 먼저 공격할 수는 없는 노릇이었다.
 관룡봉이 그 자리에 선 채 계속 노려보자 흑의 거한이 어깨를 으쓱거렸다.
 “눈싸움 정도야 해 줄 용의가 있지만 그러기에는 당신들 갈 길이 바쁘지 않소?”
 그 말이 옳았다. 끔찍한 풍악 소리가 잠깐 사이에 부쩍 가까워져 있었다. 관룡봉은 흑의 거한에게 준 시선을 그제야 거두고 일행을 돌아보며 짧게 명했다.
 “전진!”
 일행은 다시 이동을 시작했다.
 대열 중간에서 주위와 보조를 맞추며 이동하던 석대전은 옆으로 지나치는 흑의 거한의 얼굴을 유심히 쳐다보았다. 뜻밖에도 흑의 거한의 시선 또한 석대전의 얼굴에 고정되어 있었다.
 두 사람의 시선이 얽혔다.
 시끄럽던 매미 소리가 뚝 끊겼다. 어쩌면 석대전의 귀에만 들리지 않는 것인지도 몰랐다. 시간이 뒤집히듯 어린 시절의 한 조각이 생생히 되살아났다.

 ―너도 한번 마셔 봐. 화 할아버지가 애지중지하는 술이야.
 ―우엑, 이렇게 쓴 걸 어떻게 마셔.
 ―바보. 남자 되긴 글렀구나.
 ―뭐?
 ―아전이는 여자래요.
 ―하지 마!

―아전이는 여자래요. 소란이랑 여자래요.
―으아앙!

뒷사람들에게 밀려 앞쪽으로 나아가던 석대전이 어느 순간 눈을 부릅떴다.

……아전阿순이었다.

석대원은 두 손바닥으로 얼굴을 가렸다. 그래도 눈물이 멈추지 않았다.

십이 년이라는 세월은 걸핏하면 울기만 하던 예쁘장한 꼬마 아이를 같은 남자라도 반할 만큼 늠름하고 잘생긴 청년으로 바꿔 놓았다. 그러나 그 둘 사이에는 긴 세월로도 덮이지 않는 유사성이 남아 있었다. 덕분에 석대원은 저 청년이 그토록 그리워하던 동생임을 단번에 알아볼 수 있었다.

문득 궁금해졌다. 동생의 눈에 비친 나는 어땠을까? 석대원은 눈물을 흘리면서 웃었다. 금방 알아보긴 힘들 것이다. 스스로 돌아봐도 참 많이 변했으니까. 그래도 나중에는 뭔가 알아보는 눈치여서 기뻤다. 동생 앞에 나서기 전에 얼굴을 씻길 잘했다는 생각이 들었다.

짝!

석대원은 얼굴을 가린 양손을 떼어 그대로 자신의 뺨을 힘껏 때렸다. 십이 년간 응어리져 있던 정한情恨이 자꾸만 터져 나오려 하고 있었다.

그것은 잠시 후 벌어질 싸움에 전혀 도움이 되지 않았다. 독중선 군조는 그렇게 호락호락한 상대가 아니었다. 아니, 이제껏 상대한 그 어떤 적보다 위험할 것이 분명했다.

곁에 서 있던 한로가 세 알의 서로 다른 환약을 내밀었다. 가장 보편적인 세 가지 종류의 독에 효과를 발휘하는 피독단. 무양문을 출발하기 전 육건이 칠낭선생 천용에게서 받아 챙겨 준 물건이었다. 당시 그 자리에 있던 천용은 피독단들이 담긴 주머니를 건네며 이렇게 말했다.

—그 수하들이라면 모르지만 군조 본인을 상대할 때에는 큰 도움이 못 될 걸세. 명심하게. 군조로부터 비롯된 그 무엇과도 접촉해서는 안 된다는 것을.

말이야 쉽지.
입속에 털어 넣은 환약들을 질겅대며 석대원은 내심 툴툴거렸다. 군조와 싸우려는 사람에게 군조로부터 비롯된 그 무엇과도 접촉해서는 안 된다고 주문하는 것은, 물고기를 잡으려는 어부에게 옷이 젖어서는 안 된다고 주문하는 것과 마찬가지였다.
물론 석대원 수준의 절정 검수에게 있어 거리를 두고 적과 싸우는 일 자체는 그리 어렵지 않았다. 하지만 그것은 적의 수준이 어지간한 경우의 얘기. 군조는 결코 어지간한 적이 아니었다. 만일 군조가 어지간한 적이었다면 굳이 자신이 이 강동 땅을 다시 밟을 이유도 없었을 것이다.
풍악 소리는 굽잇길 바로 너머까지 가까워져 있었다. 한로가 석대원에게 가운데 부분이 불룩하게 튀어나온 천 한 장을 건넸다. 무양문 별수재들의 연구가 담겼다는 방독건. 세간에 유통되는 것들보다 효과가 몇 배는 뛰어나다나? 육건이 말한 '기술적인 도움'에 포함되는 물건이었다.

그러나 석대원은 방독건을 한로에게 돌려주었다. 동생에게 보이기 위해 씻기까지 한 얼굴을 지금 와서 굳이 가리는 것이 우습게 여겨졌던 것이다. 그는 강동제일가의 둘째 아들로서 당당히 이 자리를 지키고 싶었다. 당당히 군조와 맞서고 싶었다. 그의 심정을 이해한 듯 한로는 아무 말 없이 방독건을 받아 챙겼다.

한로로부터 마지막으로 건네받은 물건은 혈랑검이었다. 그 검자루 위에 오른손 손바닥을 올리자 지이잉 하고 흐느끼는 듯한 울림이 들려왔다.

석대원은 검집 안에 붉은 육신을 감추고 있는 혈랑검을 지그시 내려다보았다. 참으로 오랜만에 잡아 보는 검. 그 검이 지금 이 순간 주인을 다시 만난 기쁨을 주체 못해 떨고 있었다. 석대원의 입술 꼬리가 슬쩍 비틀렸다. 그래도 너는 반겨 주는구나. 매정한 주인인데도. 그는 검자루를 움켜쥔 오른손을 힘차게 뽑아 올렸다.

창!

오랜 잠에서 깨어난 혈랑검기가 검집을 벗어던지며 하늘로 솟구쳤다. 검봉 위로 일 장 넘게 솟구친 혈랑검기가 신령스러운 구렁이처럼 똬리를 틀며 검신으로 돌아가더니, 이내 검자루를 타고 석대원의 몸속으로 흘러들어 갔다. 석대원은 눈을 감았다. 검과 검객의 공명共鳴. 쇠는 환희로 울고 피는 결의로 끓어오른다.

석대원이 눈을 떴다. 다시 드러난 눈동자 위에는 혈랑검기를 닮은 붉은 혈기가 횃불처럼 일렁거리고 있었다.

고통스러운 번뇌는 잠시 잊어버리자.

그립고 슬픈 정한도 잠시 접어 두자.

석대원은 스스로를 몰아붙였다. 지금은 오직 한 가지, 전투에만 집중할 때였다.

풍악 소리가 간드러진 가락을 뽐내며 굽잇길을 돌아 나오고 있었다. 행차 앞을 장식하고 있는 요란스럽고 너절한 것들은 눈에 들어오지도 않았다. 붉은 혈기를 품은 석대원의 시선이 고정된 곳은 운두교 위에 올라앉은 선풍도골의 백의 노인.

석대원은 짧게 부르짖었다.

"와라, 군조!"

광인들은 대개 감정 기복이 크다. 울다가도 금세 웃고 웃다가도 벌컥 화를 내곤 한다. 때문에 광인의 기분을 예측하기란 불가능한 일에 가깝다. 겉보기에 멀쩡한 광인이라면 더욱 그러할 것이다. 지금 조명무의 앞에서 운두교를 타고 가는 군조가 그 좋은 예였다.

군조의 기분이 최악이었던 때는 그제 점심 무렵.

사두암으로 오르는 산길을 가로막고 있던 상취거사 화비정은 자폭이라는 극단적인 수단으로써 군조의 기분을 바닥까지 떨어트려 놓았다.

폭발로 인한 피해는 작지 않았다. 야차 하나와 독살 여덟이 그 자리에서 즉사했고, 부상자도 그것의 배수 가까이 나왔다. 하지만 정작 군조를 분노하게 만든 점은 거느리고 있던 부스러기들의 사상이 아니었다.

화비정의 자폭은 정밀한 계획하에 이루어진 것이 분명했다. 자폭과 동시에 돌사태가 발생했고, 산불이 그 뒤를 따랐다. 길은 끊어졌고 불길은 거세게 일었다. 추적은 그것으로 끝. 군조는 부득불 계획을 접을 수밖에 없었고, 눈앞에서 활활 타오르는

산불처럼 분노했다. 그리고 군조의 분노는, 조명무로서는 눈으로 보고서도 믿기지 않는 참사를 불러왔다. 폭발로 인해 발생한 자신의 종이자 신도이자 수하인 부상자들을 남김없이 때려죽여 버린 것이다.

한 가지 다행스러운 일은 앞서 때려 쓰러뜨린 독문사천왕의 첫째 장광을 군조가 죽이지 않았다는 점. 독문사천왕의 둘째 후종은 바닥에 쓰러진 왜소한 사형을 온몸으로 감쌌고, 그 앞에 선 군조는 치켜 올린 손을 내리찍지 못한 채 돌아서고 말았다. 묵은 정을 떠올린 걸까? 아니면 둘 모두를 죽이기엔 아깝다는 생각이 든 걸까? 어쨌거나 조명무가 보기에 군조의 분노가 누그러지기 시작한 때는 그 무렵이었던 것 같았다.

군조는 두려움에 숨죽인 독문의 제자들을 향해 말했다.

─천망天網은 비록 성글어 보이나 죄인이 빠져나가지는 못하는 법이노라. 천도를 바로 세우는 일을 범속한 시간에 쫓길 필요는 없을지니. 오늘은 이쯤에서 돌아가겠노라.

군조가 말한 '이쯤'이 언제쯤인고 하니, 사두암에서 내려와 사자검문의 모든 건물들을 깡그리 불태워 버린 그쯤이었을 것이다.

꿈의 계곡에서 하나둘 풀려나기 시작한 아랫마을 주민들을 수습해 집으로 돌려보내며 조명무는 극심한 피로를 느꼈다. 기대한 것 이상의 놀라운 광경들을 접한 하루임에는 분명했다. 하지만 그 기대를 좇아 계속 따라다니기에는 군조라는 광인은 너무 위험했다. 하루빨리 이번 일을 마무리 지어야겠다고 생각하며 조명무는 군조의 행차를 소주 관아로 인도했다.

행차가 소주 관아로 들어간 것은 저녁노을이 시작되는 유시酉時(오후5시~7시) 말.

그즈음에 이르러 군조는 평소의 모습을 완전히 회복한 것처럼 보였다. 태원부에 있는 이비영 문강은 별호처럼 앉아서 만 리를 내다보는 천안天眼을 지닌 것이 분명했다. 그게 아니고서야 소주 관아에서 군조를 기다리는 호화로운 만찬이며 향기로운 술, 어여쁜 기녀들이 설명되지 않는 것이다. 군조는 고무되었다.

조명무도 고무되었다. 그러나 그를 고무시킨 것은 그따위 황음한 장난들이 아니었다. 문강이 보내 준 조력자들. 비각이 지난 세월 많은 공을 들여 포섭한 여섯 갈래의 전위 조직, 강호육사江湖六社 중 한 곳인 신응소新鷹巢에서 나온 일곱 명의 전사들은 그의 처진 어깨에 작지 않은 힘을 실어 주었다.

특히 그들의 우두머리, 중원식으로는 월사月卸, 그네들 식으로는 이븐 힐랄이라는 이름을 쓰는 장년인은 한눈에 알아볼 수 있는 실력자였다. 지난해 이곳 소주 경내에서 종적이 끊긴—사망한 것으로 추정되는— 매령귀사魅靈鬼使 사생史生의 후임으로 십비영 자리를 물려받은 점만 봐도 그 무공의 고강함을 짐작할 수 있었다.

비록 지난 한 해 발생한 여러 가지 악재들로 말미암아 강호육사 중 태반이 무너지거나 다른 길을 가게 되었지만, 신응소만큼은 모습을 드러내지 않은 채 문강의 보이지 않는 비수 역할을 묵묵히 수행해 오고 있었다. 본래 파사국波斯國(페르시아)에서 노응소老鷹巢(독수리 둥지)라는 이름으로 악명을 떨치던 자객 집단이 몽고군에 의해 함락당하는 과정에서 일부 투항, 비각의 전신인 비영사의 하부 조직으로 흡수된 일이 있는데, 그 조직의 이름이

새로운 독수리 둥지, 바로 신응소인 것이다. 그러므로 비각으로부터 유리되어 별개로 활동하는 나머지 오사와는 존재 방식부터가 다를 수밖에 없었다.

강호육사 중에서 가장 신비하고 가장 위험한 신응소. 그래서 조명무는 평소에도 생각해 왔다. 정보통으로 유명한 순풍이 모용풍이라 할지라도 신응소의 존재만큼은 알지 못할 것이라고. 신응소의 주인은 대대로 산로山老라 불렸고, 월사는 지금의 신응소를 이끌어 가는 산로의 장자였다.

각설하고, 이방인인 월사는 중원인인 군조보다 훨씬 사람다웠다. 무엇보다도 과대망상증과는 거리가 먼 철저한 현실주의자라는 점이 마음에 들었다. 거기에 과대망상증에 걸린 늙은이에게 적당히 맞춰 줄 줄 아는 현명함까지 갖추고 있었으니, 조명무로서는 지옥의 강변에서 지장보살을 만난 것처럼 반가울 수밖에.

하루의 고단함을 푼 군조의 행차가 다시금 움직이기 시작한 것은 그다음 날인 어제저녁 무렵의 일. 소주 전역에 깔아 둔 비이목들은 은신처에서 벗어나 석가장으로 도피 중인 사자검문의 잔당들을 어렵지 않게 찾아냈고, 그 정보는 조명무를 통해 곧바로 군조에게 보고되었다.

―본 좌의 혜안대로 천망에 죄인들이 걸렸도다! 천도를 다시 일으켜 세울 때가 왔음이니!

사두암에서 당한 낭패 따위일랑 이미 까맣게 잊어버린 게 분명한 군조는 근엄한 얼굴로 행차 재개를 선언했다.

비단 보료를 새것으로 교체한 운두교가 두둥실 떠받들어지고, 금동옥녀에 육정육갑에 삼구지악이 어둑해진 소주 관아 앞마당을 또 한 번 떠들썩하게 만들었다. 야밤의 유희를 닮은 추적은 그렇게 시작되었다.

여기까지가 조명무가 겪은 지난 이틀간의 일이었다.

오늘 아침 군조는 기분이 무척 좋아 보였다. 운신이 힘든 독문사천왕의 첫째 장광을 위해 죽간竹間(대나무로 만든 작은 가마)을 내준 것만 봐도 알 수 있는 일이었다. 장광이 왜 운신하기 힘든 몸이 되었는지를 생각하면 실로 가소로운 일이 아닐 수 없지만, 군조의 입장에서 본다면 천벌로 몸이 상한 노복에게 주인으로서 베풀어 주는 작은 배려에 지나지 않았을 테니 뭐라 탓할 수만도 없는 노릇이었다. 기분이 좋아진 군조는 진짜 신선처럼 관대한 것이다.

그러나 군조의 좋은 기분은 오래 유지되지 못했다. 군조의 행차가 오르막 굽잇길을 돌아간 순간, 조명무는 군조의 기분을 깨트린 장본인을 발견할 수 있었다.

오르막길 한가운데를 가로막고 선 일로일소.

대부분 그렇듯 늙은이는 작고 젊은이는 큰데, 그 큰 정도가 너무 심했다. 비영들 중 가장 큰 체구를 가진 거경巨鯨 제초온齊草溫과 비교해도 뒤지지 않을 것 같았다. 그리고…….

'붉은 검?'

칙칙한 흑의 차림의 거한은 오른손에 뽑아 든 장검으로 군조의 행차를 겨누고 있었다. 그 장검의 검신이 작렬하는 정오의 태양빛 아래에서 요요한 홍광을 뿌려 대고 있었다. 멀리 보이는 이 강렬한 장면은 조명무로 하여금 지난해 태원부로부터 내려받은 어떤 인물의 인상착의를 떠올리게 만들었다.

이십 대 중반의 나이.

비상식적인 거구.
핏물을 바른 듯한 붉은 검.
조명무의 눈이 커졌다.
그때 흑의 거한이 짧게 부르짖었다.
"와라, 군조!"

(3)

검불이라 부르기엔 조금 큰 것도 사실이었다. 그래서 검불보다는 조금 큰 돌멩이로 부르기로 마음먹었다.
"누가 저 돌멩이를 치우겠느뇨?"
군조는 검불이든 돌멩이든 가치 없기로는 마찬가지인 무엇인가에 의해 자신의 행차가 멈춰 서 있는 현실을 인정하고 싶지 않았다. 현실을 인정하면 어렵사리 유지해 온 지금의 이 양양한 흥취를 깨트리게 될 것 같았다. 군조는 그렇게 되는 것을 결코 원하지 않았다.
"인주야차가 문주님의 지엄하신 뜻을 받들겠나이다."
높고 가느다란 목소리를 뽑아 올리며 나선 자는 팔대야차의 첫째인 인주야차였다. 거미의 것을 닮은 그의 커다랗고 둥근 눈이 모종의 욕망으로 번들거리고 있었다. 딴에는 기분 전환이라도 하고 싶던 것일까? 이번 행차 내내 지근거리에서 군조의 수발을 도맡아 해 오던 그였으니 말이다.
"허하노라."
군조는 너그러이 승낙했다.
"문주님의 하해와도 같은 은혜에 감사드리옵나이다."
고개를 깊이 숙여 보인 인주야차가 몸을 돌려 언덕길을 달려 올라갔다. 이름 하여 주사행蛛絲行. 거미줄 위를 미끄러지는 거미처럼 낮고 음험한 신법이었다.

갈지자를 어지러이 반복하며 언덕길을 달려 올라간 인주야차가 녹포의 소매 속에서 은빛 그물 뭉치를 꺼내 들었다. 그가 장기로 삼는 것은 저 그물을 이용한 포박술이었다. 삼백육십 개에 달하는 그물코마다 매달린 작은 미늘들에는 묘강에 서식하는 보관지주寶冠蜘蛛로부터 추출한 거미독이 발려 있었다.

"이히히힛!"

인주야차가 날카로운 웃음소리를 토하며 허공으로 몸을 솟구쳤다. 거미 다리처럼 길쭉길쭉한 양팔이 한바탕 휘저어지는가 싶더니 덩어리로 뭉쳐져 있던 은빛 그물, 포귀지주망捕鬼蜘蛛網이 보자기처럼 활짝 펼쳐지며 군조의 행차를 가로막은 돌멩이를 감싸 갔다. 그 모습을 보며 군조는 생각했다. 본래 신선을 잡는다는 뜻의 포선지주망捕仙蜘蛛網으로 이름 지은 것을 무엄하다 징계를 내리고 포귀로 고치게 했거늘…….

군조는 평소에도 천하의 모든 물건들이 명실상부해야 한다고 믿고 살아왔다. 하여 다음부터는 포석捕石으로 부르도록 해야겠다고 마음먹은 바로 그 순간.

언덕길 한복판에서 붉은빛이 번쩍였다.

핏물이 가득 담긴 커다란 항아리가 한순간에 폭발한 듯, 붉은빛으로부터 뻗어 나온 시뻘건 광채가 거미줄과 거미를 한꺼번에 덮쳐 버렸다.

찌이이아악!

거미줄과 거미가 동시에 내지른 비명이 한 덩어리로 뒤섞이며 인세에서는 두 번 다시 듣지 못할 기괴한 소음을 만들었다. 이어.

털퍼덕!

비명처럼 한 덩어리로 엉킨 거미줄과 거미가 언덕길 위로 떨어졌다. 그러고는 수십 토막으로 잘라져 사방에 뿌려졌다. 거미줄도, 거미도.

확인할 필요도 없는 즉사.

바싹 마른 흙은 게걸스레 핏물을 빨아 먹었고, 달아오른 대기는 새침 떨듯 피비린내를 튕겨 보냈다.

군조의 눈가가 실룩거렸다. 눈치가 남달라 환관처럼 곁에 두고 부리던 쓸모 있는 종 하나가 눈 깜짝할 사이에 저 꼴로 바뀐 것이다. 이만하면 흥취를 고려할 상황은 이미 지나갔다고 봐야 옳지 않을까? 돌멩이에 대한 시각도 수정할 수밖에 없었다.

"자네는 어디 사는 누구인고?"

군조가 근엄한 목소리로 흑의 거한에게 물었다. 잠깐 사이에 돌멩이에서 문답 가능한 인간으로 격상된 흑의 거한은, 그러나 도발적인 눈길로 군조의 얼굴을 직시할 뿐 질문에는 아무 대답도 하지 않았다.

"허어! 선장의 질문에 함구로 일관하다니, 버릇을 못 배운 중생이도다."

흑의 거한이 군조를 향해 왼손을 불쑥 뻗어냈다. 그러고는 네 손가락 끝을 까딱까딱. 흰소리 집어치우고 빨리 덤비기나 하라는 뜻 같았다. 군조의 눈썹 꼬리가 하늘로 치솟았다.

"감히!"

그때 운두교 아래에서 누군가가 재빨리 군조에게 고했다.

"석안의 둘째인 듯하옵니다."

군조가 시선을 돌렸다. 조명무가 운두교 곁으로 바짝 다가와 있었다.

"석안의 둘째라고?"

"그러하옵니다."

고개를 갸웃거린 군조가 못마땅한 표정으로 조명무에게 물었다.

"무양문에 머물고 있다는 석안의 둘째가 어찌하여 지금 본좌의 앞길을 가로막고 있는 것인가?"

조명무는 선뜻 대답을 못 했다. 그러자 그를 향한 군조의 얼굴 위로 섬뜩한 기운이 어렸다. 석안의 자식들 넷 중 셋이 집을 비운 점을 아쉬워하던 사흘 전의 일은 이미 까맣게 잊은 군조였다. 오직 작금의 이 상황이 짜증스럽기만 할 뿐. 그리고 짜증의 원인을 제공한 죄인은 지금 운두교 아래에서 고개를 숙이고 있는 저 조명무라고 생각되었다.

'태원부의 체면을 생각해 어여삐 봐주었거늘……'

알고 보니 이자 또한 무능하기 짝이 없는 버러지였던 것이다. 군조가 왼손을 뻗어 이제 막 발견한 새로운 버러지에게 징계를 내리려 할 때, 누군가의 말소리가 끼어들었다.

"조 총탐, 그가 이 대 혈랑곡주 맞소이까?"

약간 느릿한 점을 제외하면 정확한 관화官話(중국 표준말)를 구사하는 이족 장년인은 신응소의 다음 대 주인으로 알려진 월사였다.

"적어도 각의 판단은 그렇다고 알고 있습니다."

조명무가 조심히 대답했다. 월사는 필요한 사항은 다 알았다는 듯 머리 위의 포두包頭(터번)를 슬쩍 고쳐 쓰더니, 군조의 뜻도 묻지 않고 석안의 둘째가 서 있는 전방을 향해 걸음을 옮겼다. 월사가 데려온 여섯 명의 자객들이 급히 달려 나가 주인의 전방을 호위했다.

"석안의 둘째가 이 대 혈랑곡주라고?"

군조로서는 금시초문인 얘기. 아니, 이 대 혈랑곡주가 존재한다는 사실조차 알지 못한 그였다.

"작년부터 그런 얘기들이 들리기 시작했고 각에서도 그가 이 대 혈랑곡주라고 판단 내리긴 했습니다만, 아직 확인된 바는 없습니다."

조명무가 어휘를 최대한 골라 가며 대답했다.

"그래?"

군조는 새삼스러운 눈길로 석안의 둘째이자 이 대 혈랑곡주라는 흑의 거한을 쳐다보았다. 혈랑곡주라면 군조도 물론 안다. 광오하기로는 누구 못지않은 군조조차도 윗자리를 선뜻 양보하는 사람이 바로 비각의 노각주인 잠룡야 이악인데, 그 이악으로 하여금 평생을 태원부의 담장 안에서 웅크리고 살도록 만든 천외천의 존재가 바로 혈랑곡주였다. 천하제일의 마검법인 혈랑검법의 주인이자 천하제일의 마공인 혈옥수의 주인. 한데 그 혈랑곡주의 후예라고? 석안의 둘째가?

그때 싸움이 시작되었다.

월사가 석안의 둘째를 십 장쯤 앞둔 곳에서 걸음을 멈추자, 그 앞을 호위하며 걸어가던 여섯 명의 자객들이 여섯 종류의 서로 다른 병기들을 뽑아 들고 앞으로 달려 나갔다. 떨거지에는 떨거지가 제격인지, 석안의 둘째 뒤에 구부정하니 서 있던 마의 차림의 왜소한 늙은이가 짚고 있던 지팡이를 검처럼 휘돌리며 그들을 맞이해 나왔다.

쨍! 차창! 째쟁쨍쨍!

본래 자객의 장점이 기습과 암격이라서 그런 것인지 아니면 늙은이의 지팡이 검술이 매서워서 그런 것인지, 중인 환시리에 펼쳐진 육 대 일의 불공정한 싸움은 그런대로 십여 합 어울려 돌아가는 듯 보였다.
　그 불공정한 싸움을 보다 공정하게 바꿔 놓은 것은 석안의 둘째였다. 칼바람 어지러운 전권戰圈으로 성큼성큼 걸어 들어간 석안의 둘째가 붉은 검을 네 차례 휘두르자 육 대 일의 대결 구도가 금세 이 대 일로 바뀐 것이다.
　어디를 어떻게 베었는지는 보이지도 않았다. 그저 석안의 둘째가 걸어가는 주위로 붉은 금이 네 줄 쭉쭉 그어졌을 뿐인데 피 화살들이 뿜어 오르고 자객들이 쓰러져 나갔다. 붉은 금 하나에 목숨 하나. 예외는 없었다.
　그렇게 자객 넷을 제거한 석안의 둘째는 판세가 충분히 공정해졌다고 여긴 듯 더 이상 개입하지 않고 전권에서 빠져나왔다.
　그러는 동안 월사는 처음 멈춰 선 곳에서 한 발짝도 움직이지 않았다. 수하들이 눈앞에서 죽거나 혹은 죽게 생겼는데도 손가락 하나 까딱하지 않은 채, 전권을 무인지경으로 통과해 자신에게 다가오는 석안의 둘째를 바라보고만 있었던 것이다. 그 모습을 지켜보던 군조는 월사라는 이방인에 대한 평가를 달리하게 되었다. 나름대로 쓸 만한 재목을 발견했노라 여겼거늘.
　"어리석은지고. 아랫사람을 아끼지 않는 주인이 어찌 아랫사람에게 충성을 바란단 말인가!"
　"지당하신 말씀이옵니다."
　얼른 맞장구를 쳐 준 공로로 조명무에 대한 노기가 조금 풀린 군조는 수염을 쓰다듬으며 물었다.
　"혈랑곡주를 사사했다면 필시 예사 재주는 아니겠지. 조 총탐이 보기에 저 석안의 둘째와 월사를 비교하면 어느 쪽이 더 나을 것 같은가?"

조명무가 잠시 주저하다가 조심스럽게 대답했다.

"혈랑곡주의 진전을 이은 자이옵니다. 아무래도 월사 쪽이 밀리지 않을까 사료됩니다만."

"본 좌의 생각과 비슷하군. 물러가 있게."

군조가 손을 내젓자 조명무는 머리를 조아리고 즉시 운두교로부터 물러났다.

군조는 비단 보료에 비스듬 묻었던 상체를 똑바로 일으켜 앉혔다. 달걀을 쥔 듯 부드럽게 구부려 만 양손을 아랫배에 댄 그는 두 눈을 지그시 감았다. 양 관자놀이 아래로 늘어진 새하얀 눈썹의 끄트머리가 독 오른 방울뱀의 꼬리처럼 서서히 흔들리고 있었다.

후우욱! 후으읍! 후우욱! 후으읍!

커다랗게 이어지는 날숨과 들숨 사이로 단전에 웅크리고 있던 독룡이 똬리를 풀고 치명적인 숨결을 토해 내기 시작했다. 독룡기毒龍氣, 정확하게는 독룡승로진기毒龍昇爐眞氣가 충분히 달구어진 것으로 판단한 군조는 탐스러운 콧수염에 덮여 있던 입술을 달싹거렸다. 그 입술을 통해 흘러나온 것은 인간의 심마心魔를 일깨우는 밀종의 각마주覺魔呪.

"오옴 마나니 미율두파라니 미율두사파니……."

독룡기와 각마주.

군조는 이 두 가지 비술이 가진 장점을 하나로 모아 전혀 새로운 한 가지 독공을 창조하는 데 성공했다. 천하의 모든 독인들이 보전처럼 여기는 독룡비전에서조차도 이론으로만 존재한다고 기록되어 있는, 인간의 육신이 아닌 정신을 공격하는 심령독心靈毒이 바로 그 수법이었다.

군조는 스스로 창조한 그 심령독을 독룡토호백마주毒龍吐呼白

魔呪라 명명하고는, 청, 홍, 백, 세 가지 색깔로 대변되는 자신의 삼대 극독 중 마지막 백의 항목에다 끼워 놓았다. 백白이란 무無를 뜻하기도 했다. 그러므로 이름 중에 등장하는 백마白魔는 하얘서 백마가 아닌, 눈에 보이지 않아서 백마였다. 보이지 않으니 방비도 불가능하다. 때문에 독룡토호백마주는 천하에서 가장 방비하기 힘든 독술이라는 악명의 주인이 될 수 있었다.

"오옴! 오오오옴!"

군조는 힘을 실은 진언으로 각마주를 마무리하며 감았던 눈을 번쩍 떴다. 언제나 신비한 청광에 물들어 있던 그의 왼쪽 눈동자가 지금 이 순간만큼은 무색투명하게 변해 있었다.

그 유리알 같은 눈동자가 석안의 둘째에게 고정되었다. 백염으로 가려진 군조의 목 위로 푸른 핏줄들이 불거져 올랐다.

앞니로 짓누르던 아랫입술이 툭 터지며 찝찔한 피 맛이 느껴졌다. 그 덕분이었을까?

쇠랑!

이븐 힐랄은 허리춤에 차고 있던 신월도新月刀를 가까스로 뽑아내는 데 성공했다. 초승달처럼 휘어진 힐랄의 칼날 위로 차가운 쇳빛이 일렁거렸다. 그 쇳빛을 대하자 나병 환자의 손처럼 오그라들었던 마음이 조금은 신장되는 듯했다. 주체 못 하고 떨리던 오른손에도 조금씩 힘이 들어가고 있었다.

부친은 이븐 힐랄이 어릴 적 이 신월도를 선물로 주며 이렇게 말했다.

―이 칼의 이름은 힐랄(아랍어로 달)이다. 너는 오늘부터 내 아들인 동시에 힐랄의 아들이다. 너는 두 아버지 모두에게 부끄럽

지 않은 전사가 되어야 한다.

그날부터 그의 이름은 이븐 힐랄이 되었다. 달의 아들. 중원어로는 월사月嗣.

그리고 이븐 힐랄은 두 아버지 모두에게 부끄럽지 않은 아들이 되기 위해 이날 이때까지 노력해 왔다. 둥지의 미래를 이끌어 갈 좋은 지도자가 되기 위해, 보도寶刀의 주인에 어울리는 뛰어난 전사가 되기 위해.

그런 의미로 볼 때, 둥지에서 데리고 온 여섯 명의 수하들이 죽어 가는 과정을 손가락 하나 까딱하지 못하고 지켜보기만 한 것은 첫 번째 아버지를 부끄럽게 만드는 일이었다. 그러나 어쩔 수 없었다. 움직이기 싫어서 움직이지 않은 것이 아니었기 때문이다.

지금 이 순간에도 이븐 힐랄의 전신을 옭아매고 있는 무형검기!

그 무형검기를 처음 느낀 것은 이 대 혈랑곡주가 수하들의 싸움판으로 걸어 들어갈 무렵이었다. 저쪽에서 주장이 나선다면 이쪽에서도 주장이 나서 주는 것이 전사로서 당연한 도리이기에, 이븐 힐랄은 주저 없이 힐랄의 손잡이를 움켜잡으며 앞으로 걸어 나가려고 했다.

바로 그때 이 대 혈랑곡주가 이븐 힐랄을 쳐다보았다. 붉게 번뜩이는 눈빛이 화살처럼 쏘아 오고, 곧바로 전신을 옭아매어 온 무쇠 집게처럼 강인한 속박 앞에 이븐 힐랄은 숨조차 제대로 쉬지 못하는 지경에 빠지고 말았다. 순식간에 벌어진 일이라고는 믿기지 않을 만큼 완전한 제압이었다.

말도 안 돼!

밖으로 울려 나가지 못한 무기력한 외침이 이븐 힐랄의 목구멍 속을 맴돌았다. 절정에 오른 고수들은 내기를 외부로 뽑아내어 상대에게 타격을 입힐 수 있었다. 힐랄과 더불어 삼십 년을 살아온 이븐 힐랄도 그런 경지에 오른 고수 중 하나였고, 그래서 무형의 도기를 발출하여 적의 투지를 꺾어 본 경험 또한 없지 않았다. 그러나 이 정도는 아니었다. 아니, 이 정도의 무형검기가 존재할 수 있으리라고는 단 한 번도 생각해 본 적이 없었다.

이 대 혈랑곡주가 다가왔다. 항거 불능의 거대한 파도가 서서히 밀려오는 것 같았다. 이븐 힐랄은 바다를 처음 마주한 어린아이처럼 경외감에 가득 찬 눈동자로 그 파도를 올려다보았다. 적개심 따위는 아예 떠올릴 수조차 없었다. 이 순간 그가 떠올린 유일한 위안은…….

다행이야.

이븐 힐랄은 오른손에 쥔 힐랄을 떠올리며 스스로를 위로했다. 불가능하나 믿어 온 극한의 경계마저도 조월해 버린 절대적인 존재 앞에서 자신이 힐랄을 뽑을 수 있었다는 사실이, 전사로서 마주 서 있다는 사실이 기쁠 따름이었다. 두 번째 아버지에게는 부끄럽지 않을 수 있었기 때문이다. 그러나 그가 느낀 기쁨은 거기에서 멈출 수밖에 없었다. 붉은 번개가 빛나고, 이마가 화끈거렸다.

힐랄을 한 번이라도 휘둘렀다면 더 좋았을 것을…….

혈랑검기에 미간을 관통당한 채 그 자리로 무너지는 이븐 힐랄이 마지막으로 떠올린 생각이었다.

석대원은 고개를 움찔거렸다.

……당신뿐이에요.

목소리가 들려온 것은 흰 포두를 쓴 이방인 사내를 낭아천미狼牙穿眉의 일 초로 쓰러트린 직후였다.

뭐지?

석대원은 혈랑검을 중단으로 돌려놓으며 주위를 재빨리 둘러보았다. 자신의 모든 것을 걸기로 마음먹은 결전의 언덕. 모든 것이 그대로였고, 변한 것은 아무것도 없어 보였다.

그때 방금 들었던 그 목소리가 작살처럼 내리꽂히는 정오의 햇살을 뚫고 다시 한 번 들려왔다.

……나를 행복하게 해 줄 수 있는 사람은 오직 당신뿐이에요.

석대원은 눈을 부릅떴다. 그녀의 얼굴이 보였다. 아니, 보이지 않았다. 그녀는 이 자리에 존재하지 않았다. 그러나 이 자리에 존재했다.

이게 뭐야?

……알았어요. 내가 당신 곁으로 갈 테니 그렇게 무서운 얼굴은 하지 말아요.

그녀가 말했다. 석대원이 단 한 번도 본 적 없는 밝고 아름다운 미소를 지으며. 석대원은 당황했다. 그녀가 자신에게 저런 말을 할 리 없었다. 그녀가 자신에게 저런 미소를 보일 리도 없었다.

미소 짓는 그녀의 얼굴이 안개에 묻히듯 흐릿해지더니 두 개의 작은 얼굴로 바뀌었다.

……왜 아원 형을 내쫓는 거야! 형! 가지 마! 혀엉!

……가지 마, 아원 오빠! 가면 안 돼! 으아앙!

남자아이와 여자아이가 울고 있었다. 그 아이들의 슬픔이 가슴살과 갈비뼈를 뚫고 심장으로 고스란히 전달되어 오는 것 같앗다. 마음이 가랑잎처럼 부서져 내리는 기분이었다. 석대원의 얼굴이 눈물을 쏟아 낼 듯 일그러졌다.

　너희들, 아직도 울고 있는 거니?

　석대원은 아이들을 향해 손을 내밀었다. 저 눈에 맺힌 눈물들을 닦아 주고 싶었다.

　여자아이가 사라지고 남자아이는 잘생긴 청년으로 바뀌었다. 석대원의 손길이 허공에서 우뚝 멈췄다. 자신을 향한 잘생긴 청년의 두 눈은 새까만 얼음 조각을 박아 놓은 것처럼 차갑기만 했다.

　……여기는 네가 올 곳이 아니다. 너는 내 아버지를 죽인 원수의 피붙이니까.

　석대원의 볼 살이 푸들푸들 떨렸다.

　그분은, 그분은 내 아버지이기도 하잖아! 이제 용서해 주면 안 되겠니? 나는 단지 어린아이였을 뿐인데? 그리고 내 어머니는…….

　청년의 얼굴이 안개처럼 흩어졌다. 이어 낯익은 신발 한 쌍이 보였다. 그 저주스러운 날 아침, 세가의 뇌옥에서 본 바로 그 신발이었다. 석대원은 외면하고 싶었다. 다음에 보게 될 것이 어떤 광경인지 너무도 잘 알기 때문이었다.

　신발이 대롱거렸다.

　다리가 대롱거렸다.

　그리고…… 그리고……!

　불덩이 하나가 배 속으로부터 치올라 왔다. 석대원은 허리를 새우처럼 구부렸다.

　"으악!"

　주먹만 한 선혈이 석대원의 신발 위로 쏟아졌다. 비릿한 피

냄새가 얼굴로 훅 솟구쳤다.

꿈틀!

몸 안에서 뭔가가 움직였다. 석대원은 떨리는 눈으로 자신의 왼손을 내려다보았다.

꿈틀!

뜨거웠다. 왼손 어딘가에 잠들어 있던 놈이 무너진 자제력의 틈바구니를 비집고 기지개를 켜고 있었다.

안 돼!

석대원은 하릴없이 무너지려는 정신을 추스르기 위해 필사적으로 노력했다. 외면하고 싶은 욕망은 너무도 거대했다. 그러나 그는 외면하는 대신 두 눈을 부릅떴다. 그런 다음 존재하는 것도, 그렇다고 존재하지 않는 것도 아닌 이 모든 상想들을 직시하려고 애썼다. 그래야만 이 끔찍한 상황에서 벗어날 수 있다고 판단했다.

맴— 매앰—.

의식의 바깥 면을 공허하게 미끄러지던 매미 소리가 어느 순간부터 다시 들리기 시작했다. 시야도 조금 선명해진 것 같았다. 기지개를 켜던 왼손 안의 놈이 다시금 숨죽이는 것을 느끼며 석대원은 안도의 숨을 헐떡였다. 바로 그때였다.

짜자작!

날카로운 소성을 동반한 길쭉하고 야들야들한 물체가 회복되어 가는 시야 속으로 뛰어들었다. 그 물건은 마치 생명을 가진 독사처럼 몸뚱이를 요란스레 뒤채며 석대원의 목에 휘감겨 왔다.

"소주!"

한로의 경호성을 들으며 석대원은 반사적으로 몸을 뒤로 뽑았다. 목살의 일부가 뭉텅 쓸려 나가며 화끈한 통증이 밀려들었다. 다행한 점은 그 통증으로 인해 정신이 보다 맑아질 수 있었다는 것. 한층 더 선명해진 시야 속으로 새빨간 옷을 입은 소녀의 요염한 얼굴이 가까워졌다.

"얍!"

뾰족한 교감과 함께 홍의 소녀의 손에 들린, 금빛 천과 분홍빛 천을 겹쳐 꼬아 만든 채대가 다시 한 번 석대원의 목을 노리고 날아들었다. 나이답지 않은 매서운 기세임에는 분명하지만 집중력을 회복한 석대원에게 위협이 되기에는 턱없이 부족했다.

석대원은 상체를 비틀어 채대를 젖혀 보냄과 동시에 오른손에 쥔 혈랑검을 짧게 휘둘렀다.

"꺅!"

홍의 소녀의 왼쪽 젖가슴 부위가 쩍 갈라졌다.

'조금 얕았나?'

검자루를 통해 되돌아온 감각에 석대원은 아쉬움을 느꼈다. 심장까지 함께 갈라 버릴 작정으로 펼친 일 검이었는데, 조금 전 입은 정신적인 손상으로 인해 혈랑검기를 제대로 뻗어 내지 못한 것 같았다.

그러나 길게 아쉬워할 여유는 없었다. 비틀거리며 물러나는 홍의 소녀와 교차하며 비단옷을 멋지게 차려입은 귀공자풍의 청년이 달려들었기 때문이다. 차림새만큼이나 멋들어진 신법이었다.

"하압!"

금의 청년이 용의 눈알을 그리는 화공처럼 오른손을 앞으로 찍어 냈다. 그의 오른손 중지 끝에 맺혀 있던 새파란 점이 석대원의 얼굴을 향해 폭사되어 왔다.

한 번, 두 번, 세 번.

허공을 뚫고 날아온 세 대의 지풍指風은 아마도 군조가 악명을 쌓는 데 혁혁한 공헌을 한 염라전의 도장, 염왕날인일 터였다.

 석대원은 왼손 바닥을 활짝 펼쳐 얼굴 앞으로 쭉 밀어냈다. 혈옥수. 왼손 안에서 숨죽이고 있던 놈이 이 정도로는 성에 차지 않는다는 양 투덜거리면서도 주인의 뜻에 부응해 힘을 일으켰다. 둘둘 걷어붙인 왼쪽 팔소매가 공처럼 팽팽히 부풀어 올랐다.

 팍. 팍. 팍.

 솥뚜껑처럼 큼직한 손바닥으로부터 밀려나간 혈옥수의 요악한 홍광이 금의 청년이 쏘아 낸 푸른 실과 세 차례 연속으로 부딪쳤다. 결과는 홍광의 완승으로 판명났다. 염왕이 찍은 세 번의 도장은 효력을 잃어버리고, 도도하게 밀려 나간 혈옥수의 거력은 금의 청년의 몸뚱이를 그대로 휩쓸어 버렸다.

 "으아아악!"

 기다란 비명과 함께 언덕길 위로 나동그라진 금의 청년을 석대원이 빠르게 따라붙었다. 당초부터 자비심 같은 것은 돌아보지 않기로 다짐한 그가 아니던가. 그는 군조의 강동행에 동참한 누구 한 사람도 돌려보내지 않을 작정이었다. 그러므로 바닥에 휴지처럼 처박힌 금의 청년과 그 곁에서 갈라진 가슴을 움켜쥐고 비틀거리는 홍의 소녀의 목숨은 문자 그대로 풍전등화라고밖에 볼 수 없었다.

 그때 고막을 쩌렁 울리는 우렁찬 외침이 석대원의 좌측에서 터져 나왔다.

 "이놈!"

 그와 동시에 석대원에게 퍼부어진 것은 천 근 거암이라도 으스러뜨릴 만큼 패도적인 권풍拳風이었다.

 석대원은 혈랑검을 왼쪽으로 내돌려 몰아쳐 오는 권풍의 측

면을 받아 올렸다. 삐리리릿, 하는 가느다란 풀피리 소리가 울리며 혈랑검의 붉은 검신을 따라 이화접목移花接木의 경묘함이 발휘되었다. 왼쪽 옆구리 부근에서 진로를 꺾은 권풍이 석대원의 상의 아랫자락을 펄럭이게 만들었다.

"꽝!"

관도 옆에 서 있던 아름드리나무 한 그루가 거인의 망치에 찍힌 듯 산산이 쪼개져 나갔다. 석대원의 시선이 이 대단한 권풍의 주인을 찾아 빠르게 돌아갔다.

권풍의 주인은 보통 사람보다 머리통 하나는 커다란 험상궂은 인상의 흑의 노인이었다. 무슨 사연이 있는지는 알 수 없으나, 부상당한 두 젊은 남녀의 앞을 가로막고 선 흑의 노인에게서는 소중한 무엇인가를 지키려는 자만이 보일 수 있는 절박한 결의가 풍겨 나오고 있었다.

"이여어업!"

그 결의를 입증해 보이려는 듯 흑의 노인이 중기中氣 충만한 기합을 터뜨리며 쌍권을 번갈아 내질렀다.

"후우워윅!"

석대원은 언덕 오르막길을 따라 드센 흙먼지가 몰려오는 광경을 지켜보며 마음을 모질게 다잡았다. 반드시 지켜야만 하는 소중한 무엇은 저 흑의 노인에게만 있는 것이 아니었다. 결의와 결의의 충돌은, 그래서 어느 한쪽의 비극으로 끝날 수밖에 없었다.

"빠바바방!"

혈옥수를 네 번 연달아 펼쳐 흑의 노인이 쏘아 보낸 권풍들을 모조리 걷어 낸 석대원이 쏜살처럼 앞으로 달려 나갔다. 그의 거구가 별안간 뚱뚱해지는가 싶더니 좌우로 쫙 분리되었다. 혈랑검법의 절초인 이로일살二路一殺.

"억!"

흑의 노인의 얼굴에 당황해하는 기색이 떠올랐다. 석대원은 그가 권풍을 다시 쳐 낼 여유를 주지 않았다. 촤차착! 주인과 더불어 둘로 갈라진 혈랑검이 섬뜩한 살기를 동시에 뿜어냈다.

"흡!"

짧은 신음이 흑의 노인의 악다문 입술을 비집고 새어 나왔다. 어깨 바로 밑에서 절단된 그의 두 팔이 긴 핏물을 꼬리처럼 매단 채 허공으로 솟구쳤다. 잠시 휘청거리던 흑의 노인이 그 자리에 털썩 무릎을 꿇었다.

"모조리 죽여 주마."

석대원은 싸늘히 웃으며 걸음을 내디뎠다. 만신창이로 변한 세 개의 목숨을 거두는 데에는 몇 발짝으로 충분했다. 바로 그 순간, 그를 둘러싼 공간에서 다시 한 번 괴변이 시작되었다.

실재와 비실재를 분간할 수 없는 환청과 환각!

그녀가 웃고.

아이들이 울고.

잘생긴 청년이 노려보고.

뇌옥의 아침.

대롱거리는 신발.

대롱거리는 다리.

다시 그녀가 웃고…….

거슬러 오른 시간이 갑자기 곤두박질치고, 돌이키고 싶지 않은 기억들의 절벽에 매달려 흔들거리다가, 절망의 나락으로 떨어져 내렸다.

"안 돼, 안 돼……."

석대원은 고개를 흔들며 주춤주춤 뒷걸음질을 쳤다. 숨이 콱

막히고 내기가 용암처럼 들끓었다. 이때만을 기다린 듯, 왼손에 도사리고 있던 놈이 신바람을 내며 꿈틀거리기 시작했다.
―소주? 소주!
뒷전에서 울리는 한로의 목소리가 메아리처럼 아련하게만 들렸다.
그런 석대원을 향해 난데없는 자줏빛 구름 하나가 허공을 훌훌 날아 덮쳐 왔다. 순식간에 그 구름에 뒤덮인 석대원은 몸을 웅크린 채 그 자리에 쭈그리고 앉았다.
치이익.
몸에 걸친 흑의에서 연기가 피어올랐다. 그러한 연기는 자줏빛 구름과 접촉한 피부에서도 피어오르고 있었다.
"진인의 드높은 도력이 마침내 마물을 포박하도다!"
한 줄기 창로한 외침이 위세 등등하게 울려 퍼졌다.

멀리 있는 석대원을 향해 위세 등등하게 호통을 친 군조는 왼손에 감춰 쥐고 있던 보제성단補劑聖丹을 남이 볼세라 재빨리 입속에 털어 넣었다. 이름만 성단일 뿐 보통 사람에게는 극독이나 다름없는 그 환약은, 반 각도 안 되는 짧은 시간 동안 작지 않은 손실을 입은 그의 독룡기를 능히 보충해 줄 터였다.
천하에서 가장 방비하기 어려운 독술로 알려진 독룡토호백마주가 세간에 좀처럼 모습을 드러내지 않은 가장 큰 이유는 지금 군조의 상태가 보여 주듯 시전의 어려움 때문이었다. 한 인간이 다른 인간의 정신에 임의로 간섭하는 것은 주술의 힘까지 동원한다 해도 간단치 않은 일. 특히 지금처럼 양기가 왕성한 시각에는 자칫 시전자에게 해가 돌아올 수도 있는 위험천만한 수법이었던 것이다.

다행히 석안의 둘째는 독룡토호백마주에 제대로 걸려들어 주었다. 저 정도 경지에 오른 검수라면 철벽처럼 견고한 심지를 지닌 것이 상식일진대, 놈은 싱거울 만큼 간단히 정신적인 허점을 노출한 것이다.

물론 그렇다고 해서 문제가 아주 없었던 것은 아니다. 금방이라도 무너질 것만 같던 놈의 정신이 어느 시점에 이르자 완강한 저항을 시도해 왔고, 그 저항으로 말미암아 군조는 독룡기에 작지 않은 손실을 입게 되었다. 이대로 놈이 독룡토호백마주의 속박에서 완전히 벗어난다면 피를 토하고 쓰러지는 쪽은 군조일 것이 분명했다.

군조가 제자들을 급히 출격시킨 것도 모두 그 때문. 그는 두려움에 선뜻 나서려 하지 않는 교방과 노동옥을 살기 어린 눈초리로 채찍질했고, 두 제자는 내키지 않는 발길을 억지로 놀려 놈을 공격할 수밖에 없었다. 덜 교활한 교방이 먼저, 더 교활한 노동옥은 다음.

이 임기응변은 나름대로 효과가 있었다. 놈은 되찾은 자신의 정신을 단단히 돌보는 대신 교방과 노동옥을 차례로 상대해야 했고, 그러는 사이 군조는 흐트러진 독룡기를 다시 일으켜 놈의 정신에 대한 새로운 공격을 시도할 수 있었다.

결과는 만족스러웠다. 교방과 노동옥 모두 가볍지 않은 부상을 당한 모양이지만, 그까짓 게 무슨 대수랴. 미련한 후종까지 끼어들어 시간을 벌어 준 덕에 놈의 정신은 더욱 무방비 상태로 빠져들었고, 앞서보다 훨씬 은밀하고 갑작스럽게 엄습한 독룡토호백마주에 의해 마침내 무너지고 말았다.

정신세계가 붕괴된 놈에게 쏘아 보낸 자금망紫禁網은 일종의 안전장치. 우리 안에 갇힌 호랑이에게 추가로 쇠사슬을 채운 격이었다.
 그러나 아직은 마음을 놓을 때가 아니었다.
 보라! 자금망 속에서도 거칠게 꿈틀대고 있는 저 괴악망측한 물건을!
 석안의 둘째는, 최소한 겉보기만큼은 여전히 멀쩡했다. 심지어 놈이 입고 있는 칙칙한 흑의까지도 자금망을 어느 정도 견뎌 내고 있는 것 같았다. 언제나 굶주림에 허덕이는 일천 아귀들의 식성을 감안하면 실로 경악하지 않을 수 없는 현상이라 할 것이다. 무엇이 그 현상을 가능케 만들었을까?
 "호신강기로구나!"
 군조는 진심으로 감탄했다. 자금망을 견뎌 내는 호신강기라니! 자신도 저 정도 수준의 호신강기를 일으킬 자신이 없거늘, 석안의 둘째는 정신이 완전히 무너진 와중에도 그것을 실현해 보인 것이다.
 감탄 다음에는 두려움이 일었다. 자신을 뛰어넘는 강자에 대한 두려움. 물론 그러한 두려움은 주체인 군조에 의해 즉시 부정되었다. 놈은 천도를 거스르는 마물이었다. 마물을 꺼리는 것은 인간과 신선 모두가 느끼는 공통된 감정이 아니겠는가.
 그래서 군조는 당당히 명령할 수 있었다.
 "독문의 제자들은 저 괴악한 마물을 당장 능지처참할지어다!"
 와아아!
 팔교와 나섬, 두 야차를 위시한 독살들이 우렁찬 함성을 외치며 언덕길을 달려 올라갔다. 군조는 운두교 위에 높이 앉은 채 느긋한 눈길로 그 모습을 지켜보았다. 제 손이 녹아들어 가는 줄도 모르고 자금망에 매달려 용을 쓰던 왜소한 늙은이가 독문의 제자들을 향해 지팡이를 겨누는 모습이 보였다. 하지만 그

것은 문자 그대로 당랑거철螳螂拒轍.

하나를 죽이고, 또 하나를 죽이고.

왜소한 늙은이의 저항은 그게 전부였다. 팔교야차가 내지른 강철 가위, 교악전도鮫顎剪刀에 지팡이 끝을 물린 늙은이의 가슴팍 위로 나섬야차가 쏘아 낸 쇠구슬, 혼천묵주混天墨珠가 틀어박혔다. 입으로 핏물을 흘리며 비틀비틀 물러나는 늙은이를 독살들이 그대로 덮쳤다. 이어 언덕길을 꽉 메우는 거대한 녹색 덩어리로 뭉친 독살들은 늙은이가 그토록 지키려 애쓴 석안의 둘째마저도 무서운 기세로 삼켜 버렸다.

"아차차!"

자금망에 어린 자줏빛 광채가 거대한 녹색 덩어리에 의해 완전히 덮이는 모습을 보며 군조는 혀를 찼다.

과거 석안에게 잘린 오른팔을 대신하고 있는 대라선수大羅仙手는 저 자금망을 구성하는 아귀들의 보금자리이자 발사 장치였다. 대라선수를 통해 사용할 수 있는 자금망의 횟수는 최대 세 번. 아귀들은 종자를 구하기도 어렵거니와 배양하기도 그 이상으로 어려웠다. 특히 지면과 접촉하면 귀소본능을 금방 잃어버린다는 점이 아귀들을 다루는 데 가장 큰 어려움으로 작용했다. 발사한 자금망을 바로바로 회수해야 하는 까닭도 거기에 있었다. 군조가 걱정스레 중얼거렸다.

"보물을 망가뜨리면 곤란한데……."

상황이 급변한 것은 바로 그때였다.

언덕길을 뒤덮은 거대한 녹색 덩어리를 비집고 시뻘건 홍광이 터져 나왔다.

우아아아악—!

홍광과 함께 울린 비명이, 뿌려진 선혈이, 비산하는 육편이 새파란 정오의 하늘을 죽음의 빛깔로 물들였다.
 군조는 눈을 부릅떴다. 석안의 둘째가 웅크리고 있던 곳, 지금 그 자리에는 '그것'이 우뚝 서 있었다. 핏물 속에 잠겼다 나온 듯 시뻘겋게 변한 그것의 왼손에는 두 개의 머리통이 절반쯤 으스러진 채 쥐어져 있었다. 그 머리통의 주인이 독살들을 지휘하던 팔교야차와 나섬야차라는 사실을 알아차린 군조는 자신도 모르게 마른침을 꿀꺽 삼키고 말았다.
 팍!
 두 야차들의 머리통이 완전히 으스러졌다. '그것'이 고개를 들어 군조를 쳐다보았다. '그것'의 눈동자 속에는 검붉은 마기가 소용돌이치고 있었다.
 '그것'은 진짜 마물이었다!

 이탈감離脫感.
 석대원은 자아가 육신으로부터 점점 멀어지는 괴이한 기분을 느꼈다.
 처음 느끼는 기분은 아니었다. 한로가 퍼붓는 매서운 채찍질 세례 속에서 혈옥수를 연성하던 그 시절에도 여러 차례 느낀 적이 있는 기분이었다. 그 뒤 사천의 청류산을 떠나 강호에 나온 다음에도 몇 차례 비슷한 기분을 느끼긴 했지만, 지금처럼 생생하고 강렬하게 느낀 적은 없었다. 육신이 자아를 거부하고 새로운 주인을 맞이하려 하고 있었다.
 석대원은 자아가 있던 자리를 대신 차지한 새 주인을 바라보았다. 어느 날 갑자기 모든 것을 잃어버려야만 했던 가련한 열네 살 소년.
 소년이 고개를 돌려 석대원을 바라보았다. 소년을 구성하는

모든 감정들, 슬픔과 두려움, 증오와 살기가 검붉은 빛깔로 채색된 공간을 뛰어넘어 고스란히 석대원에게로 전달되어 왔다.
그랬구나. 너였어.
소년은 울고 있었다. 왜 우는 걸까? 슬프고 두려워서? 아니면 증오스럽고 죽이고 싶어서? 무엇으로부터 연유한 것인지는 알 수 없지만, 소년의 울음은 석대원으로 하여금 육신으로부터 완전히 떨어져 나가지 못하도록 만드는 최후의 끈이 되었다. 소년이 우는 모습을 바라보노라니 불현듯 누군가가 그리워진 것이다.
소년을 안아 주던 사람.
나를 안아 주던 사람.
아버지.
석대원은 아버지가 보고 싶었다. 눈물겹도록 보고 싶었다.
그 순간 기적이 일어났다.

손 하나가 석대원의 어깨 위에 얹혔다.
화상으로 오그라든 보기 흉한 손. 하지만 핏줄의 정을 느낄 수 있는 따뜻한 손이었다.
석대원은 천천히 몸을 돌렸다. 한 사람의 얼굴이 그를 바라보고 있었다.
반쪽이 화상으로 일그러진 보기 흉한 얼굴. 하지만 석대원은 그 상처 밑에 숨어 있는 본래의 얼굴을 알아볼 수 있었다. 아버지를 꼭 닮은, 고향집처럼 정겹고 믿음직해 보이는 저 얼굴은……
슬픔과 두려움이 가셨다. 증오와 살기가 가라앉았다. 검붉은 공간에 둘러싸인 채 울기만 하던 열네 살 소년은 이제 편안한 얼굴로 잠에 빠질 수 있었다.
 마물에서 인간으로 돌아온 석대원의 눈에서 굵은 눈물이 주르륵 흘러내렸다.

 석대문이 말했다.
 "돌아왔구나, 내 동생."

                              다음 권으로 이어집니다